The Girl
With No Name

没有名字的女孩

[英]玛琳娜·查普曼 [英]凡妮莎·詹姆斯 [英]黎恩·芭蕾特·李 / 著　林晓钦/译

当代世界出版社

图书在版编目（CIP）数据

没有名字的女孩 /（英）查普曼,（英）詹姆斯,（英）李著; 林晓钦译. —北京: 当代世界出版社, 2015.1

ISBN 978-7-5090-1008-2

Ⅰ . ①没… Ⅱ . ①查… ②詹… ③李… ④林… Ⅲ . ①回忆录－英国－现代
Ⅳ . ① I561.55

中国版本图书馆 CIP 数据核字 (2014) 第 269137 号
著作权登记号　图字：01-2014-7232

书　　名：没有名字的女孩
出版发行：当代世界出版社
地　　址：北京市复兴路 4 号 （100860）
网　　址：http://www.worldpress.com.cn
编务电话：（010）83908456
发行电话：（010）83908409
　　　　　（010）83908377
　　　　　（010）83908455
　　　　　（010）83908423（邮购）
　　　　　（010）83908410（传真）
经　　销：全国新华书店
印　　刷：北京市玖仁伟业印刷有限公司
开　　本：880 毫米 ×1230 毫米　1/32
印　　张：9.25
字　　数：197 千字
版　　次：2015 年 1 月第 1 版
印　　次：2015 年 1 月第 1 次
书　　号：978-7-5090-1008-2
定　　价：35.00 元

此书献给玛麓亚·尼利与阿玛迪欧·佛雷罗

并纪念挚爱的玛鲁嘉女士

前 言

"约翰，停车！我想出去一下。"

听到妈妈说的话之后，爸爸立刻看了一眼后照镜，确定后方没有来车，就把车子停到一个英式铁路的小站旁。他们两个人好有默契，好像已经做好了秘密协议一样。但是，其实没有人知道妈妈想要做什么。天色已经慢慢变暗，这条安静的约克郡小路四周全都是深色的树篱。这些树篱很高，就像蛮横自大的军事防御措施，将整个开放空间完全包围起来。

妈妈兴奋得立刻冲出车外，跳进树篱中，消失在我们的视线范围内。我的脑海中顿时出现好多种想象，可现在究竟发生什么事情了？

我盯着那堆灌木丛，希望能够看到妈妈要回到车上的迹象。过了一会儿，我终于看到她那头凌乱的黑发。她小心翼翼地从树篱中爬回来，两只手似乎抱着什么东西。我看着她娇小的双脚踩过树篱，慢慢走回路边。她跳回车上，一边喘着气，一边对我跟姐姐露出招牌式的拉丁微笑。她的大腿上坐着一只体型庞大、看起来不太开心的野兔子。

"我抓了宠物给你们哦！"妈妈非常开心地说。

这是我对母亲的第一份记忆，当然，这也是我的第一只宠物"摩普西"。对于妈妈做的事情，我其实不太惊讶。毕竟，如果你一直待在她的身边，就会了解她非常古怪的个性与各种无法预料的举止。今天不过是另一个平凡的日子而已。

妈妈常说："在哥伦比亚，像我这样的生活其实一点儿都不特别。只要问问任何街上的小孩，就会听到很多故事。"她从来不觉得自己的故事有什么特别之处，因为在 20 世纪 50-60 年代的哥伦比亚，绑架、诱拐、毒品、犯罪、谋杀与虐童，只不过是平凡生活的主题。

你或许会好奇，为什么我的母亲选择在这个时候分享她自己的故事。好吧，老实说，她从来都没有这个打算。她不是那种想要追逐镁光灯，进而成名或者获利的那种人。她真正想要的东西只是一个家——这是她内心最深处的目标与梦想。

这本书的开头，是作为女儿的我替母亲写下的生命故事。当我体会到妈妈已经不再年轻而她的记忆力也开始逐年衰退时，我选择以这种方式来记录自己家庭的遗产。我也希望能够借此了解母亲过去所承受的苦难，如果她没有经受这些苦难，就不会有我和姐姐琼·安娜。

要厘清母亲脑海里那凌乱、纠结的记忆，其实不是一件容易的事情。这两年来，我们喝了无数杯咖啡，潜入她的记忆，并在 2007 年 4 月前往哥伦比亚进行勘查，这才开始将她那些琐碎杂乱的记忆碎片慢慢拼凑出完整的图像，让这本伟大的书籍终于得以问世。

我们并没有盘算过任何相关计划，却很快发现，出版母亲的故事可以带来很多好处。例如，或许她真正的家人会因为读到这本书而跟她重逢；此外，全世界尚有好几百万的父母亲也在类似的情况下失去了自己的小孩，我们希望母亲的故事能为他们带来一些安慰。

这件事情也让那些对我母亲而言很珍贵的慈善团体有机会被关注，比如由我们家族成员成立的非营利慈善单位"弃婴代养家庭"（SFAC，Substitute Families for Abandoned Children）和"新热带灵长类动物保育组织"（NPC，Neotropical Primate Conservation）等等。同时，我们也希望通过一个渺小人类战胜无数逆境的故事，鼓舞仍受困于黑暗世界的人们。

人们经常问，我是如何得知妈妈的故事的。从来都不是她叫我们乖乖坐好，然后就开始说故事给我们听。事实上，每天生活里所发生的事都可能会让她回想起过去在森林的日子。举例来说，香豆荚就可能会让妈妈想起过去在那个"魔法世界"所发生的缤纷故事。我非常喜欢看着她回想过去时的兴奋表情，像是她看见某种植物的图片时，或者在市场上发现某个品种的香蕉，而那是那群猴子的最爱。

这个故事不仅记录了她所讲述的故事，同时也包括了她的各项行为举止。她是一个相当狂野、充满活力的妈妈，而这一点让我跟姐姐体会到，她的确是由另一个物种所抚养长大的人，她永远都是我们的"猴妈妈"。有时候，她会因为自己非正统的教育方法而遭受批评，但是她学习的对象其实就是当初那群猴子大军。从妈妈身上，我和姐姐就能清楚地知道，那些猴子一定是世界最有爱心、最有趣、最有创造力的父母。

典型的查普曼家庭外出探险的日子就是，母亲和我们两个女孩子在树上爬来爬去，父亲则在树下研究各种树皮和苔藓（他的口袋里也必然带着采集样本的玻璃瓶）；有时我们也会进行动物救援任务，或者会因为想要探险一条小路，也可能是追逐一只引起我们好奇心的小动物而迷路。总之这样的日子一定是以妈妈的烤牛排画下完美的句点——不管什么季节，我们都会带上轻便式的烤肉架，就算是雪季也不例外。感谢我的家庭，我几乎没有什么走在小径上的"正常"散步经验，反倒是在回家后，会在头发里发现夹带的树枝。

我们家的日常生活写照有着不少令人尴尬的事实，自从搬家之后我就体会到，我们跟一般的家庭是有那么一点儿不同。我们向妈妈要求食物的方式完全不同于常人。有时候，像是在玩游戏，妈妈会拿着一碗甜麦片粥要求我跟姐姐做出最棒的猴子表情。我真庆幸社会福利机关没有来视察过我们家。

晚餐过后，我们会花好几个小时的时间互相梳理、清洗对方的身体，把彼此头发上的脏东西挑掉。这是一个非常令人放松的活动，也是打发时间的最佳选择，尽管我们3个人在事后看起来像是嗑过药一样的疯狂。我还记得有次头虱入侵我们的头发，那次可算得上是有史以来我们理毛"事业"的最高点了吧！

谈到宠物，原则上妈妈准许我们养宠物，但不能把动物关在笼子里，那会让她觉得很难过。因此，我们有好几只兔子在院子里跳来跳去。当然，它们有时候也会跑去邻居的院子里，不过显然这种放养的模式并不适用在小鸟身上。

由于妈妈不太识字，因此我也不太记得她曾经为我读过任何床头故事，不过她倒是会编自己的故事给我听。她会说一些非常神奇的故事，而这也造就了我少数几个不怎么光彩的习惯之一，比如隔天睡过头而迟到。但是这些扣人心弦的故事却让我学到了人生中最宝贵的课程，虽然她总是说自己的人生有残缺，不过这并未阻止她让我们得到最好的教养，尽管她在自己的成长过程中无缘享受这样的过程。

经过了 40 年，哥伦比亚已经变得很不一样了。现在的哥伦比亚充满活力、非常进步，称得上是安全的地方。但是在 1950 年，我的母亲还很小的时候，绑架、非法买卖、贪污毒品与犯罪等事件层出不穷；而 40 年代晚期的自由派人士的改革，最后只带来了将近 10 年的叛乱行动与贼乱横行。他们将这段时间称为"暴力时代"，大量的杀戮、虐待、诱拐与强奸，都是相当普遍的事情，整个社会弥漫着一股恐惧与不安。这个时代的动乱不安造成了成千上万的死亡事件（包括无辜的小孩）。妈妈的脑海中仍然存在着对当时那个哥伦比亚的记忆，她在生下姐姐之后，甚至不愿意让护士把姐姐带走，因为在她的回忆中，医院就是犯罪集团用来偷窃婴儿的大本营。

直到 1997 年，哥伦比亚仍然是婴儿绑架率前三的国家。过去几十年来，每个星期六晚上的《绑架之声》（*Las Voces del Secuestro*）会从午夜 12 点播放到早上 6 点，节目里的电话会不停响起，所有希望找回自己家族成员的人都会借由这个节目传递各种讯息。那些讯息实在令人觉得心碎。

那些遭到绑架的小孩因为他人的贪婪而受苦，正如我妈妈的经历一样。我的母亲就是活生生的证据，她让我们了解生活环境绝对不会是一个人的末路。事实上，正是基于她一路所受到的特殊教养，才让她成为今日这样一位坚强、惜福、慷慨、无私与积极向上的女子——当然，也非常狂野与不符合传统。

在我和姐姐的成长过程中，妈妈从不允许我们生太久的闷气。相反地，她会激励我们："打起精神来！站起来，用自己的力量创造出一些新东西！要懂得惜福。还有，快点儿动起来！"

她认为万事皆有其价值：喘息之间、每个新的一天，以及她生命中莫大的喜乐——作为一个母亲、祖母、妻子与朋友。因此，请让我向各位读者介绍这么一位杰出的女人，她想告诉你们一个传奇的故事。玛琳娜——我的母亲，同时也是我的偶像。

凡妮莎·詹姆斯

自 序

我想告诉你们一个故事，一个关于我人生的故事。一开始，我认为谈论自己没什么大不了的，算得上是全天下最简单的事情。但是，我错了，这是一件最难的事情。

认识新朋友时，我们总会向对方介绍自己的名字。所有的人都这么做，而这也是让别人辨识我们的方法。我会告诉别人我叫作"玛琳娜"，但这不是我出生时父母亲帮我取的名字，而是我在14岁那年帮自己挑的。我出生时的名字，就像是童年时期的所有经历一样，都已经消失不见了。

那些用来建立自我认同的回忆，对别人来说是如此的理所当然，但对我而言，这样重要的记忆早就不复存在了。我的父母亲在哪里？他们叫什么名字？我完全不知道。我的脑海里没有一丝关于他们的图像，连模糊的记忆也没有，我甚至不知道他们长什么样子。我心中有无数得不到答案的疑惑。我的家乡在哪里？那又是个怎么样的地方？我跟家人相处得好吗？有别的亲人还记得我这个姐妹吗？如果有的话，他们又是谁呢？现在在哪里？我喜欢做什么？我感受到疼爱了吗？我快乐吗？我的生日是什么时候？我到底是谁？

迄今为止，我对自己的认识如下：我大约出生在 1950 年左右，地点是在南美洲的北部地区，很有可能是委内瑞拉或者哥伦比亚，但我不确定是哪一个。由于我成年以后几乎都待在哥伦比亚，所以我总说自己来自哥伦比亚。

我唯一拥有的回忆，也就是我能够明确跟各位分享的事情，其实非常模糊，根本没什么清晰的印象。举例来说，我还记得自己的黑色娃娃，它身上穿着拉拉队的百褶裙，衬衫上面别着一条红色缎带，它的皮肤非常柔软，有着一头凌乱的黑发。

我也记得一台裁缝机。它的机身是黑色的，一旁则以金线作为装饰；裁缝机的旁边摆着一张椅子，上面通常放着一叠尚未完工的纺织品。那些东西究竟是不是还没制作完成的洋装呢？可以肯定的是，我的老家非常拥挤，而所谓的厕所其实只是在地上挖一个坑，让家人可以方便的地方而已。此外，我印象中的那个地方总是人声鼎沸、热闹不已，而我们所居住的那个小村庄，孩童们嬉戏的欢乐声也总是不绝于耳。

其实，我反而更能回想起外面的环境，像是家门外的那条红砖路。我经常沿着这条路一路奔跑到园子里，并且花上好几个小时在那里摘菜。我对那个地方的记忆非常清晰，而伴随着这个记忆的是一个呼唤我回家的声音，只不过我通常都拒绝照做。只要回忆起这些事情，我就会有种快要想起自己名字的感觉，因为那就是他们口中不停呼唤的名字。然而，我怎么也无法忆起那个名字，这个可悲的事实一直困扰着我。

还有什么事情呢？究竟我还能够清楚地想起什么呢？我还隐约记得大人们会走一段漫长又蜿蜒的山坡路，到山下去提一桶又一桶满满的水回来。我也还记得每天大概可以见到三四辆的车子，总之非常稀少。时至今日，每当我眺望远山，总是会有一种激动的感觉，因此我也一直认为自己的家乡就在山上。

这就是我所能透露的全部了，我只知道这些事情，因为所有的一切在一夕之间全都变了样。

玛琳娜·查普曼

第一部

01

豌豆荚总是令我着迷不已。不知道为什么，每当我用手掰开豌豆时，那种清脆的声音总是让我感觉到一股魔力。因此，菜园里头那个种植豌豆的角落对我来说是一个非常特别的地方，我经常在那里待上好几个小时，沉浸在自己的小世界里。

种植蔬果的地方其实只是我们花园的一小块土地。那一天，因为没事可做，我又偷偷从后门溜出去，钻过篱笆后，一路来到花园。我知道附近还有其他小孩，我可以听见他们，但是我一点儿都不关心他们正热切讨论的话题，我只想要坐在那个阴凉的角落里，躲避炽热的阳光。

当时我4岁，快满5岁，而我迫不及待地希望5岁生日快点儿到来。就我当时的身高来说，那园里的植物简直就像巨人一样高大，它们从肥沃的土壤里拔地而起，形成了巨大的凉亭，而长长的藤蔓更是快爬出了篱笆。一开始，我们只种植了甘蓝菜和莴苣，接着有了一排排不停向上蔓延的花豆，最后就是豌豆了。豌豆长得茂盛浓密，有着一大丛的卷须和叶子，挡住沉甸饱满的豌豆荚。

我席地而坐，随手拿起距离身边最近的豌豆荚，用手指掰开它，沉浸在那令人感到满足的"啪"声中。厚实的豌豆荚里藏着一颗颗饱含翠绿光泽的豆子，我把那些甜美的小小圆粒放进嘴里咀嚼，品尝它们美好的滋味。

不一会儿，我身边就堆满了掰开的豌豆荚，还有一堆特意挑出来的淘汰品。由于我全然投入在豆子的世界中，因此没注意到当天菜园里还有其他人的存在。

整件事情发生得太快，在我脑海里就只是一截短暂的记忆片段。前一分钟，我还陶醉忘我地蹲坐在泥地上，下一秒，我就看见一只黑色的大手与白色衣服一闪而过。在我还没有机会大声哭喊之前，就被蒙住了整张脸。

我想，当时的我或许一度尝试着要大喊，那是很正常的本能反应。但是在这个与世隔绝的小天地里，又有谁会听得到我的声音呢？当我在恐惧与惊吓中发抖时，一股刺鼻的化学药剂味直往我的肺里窜。那只巨大、有力的黑色手掌一把盖住了我整张脸，在即将昏厥之际，我最后的想法其实很简单：我死定了。

当我慢慢地从药物所造成的昏睡中醒来时，根本不知道已经过了多长时间。但我注意到身边的一切有些不一样。我开始留意周遭模糊的声音，希望听到一些让我安心的蛛丝马迹。我在哪里？究竟发生了什么事情？

　　我试着让自己的身体脱离睡眠状态，眼皮却变得越来越重，连张开眼睛的力气都没有。于是我只好闭着眼睛继续探测附近的声音，试着了解身边的情况，并搞清楚这是怎么一回事。

　　没过多久，我就认出了广场的声音，我很确定我听到母鸡的叫声，或许还有几只猪或鸭子。另外还传来了一阵熟悉的声音，那是汽车的引擎！下一瞬间，我才意识到，我根本就没被阵阵引擎声所包围，我的身体正不由自主地随着引擎的催促声起伏震动。我在一台车子上！噢！不！这可能是一辆卡车！

　　好不容易使尽力气睁开眼睛之后，我确定了一件事：我们正行驶在一条非常颠簸的石子路上。明艳的日光几乎要刺瞎我的眼睛，从我身旁呼啸而过的景象也都是一条条的模糊色彩。我不知道自己在哪里，更不清楚会被带到哪里，而载着我的这辆车子似乎正全速前进，导致我不停地在车厢内翻来倒去。

　　随后我才发现，这台卡车的后车厢里不只有我一个人。虽然我无法看清其他人，却能听见他们呜咽的哭泣声和"放我走"的喊叫声。卡车上还有其他的小孩！跟我一样，他们全都吓坏了。

　　我不知道究竟是出于恐惧，还是药物又再度发挥效用，总之，我眼前的景象与耳朵听到的声音开始变得模糊起来，我又一次失去了意识。

　　再一次醒来时，不知又过了多久，我注意到一件事：有水不停地滴溅到我的脸上，而我眼前的一切晃动不已。紧接着我意识到，我被扛在一个成年男子的肩膀上，身体随着他急促的脚步被甩来甩去。我的脸朝向地面，头发遮住了眼睛，途中还有纠结缠绕的树叶与细枝不断打在我的身上。我的脚和腿被植物的尖刺给划伤，撕裂的皮肤让我疼痛不已。

我就这样被一路扛进了森林深处。尽管我无法看清楚，但我知道还有另一个男人也跟着我们一起奔跑。我可以听见地面上的树叶被踩得劈啪作响，以及两个男人重重的脚步声。我就只知道这么多了。其他小孩呢？他们到哪里去了？从他们两人快步前进的情况看来，像是发生了严重的紧急事故，导致他们必须尽速逃离某个东西。他们吓坏了，就像我一样。会是一只可怕的动物或是怪兽吗？传说中森林里总是住着可怕的怪兽，加上那两个男人沉重、急促又惊慌的呼吸声，让我不禁猜测有个危险的东西正追在我们后头。

背着我跑的那个男人似乎快撑不住了，他的膝盖再也无法伸直，脚步也愈来愈蹒跚。我根本不知道我们跑了多远，也不知道要跑往哪里去，但我感觉得出来，我们已经跑了很长一段路了，那个男人已经气力耗尽，简直快要跌倒了。我实在太过害怕而无法思考，只能本能地紧抓着他，并且祈祷能够早点儿摆脱后面那个追赶着我们的可怕的东西——不管它是什么。

最后，他终于停下来了，我的身体却止不住地剧烈颤抖着，同时也感到天旋地转般的晕眩，仿佛那个男人不确定接下来该往哪个方向去。但是很快地，他又开始拔腿狂奔，纵身向大树下浓密的灌木丛冲去，而且这次跑得更快。我试着抓紧他，但是我以为他会跟之前一样用力地抓住我，所以又稍微松开了自己的手。想不到他竟粗暴地把我从肩膀上甩下来，让我直接扑倒在地。

　　一阵晕眩后，我试着站起来，想看清楚究竟是谁扛着我跑到这里。但是等我好不容易手脚并用地爬起来，转身只看见四条早已跑远的腿：其中两条是棕色的腿，而另外两条则是白色的。那两个人的身影就这样瞬间消失在树林中。我试着又喊又叫，求他们不要抛下我，直觉告诉我，就算他们不是好人，但我更不想被孤零零地丢在这个森林里。然而，就像在梦里一般，不管我怎么哭喊，就是没办法发出声音。我只能眼睁睁看着他们逐渐模糊的轮廓，最终消失在树林与灌木丛的暗影里。我一动也不敢动地跪坐在地上好长一段时间，眼睛只盯着深处那一片黑幕，暗自期待他们会回过头来找我，或希望至少能够听到其他孩子的哭喊声。我感到被遗弃，而且茫然无助，同时因为独自一人而害怕不已。为什么他们不回头？为什么他们要丢下我一个人？我的妈妈在哪里？我要怎么回家？

　　夜幕更加深沉。随着那两人的离去，夜里森林那些恐怖怪异的声音听来更让人倍感恐惧。我根本不知道自己在哪里、为什么会在这里、什么时候才会有人来救我。我身上什么都没有，只有一件棉质洋装，还有今天早上妈妈帮我穿上的灯笼裤。我躺了下来，蜷缩得像是一个球，感受着从地面传来的温热。

　　孤独与寂寞笼罩着我，让我痛苦不堪。我只希望闭上眼睛之后，一切就会马上结束；只要我闭得够紧，或许黑暗就不会这么可怕，而且不用多久，妈妈就会找到我……拜托，快一点儿。也许，当我睡醒之后，会发现自己已经安全地躺在家里的床上，而这一切只不过是一场噩梦……

02

太阳叫醒了我。我感觉到一只柔软的虫子在我的左胸口上爬行，右胸口却涌入了炙热的高温。那是非常非常高的温度。当我睁开双眼，阳光实在太过强烈，我只好再次闭上眼睛。

我试着滚动自己的身体，但仍然处在睡眠与清醒之间的昏沉状态。另一股热浪攻击过来了，这一次的目标是我的眼睛，空气中充满着爆炸性的光亮。除此之外，我还听见许多无法辨识的刺耳声音。

当我小心翼翼地睁开双眼，发现自己的视线集中在一大块蓝色区域上。那种蓝色非常鲜明，四周伴随着一团黑糊糊的不明物体。我试着用手指头控制自己眼睛的焦距，才终于看清楚眼前到底是什么东西。原来，那是一大片蓝天，旁边则是由一大片浓密树叶所形成的环状区域。这些树叶实在太高了，看起来才会像是一团黑糊糊的东西。

至少我现在可以确定自己在哪里了，这是一片森林。认清这个事实之后，我开始感到害怕，昨夜的回忆立刻涌上心头。我从自己家里被一群陌生人抓走，随后他们又把我丢弃在这里。

我用手掌拨开身边的泥土，扶着自己的膝盖站起来，开始寻找离开这里的方向。我脑海里唯一想到的方法，就是找到昨天抛弃我的那两个人。我想追上他们，请他们带我回家。我想要看到自己的妈妈，她在哪里？为什么不来找我？

　　我根本不知道从他们把我丢在这里之后，究竟过了多长时间。我竖起自己的耳朵，希望可以听到任何一点儿令人安心的声音，像是小孩的声音，或是人们打招呼的问候声，甚至是货车行经路面的碰撞声等等。我开始哭喊着自己的妈妈，不停地啜泣，一遍又一遍地呼唤她。长时间缺乏水分让我的喉咙非常干涩，但是此时的我压根儿没有喝水或吃东西的念头，一心一意只想找到回家的路。我试着用手拨开眼前所有的矮树叶、缠绕着树干的纠结藤蔓，盘根错节的枝干似乎挡住了所有的出路，而那些奇特又各异其趣的大型树叶就像要把我关在这个可怕的绿色地狱里。

　　我到底该往哪里去？眼前似乎没有任何道路，我也认不出任何东西，我根本不知道自己是从哪一条路进来的。

　　转了一圈后，我发现每个方向看来都没什么不一样，除了树，还是树，放眼望去全是树！有时候，在我或敏捷或跟跄地通过那些来自四面八方、纠结缠绕的障碍物之后，都会瞥见远处某个较亮的地方。也许是一座遥远的山丘。但是这座绿色监狱很快又会以重重的枝叶林木封锁那道微小的亮光。走得愈远，我心里就愈觉得惶恐与不安。这简直太愚蠢了！我为什么要这么做？我应该回到原本的地方，不是吗？如果妈妈来这里找我呢？要是她来了，而我不在原本那个地方，那该怎么办？

　　我立刻回头，一路上哽咽啜泣地试图要回到原本被丢下的地方。不过我很快就发现自己迷路了，我没有办法找回原路，根本没有任何线索。

我开始放声大哭，无法抑制眼泪的奔流。一路上我不是被那些邪恶的枝干给绊倒，就是被它们给割伤。我一直努力想弄清楚自己是怎么来到这里的。难道是我父母亲预谋的吗？是因为豌豆的原因吗？因为我偷吃了太多豌豆，所以他们才要求那些可怕的男人把我给带走吗？

我试着回想那些把我从菜园里给带走的绑匪，用手捂住我嘴巴的是个黑人。他是谁？某个叔叔？他有什么特征呢？他非常高大，而且强壮。他是某个认识我的人吗？不知为何，我一直想起家里那个漂亮的黑娃娃，那是我相当珍惜的宝贝之一。我们一家人都是白皮肤，爸妈却给了我一个黑皮肤的玩偶，为什么呢？这之中有什么我无法理解的含义吗？

一路上我不停使劲拨开那些无止无尽的及腰矮树叶，让我精疲力竭又沮丧。我的脚步愈来愈慢，肩膀再也提不起来，而精神更加萎靡消沉。但是，除了拖着疲惫的身心一路走下去，我又能做什么呢？于是我继续前进，但是这几乎算不上是一个经过思考的决定。我之所以继续走下去，纯粹是希望能找到一条出路，或是遇上某个可以救我的人，又或者，就算只是让我觉得离自己家近了一步也好。

然而，随着时间一点一滴过去，我的四肢布满了十字划伤，心里不断涌现的恐惧让我无法接受眼前的一切。

等到天色渐黑，我觉得自己的希望已经跟着太阳消失得无影无踪了。夜晚到来，该是上床睡觉的时间了，我却还被困在这个森林里。我又得独自在这里度过一个夜晚了。

这是有史以来我见过的最黑的一个夜晚，即使眯起眼睛用力地看，也无法瞥见一丝丝远方星辰闪烁的微光。整个天空像是被封闭起来一般，仿佛一张从天而降的大型黑色床单，将我跟那些夜间出来活动的森林生物一网打尽。少了那些让我意识昏迷的化学药物，我反而陷入了比前一晚更严重的绝望深渊。我又再一次听见那又响又亮、令人寒毛直竖的声音，而我从大人们那里获知，森林的野兽们会藏身在黑夜之中。这么一来，它们可以更轻松地捕捉到猎物。

就在夜晚突然向我袭来之际，我在一棵巨木下找到了一堆上头没有任何植物的小土丘，并且决定坐在上面。随着空气变得愈来愈凝重，我再次尽可能地将身体紧紧蜷缩成球状，背部靠着稳固的树干，双手抱住弯曲的膝盖。

我很清楚知道自己必须不动声色，同时也告诉自己，这就像是一场捉迷藏游戏。如果我静悄悄地不发出任何一点儿声音，那些在深夜出没的怪物就不会发现我在这里。

但是我仍然无法忽视它们可怕的存在。我能够听见许多种不同的声音，其中有不少离我很近。某些沙沙作响的声音听起来就像我自己穿过树叶时会发出的声音。除此之外，还有小型动物快速移动的急忙奔走声。一阵响亮、令人惊恐的声音，就在我藏身的不远处爆裂开来，另外还传来像是踩过干枯树皮的清脆断裂声，而这个声音就围绕我身旁不停打转，看来有个不知道是什么的东西正绕着我转圈，等待着适当的攻击时机。它那双在夜里发光的可怕眼睛能看得到我吗？而那些跟随它的沙沙声又是什么呢？是拖着尾巴所发出的声音吗？它是会吃小孩的怪物吗？它闻得到我的味道吗？

我试图让自己缩得更小、更紧。这个时候，我多么希望找到一只笼子，让我躲在里头而不受到利爪的攻击，或是被血盆大口吃下肚。火把也可以。我多希望妈妈在这个时候带着火把来找我，把那些怪兽通通吓跑。

然而，似乎有个东西把那只不断尝试要接近我的怪兽给吓走了，因为我听到了疑似仓皇逃离的声音。我松了一口气，但也是短短一瞬间而已。暗夜依旧深沉，我只能继续蜷缩着身子躲在树干里头，看不到任何东西的我更加恐慌无助。虽然眼睁睁看着森林的生物靠近是件非常可怕的事情，但我认为，什么都看不到的话，反而会更恐怖。就像现在这样，我什么事情都做不了，只能在恐惧中瑟缩发抖，任凭可怕的小虫子在我的四肢爬上爬下，或是探索我的脸部轮廓，甚至钻进我的耳朵里头。我从来没有像今天这样强烈渴望能够好好睡上一觉，因为无论噩梦有多么可怕，也绝对不会比把我困在其中的这场噩梦还要吓人。

隔天早上，同一个太阳以同样的强度，从同一片耀眼的蓝天中，光芒四射地向我问候。我花了很长时间才说服自己把眼睛睁开。半梦半醒之间，这道暖流几乎要让我以为自己还裹着毛毯躺在床上，而阳光透过窗户洒落在我的房间里。但是清晨森林里的骚动很快就赶走了这场梦，残忍地把我给拉回了现实。

躲在树干中的我又开始哭了起来。我的喉咙干燥且疼痛，肚子则不停地咕咕作响，呼唤着食物。我已经哭了这么久，甚至哭得脸都肿胀起来，究竟谁听见了我的声音？我用手背拭去了脸上的泪痕，然后，不再布满泪水的眼睛似乎见到了一只美丽的蝴蝶。

我再仔细一看，才发现那不只是一只蝴蝶，而是成千上万、各种不同颜色与样貌的蝴蝶，正在我的头上盘旋飞舞。它们在美丽的粉红色与白色花瓣间来回穿梭，而这些花朵从树的最高点随着绿茎一路垂挂而下。眼前这片景色是如此的令人目眩神迷，加上湿热森林所产生的迷蒙雾气，更是让我彻底陶醉其中。

遗憾的是，饥饿所带来的痛苦并没有因此消减。我非常饿，必须吃一些东西，但是吃什么呢？我在地上看见一些豆荚，便仔细地加以检查。它们闻起来虽然不错，甚至让周遭的空气都充满着香气，不过色泽全都跟煤炭一样黑，而且干枯凋零。我只需要掰开一枚就可以看出它们跟一般豌豆荚有很大的不同。一般的豌豆有办法在这座森林里生长吗？玉米呢？也许我可以找到一些东西吃。我站起身，开始探索四周，只不过这一次用的是很不一样的方式。

当时我年纪太小，根本不晓得那些看来很奇特的食物，比如莓类跟水果可能会导致中毒。我之所以没有把那些东西吃下肚，纯粹只是因为它们看起来太陌生而无法引起我的食欲。事实上，我没有办法在那些低矮的树叶里看见任何熟悉的东西。

我重新思考了自己的处境。如果我找不到东西吃，很快就会饿死。按照大人或是图画书里头的说法，我会死掉，然后被动物啃噬。于是，我再一次决定不要停留在原地。今天我要走上一整天，持续不停地走。如果救援迟迟不来，我就必须自己去找到它。

我决心要一直走到双脚不听使唤为止，只有这样，我才有可能遇上能够提供给我食物的人类，让他将我带回父母的身边。

我又动身穿越那些难缠的树叶，除了尽快离开这个鬼地方，心中没有任何其他计划。如果当初那两个男人能够跑着把我背进这座森林，只要我走得够久，也一定有办法离开这里。

大多数的时间里，我只看得见眼前密密麻麻的树叶，而那些被我用手拨开的枝干也因不甘被打扰，以猛烈的反弹予以回击，在我的皮肤上划下一道又一道的伤痕。这个诡异的绿色空间不但闷热，而且有种幽闭的恐怖。我才刚忘却饥饿的渴求，树上滴落的水珠与阵阵吹来吹去的烟风却又燃起了我另外一股需求。此刻的我渴得无以复加。

但我要怎么样才能找到水呢？我完全没有任何想法。虽然我周遭的每一样东西都带着丰厚的湿气，显得相当润泽，不过要找到可以喝的水似乎是不可能的事情。我开始急切地搜查周遭的环境，只是，在这样一个地方，该去哪里找水喝呢？

石头与岩壁上的凹洞、裂缝，或是林地上的水坑都是我寻找的目标。我就像只嗡嗡作响、东奔西忙的小虫，满怀希望地盯着不同种类的花朵瞧，直到发现一种盘绕的植物，绿色的叶子呈现环状，叶缘则环了一圈细毛。我心想，如果这些叶子看起来像杯子，或许也能当做杯子使用。果不其然，我探头往那些卷起来的叶子里头一瞧，就看见一小瓢微微发光的水。

像是发现了神秘的宝藏一样，我伸手将圆锥状的叶子拉近，让它润泽的表面贴上我焦干的嘴唇。这一刻，我仿佛置身天堂。

紧接着，我小心翼翼地将整片叶子倾斜，一口饮尽剩下的水。水的味道尝起来很奇怪，有股土壤的味道，但我并不介意，毕竟口渴的问题总算暂时获得解决。

不久之后，我发现更好的解决方案。那是一条小河，在石块之间流淌的河水不断泼溅起水花。这次我喝进口中的河水是冰凉、清澈的。这是一种愉快的体验。只不过，我的肚子可就没有那么容易满足了，不一会儿就嘟囔地抱怨了起来。于是我只好重新开始寻找可以果腹的食物。

我没有找到食物，却发现一只鹦鹉。虽然因为饥饿而感到虚弱，我还是被它吸引住了。蓝、绿、黄相间的它体型不大，坐在一根低矮的树枝上自言自语。这让我感到安心不少，而它就大胆地待在那儿，瞪大眼睛望着我。我出于本能地想要更靠近它一点儿，于是向它伸出了手，希望它能自己走上来，就像那些在乡村里常见的鹦鹉一样。

但我错了。我才一走近它，它立刻朝我逼近，同时大声地嘎嘎叫了起来，还用力地啄了我的大拇指一口，随即生气地展翅飞走。看着被啄伤而阵阵作痛的大拇指，涌出的鲜血流过手掌，滴得四处都是，我立刻自怜自艾地号啕大哭了起来。在往后的数十年间，这个时刻对我一直有着非凡的意义。因为这就是我能够生存下去的关键。这么美丽的生物居然主动攻击人类，真是叫我大吃一惊。然而，也正是因为这份诧异，让我学到了最重要的一课：这里不是人造的空间，没有那些漂亮又温驯的宠物；这是野生的森林，所有动物都必须为了生存而杀戮。沮丧的我继续漫无目的地向前走。

很快地，我就重新打起精神，振作了起来。就在被鹦鹉啄伤不久后，我发现周遭的环境变得不同了，低矮的灌木丛似乎也稀疏许多。我甚至忘了大拇指上隐隐作痛的伤口，用力拨开那些永无止境挡在我前头的树枝，一心以为自己真的可以逃出这座森林。我不断地往前推进，脚步也愈来愈急促，显然我正往一块空地方向前进。当我离目标愈来愈近，眼前的景象也就让我更加笃定：前方似乎不再是森林，而是一片空旷的土地。

一定是这样，没错！我迫不及待想要踏上近在眼前的空地边际，一点儿也不在乎有多少令人恼怒的粗枝细杆拍打或重击着我。终于冲出森林的那一刻，我狂喜不已，却发现自己脚下竟只是一块小小的草地！我的喜悦在瞬间烟消云散，因为草地的另一头又是另一片杂乱无章、难以穿越的地矮树丛，就跟我刚刚才摆脱的那片区域一样。我走了这么远，又这么久！不但筋疲力尽，而且饿到两眼发昏，却丝毫不见得以逃离这片森林的迹象。这下我可以确定，我只是又更往森林的深处推进而已。

为什么？我开始思考为什么会发生这样的事？为什么？为什么？为什么呢？为什么妈妈不快点儿来救我？我究竟做错了什么？如果这是一种惩罚的话，至少也告诉我原因吧。我低头看着自己身上的衣服，它原本是纯白色，上面还有粉红小花的图案，现在却沾满了泥土与血迹，变得破旧不堪。因为没有穿鞋，脚掌不但肮脏，而且还磨破了皮、伤痕累累。此外，我的胃跟心灵也都绝望地呐喊着。我瘫倒在地上，鼻子里尽是杂草的味道，以及一股挥之不去的土壤气息。除了躺在那里不停哭泣，我不知道还能做些什么。我想要回家、想要妈妈、想要她抱我、安慰我，但是我什么都没有，也没有人可以依靠。

我蜷起了自己的身体，半梦半醒地挨过一段对我来说如同永恒一般漫长的时间。没错，我正在经历一场可怕的噩梦。森林里怪异的声音总让我跳起来，那些响亮的呼喊与鸣叫声似乎都在嘲弄着我。我可以听见树枝打颤、草叶摆动，以及尖锐刺耳的断裂声与重击声。

我只想要死。然而，我的绝望与恐惧最终都化成了饥饿，这股从胃部深处发出的纯粹生理需求让我认识到，短时间之内我是不会死去的。

我睁开了一只眼睛，不过只有缝隙般的大小。阳光依旧环抱着我。我把眼皮又撑开了些，视线就沿着地面直直望去，却撞上某个可怕的东西，吓得我马上闭上了原本半睁开的眼睛，然后静悄悄地把头转往另一个方向。

不过，另一只眼睛还是瞥见了确认自己并非在梦中的证据：我的身旁出现了别的东西，事实上，我被包围了。

03

我的睡意全消。当我张开双眼，才发现自己不只被包围，还被盯着看。围绕着我的是一群猴子，而它们距离我只有几步之远。

我再次陷入恐慌，一动也不敢动，同时试着清点猴子的数量。这时的我还不到 5 岁，最多只能数到 10，但是眼前的数量看来远远超过这个数字。在我看不到的后面或许还有更多，光想到这一点，又不禁让我更加害怕。

不过，彼此打量过对方之后，我就不觉得这么害怕了。它们看似一个大家庭，虽然身形大小不一，但是看得出来是有血缘关系的。其中有大有小，有老有幼，全都有着巧克力色的毛皮跟苍白的腹部。体型大一点儿的猴子大概跟小型犬一样，而身材比较娇小的就跟当初攻击我的那只鹦鹉差不多。它们全都是野生动物，基于先前跟鹦鹉的不愉快经验，我无法信任它们。但是，我总觉得它们不会伤害我。

这种感觉并没有持续多久。过了一会儿，一只猴子脱离猴群向我走过来。它是猴群中体型最大的其中之一，身上的皮毛色泽也比它的同伴们要深。此外，它大胆跨步朝我走来的行为，让我认定它便是这个家族的领袖。我又再一次感到恐惧，因为我根本不晓得它要对我做什么。我再次将身体蜷成一团，试着让自己变得更渺小，并且把头埋进胸口，用双手环抱自己的膝盖。

我正要紧紧闭上双眼之际，它伸出一只布满皱纹的手，出乎我意料地稳稳推了我一下，轻易就把我给推翻。我在地上颤抖着，为了下一次的碰触而感到紧张，但是它没有这么做。几秒钟之后，我张开眼睛，却发现那只猴子已经对我没兴趣了。它回到猴群里坐了下来，跟其他猴子一起盯着我看。

接着，第二只猴子也走过来了，同样也是体型较大的一只。

它四肢并用、缓慢但果断地向我靠近。这一次，我本能地抓住自己的脚。当那只猴子来到我身边时，却抓住了我的一只脚用力拉扯，让我整个人失去平衡而重重摔回地上。我再一次把自己缩成一团，但它竟然开始用手指拨弄我的头发，还轻抚我的脸。这下我可吓坏了，全身止不住地颤抖，试着想挣脱它在我身上游移的手指。看来它跟前一只猴子一样，已经把我当成玩具了，我被它推来翻去的。

这样的行为似乎让其他体型较小的猴子产生了信心，认为我对它们没有杀伤力，也都想凑过来弄清楚我到底是什么东西。它们喧嚷鼓噪的声音听起来就像是在刺激彼此、相互笑闹，然而在下一瞬间就全部来到了我的身边，开始推我、拉扯我身上的衣服，还用手不断拨弄着我的头发。

"住手！"我哭着大喊："离我远一点儿！走开！"但是它们完全不把我的喊叫声当回事。我只好畏缩地呜咽啜泣。直到它们完成所谓的"调查工作"。不过，现在我倒是感到比较放松了，要是它们想伤害我的话，早就那么做了。它们不但没有伤害我，好像对我失去了兴趣，慢慢地转身回到矮树丛里去做原本该做的事。我想，它们就是从那边过来的。

我没有任何地方可以去，也担心如果逃跑的话，它们会追上来，所以只好坐在原地看着那群猴子。它们爬上附近的树，彼此嬉闹，也互相理毛，然后从里头抓出东西来，放进嘴里吃掉。那是什么？花生或莓子吗？还是蛆跟虫子？小蜥蜴吗？因为距离太远，我根本看不清楚那到底是什么东西。很快地，我发现它们会仿效彼此的动作，不管大猴子做了什么，小猴子就会马上跟着做。见到眼前这幅景象，我突然想起妈妈说的话："猴子会一边看，一边做。"

我坐在地上看着它们很长一段时间，像是被这一切给迷住了一般，完全没有想要离开的念头。它们是如此享受彼此的陪伴，而这也让它们看起来就像一个家庭。离它们愈近，我愈觉得自己不是孤单一人。

其实它们也长得很漂亮，有着巧克力牛奶色的毛皮、骆驼色的肚子、毛茸茸的耳朵，以及黑油油又多毛的尾巴。我特别喜欢它们的手，甚至让我觉得非常有趣。因为它们不是人类，却有着跟我没有两样的手，无论是色泽或大小都很相像，而且同样有4根手指头，加上一根大拇指以及坚硬的指甲。

它们的活力旺盛，持续地跳上跳下，在树上或灌木丛中聊天或追逐嬉闹。它们似乎非常喜欢玩耍，而某几只看起来比较年轻的猴子甚至会玩到打起架来，或是发生争执。体型较大的猴子会在一旁看着，如果这些年轻小猴子玩得太过火、失去控制，大猴子就会露出不悦的脸色并尖叫警告，就跟人类世界里的大人们一样。不知道为什么，但是这样的秩序与家庭般的情境让我的心情好多了。

04

过了一阵子之后，我又再次因为空腹的折磨而心烦意乱。这已经是我待在森林里的第三天了，而我非常需要食物。我持续观察那群猴子的一举一动，同时也注意到它们惊人的食量。它们随时随地、时时刻刻都在进食。我知道自己也必须这么做，否则一定会死于饥饿。

头顶上突然传来一声警告似的尖叫，我抬头往上看，有只小猴子正在我的头上摇来荡去，然后以迅雷不及掩耳之势跃向一旁另一棵较小的树木。这棵树木的叶子几乎有一只成人的鞋子这么大，颜色较深，形状就像细长的泪滴，闪耀着深沉的光泽。除此之外，这棵小树还会开出紫色花朵，并且在花落之后结出如同香蕉般的果实，只是它们成长的方向跟一般香蕉恰好相反。这些果实看来尚未成熟，外皮仍是青涩的绿色，大小也只跟我的手指头差不多。我印象中家里面的香蕉是黄色的，但是这些形体较小的果实看起来跟香蕉相当相似。树上那只小猴子抓了满怀的果实，在匆乱中掉了一串，我不假思索地就冲上前去捡起林地上的那串香蕉。

我已经看过猴子们是怎么吃掉这个东西的，跟妈妈教我从顶端慢慢剥开的方法完全不同。这些猴子会直接从中间折断香蕉，或是从底端开始去皮，有时候它们也会动用牙齿辅助。身旁有只猴子正在大啖这美味的果实，而我就一边流着口水，一边学它吃东西的样子。

这果肉真是美味无比，不但柔软黏稠，而且不可思议的香甜，称得上是我人生中吃过最好吃的一根香蕉了。这是我首度品尝森林里的食物，而我狼吞虎咽地就把它给解决掉了。就在我打算捡起第二根香蕉时，有只猴子显然已经在一旁观望已久，打算伺机而动，它灵巧又熟练地一把抓住树上的藤蔓荡了过来，从我眼前偷走了那串珍贵的果实。

　　我这才想到，原来这就是森林的生存法则啊。不过也无所谓了。我在地上找到了一根棍子，很快地又替自己弄到了另一串美味可口的香蕉。现在，我有了伙伴，甚至有点儿像是一个家庭。而且我也找到了可以吃的东西，我可以一直在此维生，直到妈妈找到我，把我带回家为止。享用着第二串果实的我，完全沉浸在这份美味之中，整个人轻飘飘的，好像要飞起来似的。

　　虽然我一直担心这群新朋友会突然四处逃窜而留下我一个人，不过它们并没有这么做。森林的这个区域似乎就是它们的家。那个时候，我也决定把这里当成自己的家，所以，我跟它们一起度过了在森林里的第三个夜晚。猴子们都喜欢睡在树上，而我则必须把自己塞进地面上两丛灌木之间的狭小间隙。我曾经非常想要回到那个安全的空心大树干里，而后来我也这么做了。但是那天晚上，我实在太害怕失去这群猴子，所以选择留在原地碰碰运气。光想到这群猴子就在附近，就能让我觉得比较安心。夜晚在瞬间为大地覆上了一层墨色般的黑，猴子们彼此呼喊的声音也让我的心灵得到了些许抚慰。

　　但是躺在那里的我仍旧因为恐惧而不住地颤抖，这座森林又再次充满各种尖叫与长嚎等恐怖的声音，四周摇晃不止的灌木丛也持续传来窸窸窣窣的声音。我的心头涌上了一股冰冷的恐惧。那里到底有什么东西？

　　我感觉某个东西正在移动，于是立刻摒住呼吸。身后有一股稳定的压力正在缓慢靠近。我不晓得那是什么，只知道它很柔软、冰冷，而且非常巨大。此外，它好像在滑行。

　　这只是我的想象，或是真的有一条大蛇发现了我的存在？它正缓缓向我滑来，也许正准备把我当成晚餐吃掉？我开始胡思乱想，完全没有办法看清楚究竟是什么东西从背后靠近我，即便睁开眼睛也无法辨认。脑海里的画面变得愈来愈恐怖，我几乎不敢呼吸，更别提翻过身去探看究竟。我只是躺在那里，心脏剧烈地跳动着，耳朵则仔细听着它发出来的声音，一种像是碾压过什么的吱嘎声。它似乎爬经我的身体，接着，压力逐渐减轻。我很确定，那是一条非常巨大的蛇，而它正在缓慢地滑回原来的地方。

　　知道自己身边有一条巨蟒，我根本无法好好睡觉。无论我多么疲倦也不敢掉以轻心，否则很有可能被吃掉了。但是我后来还是睡着了，隔日醒来，我已经看见一片晴朗的蓝天，看见洒落地面的阳光，并且感受发烫的四肢，这让我放松不少，关于那条蛇的思绪也跟着烟消云散。但是，耀眼的日照跟林间的迷雾却让我格外想家。为什么妈妈还没有来救我？她应该可以发现我在这里才对啊？但是我的身边就只有那群猴子，跟昨天一样，它们正在我头上的枝叶间跳来跃去、嬉戏玩耍，完全不在意我沮丧又失落的心情。

　　那群猴子已经习惯我的存在了，并不会在我身上花太多心思。一群看起来年纪比较大的猴子，它们似乎是这个家族的长老。尽管其他年轻的猴子几乎不把我当回事，这群老猴子还是持续注意着我的一举一动。这群猴子的数量比我第一次见到它们的时候还要多，大概有 30 只左右。虽然它们似乎很高兴看见我经常出现在这里，不过它们仍没有将我纳入这个社群当中。它们根本不知道它们是我的救命恩人，也是我的朋友。光是同意让我待在它们身边，我已经满心感激了。

我可以在一旁观察它们，同时认识周遭的环境。只要是跟食物有关的事情，我就会无条件效仿它们的行为。我认定它们喜欢吃的种子、坚果与水果，也全都是我可以吃下肚的东西。有些东西表皮带刺，有些尝起来则苦得难以下咽，但是只要它们放进嘴巴里，我也会跟着尝试看看。

其实我也不尽然全盘接受它们吃的每样东西，有许多东西我是敬谢不敏的。例如，我绝对不会产生去抓一只蜥蜴来吃的念头，光想到这件事，就让我觉得恶心。在无数次尝试之后，我知道自己不喜欢吃花、草或是昆虫，而水果、坚果和野莓则是我的最爱。但不是所有的野莓都可以吃，我几乎花不到 3 秒就学到宝贵的第一课：愈是鲜艳的野莓，无论外观看起来多么有吸引力，都不应该吃下肚，绝无例外。

在所有食物之中，无花果似乎是最受大家喜爱的，谁的手里拿着无花果，就会成为猴群追逐的对象。猴子之中的你偷我抢其实更像是一场游戏，不过如果最后的战利品是无花果的话，是不会有任何一只猴子待在一旁观战的，而我也分享了它们这份同伴的情谊。待在森林的头几天，我几乎就获得了一辈子都不会枯竭的热情。直到今天，带有哥伦比亚传统风味的无花果仍是我最喜爱的水果之一。

并非所有的食物都是唾手可得的。从猴子的身上我认识到另外一个真理：如果想吃到最美味、诱人的那一小口，那么你就得花点儿心思。在我们经常活动的这个范围，有着各式各样不同种类的坚果。那些猴子显然自有办法对付难搞的坚果壳，但我并不知道它们是怎么成功吃到香脆的果实的。

比起其他同伴，其中有只猴子似乎愿意让我更靠近它一些。我不确定它究竟是公或母，因为我根本不知道要如何区分其中的差异，但是在我心中，它是一个有着中等体型的小男生，肚子上的灰色毛皮让它显得与众不同。它非常调皮，胆子也很大，最重要的是，他相当擅长敲开坚果，而这才是最符合我需求的特质。我一直观察着它，想弄清楚这家伙到底是怎么办到的。于是我想到了一个方法。我决定让它来"偷走"我的坚果，希望可以借此看清楚它吃到坚果的秘诀。

果不其然，它掉进了我设下的圈套，偷走了我"掉"的坚果。它先是把坚果放在耳朵旁边摇一摇，应该是想要确认这颗坚果是否已经成熟。我不晓得它以什么样的标准来判断这个声音，总之，这颗坚果已经可以吃了，因为我一路尾随着它，而它看似在树林寻找足够坚硬的东西，好用来敲开坚果。最后，它应该是找到了合适的石头，石头上面有个小凹槽。它把坚果放进凹槽里固定好，这么一来，坚果就不会滚来滚去，而之后它也顺利地利用树枝敲开了坚果。

真是个聪明的办法！我看它做了好几次之后，发现其实还可以变换出不同花招。有时候它会拿地上大型树枝的凹槽当容器，然后用石头作为敲开的工具。但是不管怎么样，结果都是相同的：

坚果壳会被敲碎，那只猴子永远都能享受到美味的果实。猴子会观察，并且会实际操作。我也开始想办法寻找自己使用的工具，才有办法吃到坚果。

跟着这群猴子生活的前几天，我几乎都把时间用在满足自己的食欲上。丛林里的食物非常丰富，像是香蕉、无花果以及坚果，还有各式各样的水果任我挑选。

我还从这群猴子身上学到另一件事情。它们热爱灯笼果、红毛榴莲，以及番石榴，对于这些水果，它们几乎是来者不拒；但若换做是其他水果，它们就会变得非常挑剔。像是秘鲁小橘子[1]，它们会先摇一摇、闻一闻，检查一番之后，才决定要不要将这些果实从树丛里捡起来。这么做其实是有理由的，因为尚未成熟的果子吃起来奇酸无比。同样地，看起来有点儿像小黄瓜的香蕉百香果[2]也是比照处理，它们只吃黄褐色的果实，绿色的就完全不碰。猴子也吃树叶，不过我的肠胃没办法消化，除此之外，许多昆虫与蛆也都是它们的食物。

在森林生活的前几天可不是只有觅食，玩耍、清洗身体、聊天交谈也都是属于其中的环节。

当然，对于猴子来说，生存也是重点之一。在我的新家庭里，这就代表着拥有一块属于自己的领土，而且更重要的是，必须保证它不受其他猴子部落的入侵——没多久我便理解，这就是打架

---

[1]秘鲁小橘子（Lulo），属茄科，是生长在南美洲的水果植物，果实呈圆形，橙黄色，覆盖着绒毛，内部结构类似番茄。

[2]香蕉百香果（Curubra），一种外观类似圆润香蕉，生长在温暖潮湿环境的黄色水果，果皮柔软，果肉呈橙色，含有大量黑色种子。

的意思。

第一次看到猴子跟入侵者打架时，我整个人吓坏了，完全搞不清楚当时究竟发生了什么事。前一分钟，它们都还绕着我相互嬉闹，下一分钟就全都扭打成一团，树枝折断的声音劈啪作响。一阵混乱当中，我发现其中有些外观看起来不甚熟悉的猴子，它们有着红色的毛皮，根本不知道是从哪里冒出来的。头顶上那些激战的声音吓得我动弹不得，从那些尖叫声听起来，似乎是一场惨烈又可怕的打斗，让我想要爬着逃离，躲进某个树丛里，并用双手紧紧捂住耳朵。那些猴子再次从树上下来时，说明它们已经击退了敌人，不过它们满嘴的血迹让我震惊不已。它们吃掉了那些入侵的猴子吗？或者，它们只是咬伤对方以达阻吓之效？如果我激怒它们的话，它们也会以同样的方式对付我吗？

这次事件让我再次认识到，我正身处于一个随时都有可能出现攻击性动物的危险地带。但是，当我想起初次与这群猴子相遇以来，它们对待我的方式，就已经表明了我在它们眼里并不具有任何威胁性。否则它们为什么不用尖叫声与血腥的暴力把我赶走？或是将我驱离它们的身边？

我焦虑地寻找着让自己可以安心的理由。我想，也许它们看到了我被遗弃的过程，看到那两个冷血无情的男人把我丢在这片森林里，知道我无处可去，所以对我感到同情。我一点儿也不想伤害它们，只想当它们的朋友。它们似乎能够理解我这样的想法，这一点让我感到相当安慰。当我看着它们清理嘴边的血迹时，只能默默祈祷它们不要突然改变心意。

05

没有人来救我。

日子一天天过去，无论是隔天，或是再隔一天，我的父母始终没有出现，也不见其他人类的足迹，一个都没有。自从我被那两个男人丢下后，心里一直期待着有人来救我，但是这个念头就如同衣服上的花朵图案一般，逐渐消失了。

慢慢地，过了一段总是期望落空的日子之后，我也就不再抱着任何获救的希望。我刻意阻止对家的想念，把心思全放在这个新奇的森林生活里。

每个新的一天对我而言都像是生命中的最后一天。丛林会在炙热的日照中醒来，林间的蒸汽会随着穿透枝叶、洒落在地面上的阳光冉冉上升，形成弥漫的烟岚。然后我会小心翼翼地观察那群猴子，避免惹怒它们，跟着它们寻找食物之后，再继续观察它们。直到太阳沉落、夜幕低垂，我才会寻找一个栖身之处好好睡上一觉。

直到有一天，这样的生活规律被一场突如其来的大雨给打乱了。躲在遮蔽处的我根本无法预知它的到来。雷声大作，我的世界笼罩在一场倾盆大雨里。当然，我知道下雨是怎么一回事，不过从那一刻起，这个自然现象有了截然不同的全新意义。雨滴在绿叶的表面轻舞，让整片林地摇摆跃动了起来，而其间所制造出来的雨声更是淹没了森林里原有的嘈杂与喧闹。同时，这场雨也为我提供了一项新的资源，它创造出一个小水坑，让我可以直接喝里面的水。此外，雨水也打湿了我厚重又蓬乱的头发，然后像湍急的小河般奔流过我的四肢。这简直就是一种狂暴又带有净化力量的魔法。

远离文明世界的我根本无法辨知今夕是何夕，也不知道该怎么计算时间。在那些日子里，孤独带给我的极大痛苦，直到现在仍然刻骨铭心，我希望永远都不要再落入那样的境地。这群猴子是整座森林里唯一不会让我感到害怕的动物，也许就是因为这样，我才会受到它们的吸引。它们跟我是如此相像，让我觉得应该要好好了解它们。

所以，单单只是在一旁默默地看着是不够的，还必须仔细聆听它们在说什么。它们会通过各种大量的声响作为彼此沟通的工具，而渴求与人类接触、尤其想听见人类声音的我，便会满怀热切地坐在那里聆听它们所发出的声音。

我同样渴求开口说话的机会，不知怎地，用自己的声音沟通似乎是一种强大而本能的需求。一开始，我只是为了好玩而模仿猴子们所发出的声音，或许听见自己的声音也能让我稍获慰藉。有时候会有某只猴子，甚至是好几只猴子做出回应，像是正在跟我进行对话。这更加激励了我，让我觉得它们终于注意到我了。因此我不断练习属于它们的声音，希望能够得到一些回应。

猴子的想法并无法以语言呈现，也相当难以模仿。就算当时我拥有小女孩的高尖音频，有些声音仍然会受到生理条件的限制而无法仿效。然而，我还记得当初首度成功掌握的猴子语言就是它们经常用来警告彼此的尖叫声，这是一种从喉间发出、响亮又急促的噪音，用途就在于警示猴群提高戒备。瞭望台上随时都会有猴子负责看守，一有什么风吹草动，它们就会立即发出警报；而任何进出它们地盘的消息与动静也都会通报给家族里所有成员。这时候，它们也会有特定的姿势：它们会先把脸给拉得长长的，张大了嘴，然后眼睛盯着某个点不放，接着会踮着脚尖用后腿站起来，发出低吼的声音来确认遭受威胁的程度。一旦认定来者不善，它们就会摇头晃脑地发出尖锐刺耳的叫声。这些行为其实跟小孩或一般人类没什么不同，受到威胁的程度愈高，尖叫的音量就会愈强。

如果有立即的危险，它们会发出更尖锐高频的声音，并且不停地用手拍打地面。一旦事情演变到这个地步，其他的猴子也会立刻聚集过来，一同仓皇失措地爬上高处的安全地带，留下我一个人在地面上惊恐地找寻可以躲避的藏身之处。而我也终于了解到这种叫声代表什么意思。

不过，很快地，我就知道不用总是这么害怕。也许因为我也是个年幼的孩子，马上就看出家族里那些小猴子偶尔会以发出这种"立即危险"的警告声为乐，而那些老一点儿的猴子们也总是能够分辨其中的真伪。在早期的森林生活中，这也算是让我感到安慰的一点儿小乐趣。

但是想到自己未来会在这里待很久，甚至有大把的时间学会猴子们不同发声的含义，就不觉难过起来。如果当时的我知道后来的发展，可能会绝望而死。谢天谢地，还好我没有。每日黎明破晓时，我的心中多少都怀抱着一点儿希望，尽管这个希望非常微弱，却足以支持我继续活下去。

自从有条蛇在夜间爬过我的身上之后，我就一直很怕同样的噩梦会再次重演。不过这样的恐惧感很快就消失了。在整个森林里，蛇其实是最羞怯的生物之一，它们不喜欢引人注目，总是无声无息、静悄悄地行动。我一直都很怕蛇，以为它们只想咬我，却发现它们根本就不喜欢被人发现。蛇身上的斑纹让它们得以融入背景之中，有时看起来就像地上的落叶，或者是树皮。而且他们似乎更怕我，再小的动静都会惊动它们，把它们吓得立刻开溜。于是，我从猴子那里学到，只要看到蛇，吹个口哨就能把它们给请走。

蜘蛛也是胆小的生物之一，尽管它们的体型也不小，而且全身毛茸茸。以前在家的时候，只要在房间里看到蜘蛛，我就会立刻吓得哭出来。但是森林里的蜘蛛就不一样了，不但害羞，而且还很可爱。我发现它们很迷人，怎么看都看不腻，也想伸手摸摸它们像细丝一般的脚。如果你胆子够大的话，还可以看它们躲进小洞穴那种慌张的样子。它们会用看起来像黑色小纽扣的眼睛望着你，像是在说："求求你，请不要伤害我。"其实我也是在不久之前，才发现这些小东西非常可爱。现在我依旧这么认为。

然而，蜘蛛并非全无防御之心。没多久后，我就发现捉弄它们是一件愚蠢的事。所以后来我只会静静地坐在那里，看着它们忙进忙出，就像很多小朋友可以玩手玩很久一样。看得时间长了，我慢慢会知道哪只蜘蛛住在哪个洞里，到最后，所有蜘蛛的"家"我都了如指掌。

当然，这群小蜘蛛非常重视隐私，有时候它们只是静静待在里面，什么事都不做。因此，等得不耐烦的我会就手抓起一根小木棍，试图拨开巢穴入口的叶子。毫无疑问，这个举动会彻底激怒它们，然后它们会蜂拥而出，想弄清楚到底是谁在它们家门口捣乱。这时候的它们会停下来，抖动身上那些细细的毛，就像浑身湿嗒嗒的狗儿甩干身上的水那样。有天，我又调皮地上演了一样的戏码，有只跑出来想一探究竟的蜘蛛，不断颤动身体的同时，似乎也有一阵小小的云雾从它的身体里发散出来。

那并不是水汽，而是一种看起来像是灰尘的细小颗粒。没过多久，我就知道那就是让我在之后全身刺痛又发痒的原因。

来到森林之后，不是所有学会的知识都跟我所处的这个世界有关系，有些则是关于我自己，或是如何照顾生活的种种需求。当时，我只不过是一个还不满 5 岁、习惯被人照顾的小女孩，习惯妈妈帮我穿脱衣服、洗澡、刷牙以及梳洗。

然而，现在这种日常生活中的例行公事都已经不复存在了。这些日子里，原本漂亮的纯棉洋装变得破碎、肮脏，而且我还被迫扔掉我白色的小内裤，因为腰间的松紧带已经失去弹性，导致它会不停地滑落下来。虽然洗头发或梳头发不算是困难的事情，但是上厕所、还有事后的清洁工作都让人相当苦恼。

我还是打算从猴子身上获得一些处理日常生活琐事的常识。基本上，一旦有需要，它们随时随地都可上厕所。如果它们在树上，排泄物就会像雨水一样，直接落到林地上，或是在中途被低矮的灌木丛给拦截。有一次，我还看到一团从天而降的大便砸在一朵厚实的野菇上，瞬间飞散而出的孢子弥漫四处，仿佛在昭告天下，它已经饱餐一顿了。

如果是在地面上，猴子们就会用泥土、苔藓或树叶将排泄物掩埋起来。此外，我发现它们也会一屁股坐在草地上，然后来回慢慢磨蹭屁股，只不过并不是每一次都这样。另一种选择则是用屁股去磨蹭布满苔藓的树干，最后，它们会弯起身子，用舌头把自己给舔干净。

受限于身体构造以及柔软度，最后的步骤对我而言显然是不可企及的，但是我希望可以保持干净，而且也不想散发出任何异味。印象中，一开始我用自己的洋装来擦屁股，裤子坏掉之后，我就拿来把它当做清洁布。直到这些办法都行不通之后，我便开始模仿猴子的行为，或是用干燥的树叶来清洁。不过我很快就发现，用手抓一把柔软又潮湿的苔藓来擦屁股是最理想的方法，这样一来，我的屁股也不至于被割成碎片。

此外，我身体的其他部位也变得愈来愈脏，抓痕的面积也一天天地扩张。跟孩子们一样，我成为各式寄生虫的宿主。我的皮肤不但变得干燥，甚至开始脱皮，身上更是爬满了跳蚤。森林虽然很美，却也非常肮脏。成千上万的苍蝇夜以继日地嗡嗡作响，看来就像无数蓝绿色的珠宝兴奋地盘旋在动物的粪便上。它们绕着我打转，这让我感到烦闷不已，难道我闻起来像大便一样臭吗？我知道自己身上的脏污和跳蚤与日俱增，还爬满了虱子、甲虫和一种奇怪的银白色虫子。附着在我身上的时候，它们会闪烁着微微的亮光。

有时候，这样的情况会让我抓狂，我发了疯似的全身上下不停抓痒，同时沮丧得放声大哭，完全不知道该怎么让这一切停止。其实只要稍微看一下周遭环境，我马上就能明白要摆脱虫子们的骚扰完全是痴心妄想。一旦我坐下，就会立刻与地景融为一体，那些虫子便会如洪水般无情地向我涌来。金龟子和棕色的小蟑螂毫无忌惮地在我的四肢上横行无阻，啃咬着我日益粗糙的皮肤，这真的让我惊恐不已。我到底要怎么做才能阻止它们把我给吃光？

猴子们的解决方案还是同一套：用舌头把自己的身体舔干净。虽然我的身体结构不允许，而我也绝对不愿意用舌头清理自己的屁股，不过我至少可以试着舔自己的四肢。只是在我舔了一口之后，就再也不想这么做了。我从来没有尝过这么可怕的味道，更无法了解为什么猴子可以每天都这么做。

此外，我蓬乱的头发纠结得更厉害了。太久没有洗头，导致我的头发里全是森林昆虫。当开始觉得头发痒时，我就明白它们正在我的头发里面尽情游戏。

我会坐在地上看着猴子们细心地替彼此理毛，内心里也渴望能够加入它们的行列，只不过到目前为止都尚未如愿。它们准许我靠近，却不会将我视为这么亲近的成员。我带着嫉妒的心情抬头看着树枝上的猴子正在替对方抓出身上的跳蚤与昆虫。

于是，爬上树头跟这个领养我的猴子家庭一起生活，很快就成为我的下一个目标，而这个念头甚至盖过了回到人类家庭。每天晚上，我都会睡在一棵老树的树洞里。我觉得这里很安全。那段时间里，那群猴子大军几乎全员都爬上树干，在一个我只能望之兴叹的地方睡觉。

我很想要爬上去，但这似乎是不可能的事情。猴子有时候会不小心把坚果掉在地上，但我根本找不到方法吃。吃坚果跟爬树的难度是一样的，不同的是，某些坚果掉到地上的时候，会摔出裂缝，所以我可以想办法打开它：但我实在拿完整的坚果没辙，我得想办法用自己的小工具用力撬开它，最多却只能弄出一个小小的裂缝。

同样地，我也几乎无法爬上那些树。它们的直径大约是 6-8 英尺，高耸直入云霄。如果我想要抬头弄清楚它们究竟有多高，反而会觉得头晕。拔地而起的树木是如此高大，甚至没入林中的烟岚，不见末端。只留下一些让我攀爬的树枝，就像是一种恩赐。

其实也有矮一点儿的树，它们在这些森林树王的身边安静地生存着，这些友善的树木会长出美味的香蕉，有的则长出美丽的花朵,后来我才知道那就是兰花。这些树的身上经常都会挂着藤蔓，以及暗沉、柔软的苔藓。除此之外，树与树之间也会出现各种弯曲的绿色蕨类植物。

我开始在想，也许这些猴子会在某一天抛弃我。因此，我应该先用自己的方式爬上比较低矮的树木，再设法攀上那些巴西坚果树的高处。我的计划注定会失败——后来我花了好几个月的时间才掌握了猴子们爬树的特殊天赋——但是它却为我带来了预期之外的惊喜。

我记得那天刚下过一场大雨，也许不是尝试成为特技演员的最佳时机。毕竟，整个森林一片湿淋淋，四处都还嘀嗒嘀嗒地落着水珠，树干与藤蔓也相当湿滑。但是，或许就是这场倾盆大雨带来的清凉爽意，让我感到精神为之一振、充满动力，而决定放手一搏。妈妈总是对我说，如果不试试看的话，又怎么知道自己做不做得到呢?

一开始，爬起来并不特别困难。我踩着树根、藤蔓与矮树枝，以此作为支点，并找到许多可以攀附手脚的地方，向上大约爬了六七英尺。但是，当我抵达小树的顶端时，立刻就发现自己所在的位置非常不利，几乎没有办法爬上更高的地方。

但我还是咬着牙试了，毕竟已经爬了这么高，我几乎连往下看的勇气都没有，更别提是爬下去了。只不过湿滑的树枝让这一切显得徒劳无功，当我把全身的重量都放在某根树干上时，立刻就跌落了下去。我疯狂尖叫着，在那一瞬间，吓坏的我以为自己死定了。

幸好那些低矮的灌木丛出手相救，当它们拍击我的身体，并且缠绕着我的同时，那些纠结的树叶以及交结成网状的根茎与树干也减缓了我向下坠落的速度。我缓缓从地面上起身，开始对自己的处境感到难过，不禁一阵鼻酸而流下了眼泪。这时我才发现眼前有个我从没见过的东西：那是一个坑道，洞口的大小刚好足够让我爬进去，通道在一个弯折后便消失在黑暗中。

我探身往前查看，这坑道似乎就藏在刚刚及时向我伸出援手的那根错节的树根与矮树丛之中，看来已经存在好一段时间了，因为洞口边缘那些枝叶树根都已经被磨得光滑，而没有任何突起。

我爬入这个坑道中，感觉这个坑有点儿小，但仍然可以稍微缩着身体，慢慢爬过去。我记得当时一点儿也不害怕，因为坑道的前面看得到一点点光。因此，尽管里面很黑，但还是多多少少看得到一些东西。等到我爬出这个坑道之后，我才发现，原来这是一个互通的通道。在森林之下，居然存在着这么复杂的地道系统。

我开始猜想，什么样的生物会挖出这样的地道系统。尽管感到焦虑，不过在好奇心的驱使下，我决定再往前爬一些，就在接近转弯处的地方，我再一次有了重大发现：有只猴子在我的前方，是一只我熟悉的猴子。一见到我靠近，它立刻带着手中的坚果开溜，钻进侧边另一条地道。后面还有另一只猴子疯狂追逐着它，同时开心地大叫。显然这两只年轻的猴子正在玩你追我躲的游戏。

发现猴子在地底下建立一套地道系统之后，我才终于有点儿头绪。通过这套系统，它们能够在地面快速地移动，就像在树林间自由来去一般。而我从此也能借由这套系统在地面畅行无阻，缺乏攀爬技巧所带来的沮丧心情也跟着一扫而空。跟着那两只猴子我最后爬进了一个狭小但熟悉的空地，自从被遗弃到这个地方，我就再也没有这么振奋过了。这个新发现简直就像是圣诞节礼物一样，直到今天，我都还清楚记得那种兴奋激动的感觉。也许那是一种征兆，说明我慢慢变得野蛮了。

无疑地，我自认已经掌握所有必要的技能，让自己在这个偏

远又野蛮的地区安全无虞地存活下去；然而，很快地，我就知道
这种想法还真是大错特错。

06

　　我非常确定自己快要死了。

　　不知道为什么，但这种感觉流窜全身，让我不由自主地按着
自己的胃痛苦地哭喊。

　　我试着要穿越这片痛苦的迷雾，回想到底是吃了什么让我落
得这般田地。

　　罗望子（Tamarind）！我突然想起前一天吃了罗望子。自从
到了森林之后，这一直是我最喜欢的食物。它的形状有点儿像老
家菜园中的豌豆荚，但是色泽更深沉且表皮多毛。剥开之后，里
面的果肉非常甜美、黏稠，纹理有点儿像无花果。

　　其实昨天吃下那些罗望果子之后，我就觉得有些不对劲儿，
因为它们的味道尝起来跟平常不太一样。昨天那个果子的果肉特
别多，大小就跟一枚豌豆差不多，滋味更甜。毫无疑问，我应该
还可以在附近发现更多这种不同的罗望子。

　　但是我站不起来，也没办法坐起身，我试着使劲儿，但全身
肌肉都不听话。晕眩之际，我突然意识到，自己一定是吃下了罗
望子美味但致命的孪生兄弟。难受至极的我想起从那些猴子身上
学会的，也是最重要的一件事情：许多东西看起来几乎一模一样，

连细微之处都相似到无从挑剔，然而，只要有一丁点儿的出入，就很有可能带来不堪设想的后果，甚至是生与死的巨大差异。

当我痛得在地上不停打滚时，感觉身边传来一股同情的气息。尽管我的视线变得模糊，还是隐约能看见一只如同老爷爷般的猴子向我走来。我之所以这样称呼他，是因为他看起来就像一位爷爷。它比其他猴子还要老，移动的方式也跟其他年轻的猴子不太一样。此外，它身上的白色毛发让我想起以前在家乡所看到的老年人。虽然那些记忆已经非常遥远，却非常鲜明地涌入我的脑海。猴爷爷甚至让我想起某位白发苍苍的老太太，不过她并不是我的亲戚，可能只是邻居吧。跟牙齿掉光的老太太不同，眼前这只猴爷爷仍然有着满口健齿，但是它的身上，尤其是脸上，都长出了银白相间的毛发。它走路很慢，就跟我印象中家乡那位老太太一样，此外，它的手臂或是肩膀应该受过伤，因为它无法像其他猴子那样穿梭游走在树林的最顶端。

从我刚到这里开始，猴爷爷就非常注意我的一举一动，但我不认为这是一个开心的表现。它的行为举止从没让我感到友善，我猜想或许这是它保护整个家族的方法，也或许它只是还没决定是否接纳我，让我成为新成员。

我看着它从最喜欢待着的那棵树上跳下来，慢慢地靠近我。它想要做什么呢？我丝毫没有任何想法，也不在乎。我的肚子好痛，只顾不停地大哭。

猴爷爷蹲低了身体，紧紧地抓住我的手臂，一开始先是轻微地摇晃我的身体，然后猛推了我一把，好像要把我拉到某个地方。

它似乎打定了主意，而我也不想拒绝它。我一边摸索着能够让我紧握的施力点，一边跌跌撞撞地往它不停推着我的方向前进。

当时的我其实也没有其他选择，可是当我愈来愈靠近并深入一丛带刺的灌木林时，仍然感觉到非常害怕。直到我完全身处在灌木丛中时，身上无数刮痕所带来的剧烈痛楚让我忘却了内心的恐惧，然而，我仍旧不知道我们要往哪里去。

就在我晕头转向、分不清楚东南西北之际，我倏地向下坠落，然而前一分钟我明明还在与纠结缠绕的树枝奋战。就这样我不停地翻滚、一跌再跌，直到撞上布满绿苔的岩岸，最后才让冰冷湍急的河水把我给冲到了一个盆状的小池子里。

我环顾四周，想搞清楚自己身在何处，同时也试着调整急促的呼吸。这个池子大约有 8 英尺宽，周围全是岩石、泥土与树根，看起来就像露天的洞穴。

黑色岩石堆叠交错出一道开口，流水在那里形成了一个小瀑布。我跌落的地方是浅浅的水岸边，还不至于将我淹没，但我随即看到紧追而来的猴爷爷。难道它要趁我无力反击之际，把我淹死吗？

它立刻就让我知道了答案。刚一到达我身边，猴爷爷又开始猛推我，试着要把我弄到河水里面。我不禁啜泣起来，像是最糟糕的事情全都一次爆发开来。我不但惊恐不安，同时也面临垂死的挣扎。

而且我讨厌水！那是我自出生以来就害怕的东西。除了拿来止渴的水和从天而降的雨水，我已经很长一段时间没碰到水了，尤其是足以淹没你的水。眼前的水着实会让我恼怒。

猴爷爷相当冷酷无情，尽管我们两个身高差不了多少，但他非常强壮。它紧紧抓住我的头发，试图将我的头压入水中。它想要淹死我吗？或者只是要让我喝水？也许它知道我快要死了，想让我早点儿解脱？

无论它的意图如何，我仍旧奋力地挣扎着要挣脱它。我用力拍打着水面，让水花不停地泼溅到它身上，结果它竟猛地一把将我拉出水面，然后直直地看着我的眼睛。

我也以同样的眼神回敬它，从它的眼神里透露出一种我前所未见的东西。它的眼神非常冷静，既不愤怒，也没有不安，更不带丝毫敬意。也许我错了。我急促地咳着，试图调整自己的呼吸，同时心想，或许猴爷爷想要告诉我一些事情。

我不知道它到底想要说些什么，但是我马上就信任它了。从它眼神里传来的讯息，以及它冷静的行动，我能够感受到它想要帮助我，因此便决定照着它的意思做。我把头潜到水面下，开始大口大口地喝下泥泞的池水，直到鼻子都快不能呼吸。

就在这个时候，猴爷爷突然松开手。我也立刻抬起头，全身无力地瘫软在岸边。我又再次咳了起来，不久之后，甚至开始呕吐。一开始，吐出来的东西只有水，但是紧接着是一大团酸液。这些酸液炙烧着我的喉咙，流经身上那些被刺割的伤口时，也让我感到疼痛不已。

对猴爷爷来说，这还没结束。我一吐完，它又催促我从头再来一次，这次我把头放进水位比较浅的地方，而那里也有一道小型的瀑布缓缓冲流着。

这次我可以不慌不忙地来。口渴的我喝着瀑布冲流下来的水，能够待在这个地方让我非常开心，纵使一旁的水蛭争先恐后地要吸附我的双腿，但我一点儿都不在意，潺潺流水不但让我的身体变得凉快，同时也平息了不停抽搐所带来的疼痛，让人感到舒缓又痊愈。

我不知道在那里昏昏沉沉坐了多长时间，直到回过神来，才终于感到好一些，有足够的体力再次爬起来。整个过程，猴爷爷就只是一动也不动地坐在水岸边，静静地陪着我。当我重新动了起来，它也立刻跟着站起来，一脸满意地缓缓转过头去，跑在我前头回到了自己的树上。

我永远无法确认到底是什么东西造成了这次食物中毒，也永远无法得知猴爷爷是如何判断并处理我这个情况的。然而它的确做到了，我对此深信不疑。

这次的中毒事件又帮我上了一堂森林生存课，同时也为我跟猴子的共同生活开启了新的一页。从那天起，猴爷爷对我的态度有了彻底的转变。以前它对我漠不关心，而且很明显地提防着我，现在则像是我的守护者与朋友。

现在的猴爷爷会乐于跟我分享食物，也常常会替我吃掉藏在乱发里的无数小虫子。渐渐地，我淡忘了那种被遗弃的孤独感，虽然我还是会在夜间想起自己的遭遇而不禁默默落泪，但是这样悲伤的时刻已经愈来愈少了。我在树洞里蜷起了身体，伴随着猴子们从上方传来熟悉又安心的声音，我在逐渐成为它们的一分子。

07

上次发生中毒意外时，猴爷爷救了我一命，这也成了其他猴子转变态度的关键。随着猴爷爷对我释出友善举动，其他猴子愈来愈喜欢接近我，甚至会帮我清理身体。不久之前，我只不过是他们勉强接受的外人，现在我觉得自己慢慢变成这个猴子部落的一分子，心里受伤的角落也因此感到稍微好一点儿了。

我也开始注意到这个猴子大家庭的变化：有些猴子会消失一阵子，然后带着小宝宝回来；另外一些猴子消失之后，就再也没有出现过了。除此之外，我跟几只特定的猴子也变得愈来愈亲密，例如猴爷爷，他一都在我的身边，还有精力充沛的小斑点、绅士哥、非常可爱的布朗尼，以及胆小的白鼻头。白鼻头是其中体型最小的猴子，它非常喜欢我，总是会跳到我的背上，用双手绕住我的脖子，享受我带他四处逛的感觉。

其实我并没有帮它们取这些绰号，因为那个时候我已经不再使用人类的语言，反而习惯了生涩拙劣的猴子语言。我甚至也不再使用人类的语言思考，所以也不会蹦出像名字这样抽象的概念，而是纯粹借由某些显著的外在特征来辨认不同的动物。我的生活已经逐渐由声音与情感所主导，而且忙于从事各种不同的"任务"，如觅食、跟同伴一起生活，还有在危险的时候找地方躲起来。我的生活只有两个重点：满足自己的基本需求与好奇心，就跟猴子的生活一模一样。

这群猴子更能接受我了，这让我愈加想要学习爬上树冠层的顶端。我开始讨厌自己总是待在地上，上面那群猴子在玩游戏的时候，一直发出各种开心的尖叫和喧闹声，我恨自己不能参加，于是爬到树上就成了我最新的任务。

第一次惨痛的失败经验并没有让我停止练习爬树。如果可以逃离闷湿的森林地面，感受阳光直接照在我的背上，那该有多美好——阳光是完整的照射，而非穿透树枝缝隙映射在地面的斑驳亮点而已。虽然森林是一个多彩缤纷的世界，但是有时候我总觉得自己生活在一个只有黑白两色的环境里。就算是在一天当中最明亮的时刻，某些矮树丛仍旧一片阴暗，像是被黑夜覆盖了一样。而那些利剑一般穿射下来的日光便会变得更为刺眼，让我几乎张不开眼。

此外，我也非常想要逃离丛林地面弥漫的那股滞闷的空气，以及无数扰人又令人毛骨悚然的小虫子。我并不害怕虫子，但是这里的虫子种类还真是前所未有地多。满坑满谷的虫子，有会飞的、急驰的、跳跃的，还有喜欢咬人的。有些飞行中的甲虫看起来就像迷你的机械，当它们降落时，快速挥舞的翅膀就会发出奇特的声音——我到现在才知道那就像是直升机；还有一些蓝色跟绿色的虫子，看起来就像闪亮的宝藏；也有点亮夜空的虫子，真是叫人感到惊奇。另外，有些黑色的甲虫看起来就像是鼻子上长出了一对剪刀，以及不计其数又各异其趣的蠕动幼虫。有时候我甚至觉得自己每一天都能发现新品种的虫子。

除了虫子，还有各式色彩明亮艳丽的青蛙、蟾蜍和蜥蜴。它们在低矮的灌木丛里搭建自己的窝，也正因为如此，空气中总是交织着此起彼落的嗡嗡、呱呱还有嘶嘶声。这个地方非常适合他们居住，到处都是食物、气候炎热潮湿，对他们而言，这简直就是地面上的辉煌天堂。但我可不这么想！我巴不得让它们独留在此，享受用之不尽的虫子大餐，并让满载植物与动物死尸腐败恶臭的微风将他们从睡梦中唤醒。

日子又一天一天过去，甚至可能经过了好几个月的时间，我仍然在练习攀爬比较矮小的树木。我经常摔下来，有时甚至会在一天之内摔好几次，但是失败无法阻挡我的决心。现在，我已经知道就算跌落下来，也只会掉落在各种纠结植物所形成的柔软地面上，换句话说，我知道自己一定会掉在柔软的地方，最多只是摔得遍体鳞伤。

然而，我并不是随意地攀爬各种树木。我没有猴子的优势，它们的四肢很长、身手灵活、平衡感也很好，还有相当好的卷尾。不过我自己努力找出了最佳的策略。由于我的手掌跟脚掌都很小，根本不足以支持我爬上树冠层的极致——巴西坚果树的顶端。因此，最好的方法就是利用各种纠结在一起的藤蔓直攀而上。如果是较瘦小的树木，就只需要把整个身体贴上去，用膝盖和手肘抓住树干，然后用上半身以及手的力量把自己往上推，就能顺利登顶。

过了一阵子之后，我的身体似乎慢慢适应了这种形式的每日运动。我变得更加强壮，手臂与腿上的肌肉也愈来愈结实有力，此外，手脚、膝盖、手肘以及脚踝的皮肤则变得干燥，甚至成为坚韧的皮肤，这种变化让我得以更紧密地抓住树干。

这样的变化也带来另一个好处。干燥的皮肤总是会脱皮，于是剥除脱皮就成了我生活中另一项乐此不疲的消遣，我可以花好几个小时做这件事情。

当然，我需要休息，因为力气也是会耗尽的。好不容易爬上巴西坚果树的第一根大树枝之后，我得够强壮才能够好好攀附在上面喘口气，而这对我手掌的薄弱抓力来说，是相当吃力的。有些树的攀爬难度比较低，因为可以利用粗大的藤蔓作为辅助往上爬。但是，这样的树总是接连不断地消失，所以它们也只能暂时发挥效用而已。没过多久，它们就会成为空洞的躯壳，重新没入它们一开始萌芽的土壤中。

爬下树木就快速简单多了，只要我的手掌和脚掌足够坚韧，我就能适用自如，让自己顺利滑落在一堆柔软的植物上头。然后站起身，又立刻攀爬而上，因为那里才是我想待的地方。

我知道爬上树冠层的那一天，将会是我永生难忘的日子。要想象从上面俯瞰下面的迷人景色或许不难，但当时我还只是一个年幼的孩子，从来没有见过那样的风景，没有任何电视画面或是过往的经历能够提供给我类似的想象空间。当我首度攀爬到最高处时，眼前所看到的东西真的是前所未见，简直令人无法相信。

那片景致美得令人窒息，真的！然而，上头的凉爽空气也着实让我吃了一惊，因而不住地大口喘气。这一切是如此的让人不可置信，让我几乎都要忘了呼吸。而在这群绿色巨木之上的，则是一片天蓝的穹顶，如此开阔明亮，让我一时无法适应。即使后来我瞪大了眼睛，仍旧无法将这片美景尽收眼底，放眼望去，只有一片绿色树海与万里晴空，铺排延展好几百里。

我不知道自己身处在多高的位置。100英尺？或者200英尺？我不确定。总之非常高，高到只要一往下看，就让人觉得晕眩，尤其当树木随风摇曳的时候，更是一阵天旋地转。我甚至一度觉得自己身处在一个奇异的世界里，一个除了颜色与形状，什么都不存在的世界——抬头望，是一片炫目的蓝天，脚下则是朵朵有如绿花椰的树顶，除此之外，别无其他。

至于那些猴子则跟往常一样，对于我突然出现在这么高的地方，它们完全没有表露出特别的兴趣。我却兴奋得不能自已！当我试着开始探索这片新领域的同时，一边想着原来这里就是那群猴子最喜欢待的地方，而我终于了解个中原因了。因为，这里实在太美好了。在我周遭尽是柔软的树冠层，交叠起伏直至天际，而树顶则如波浪起伏，有时如阶梯层层堆起，就像是用软垫铺成了一片翡翠绿的台阶，比起地面上那些带刺又纠结杂乱的低矮树丛，从这里望出去的景致不但柔软，而且迷人。

我有足够的自信，认为那些树皮交结而成的防护网会在底下接着我，所以便开始攀爬那些富有弹性的树枝，而白鼻头就紧跟在我后头。不远处的树冠层看来不再是一片纯粹的绿，反而是黄绿交杂相间，我猜想，那里的树是不是都布满了争向蓝天展现笑颜的花朵，才会看起来宛如一片明艳又浓烈的金黄，加上耀眼阳光的映照，更让它们显得绚烂夺目。

上面的温度并不是很低，但是干燥多了。持续吹送的微风就像一个亲切的友人迎接我的到来，仿佛要帮我抵消阳光无情的照射。那些猴子显然对这里情有独钟，它们甚至设置了类似床铺或休息区的地方，有些猴子真的就坐在里头。这里看来就像小巧温馨的家，让它们得以远离地面上滞闷潮湿的空气，并在温暖的阳光下替彼此梳理细毛。仔细观察后，我发现这些收集而来的树枝似乎都是猴子们在"谁才是最强壮的猴子"这个游戏中所折断的，这是它们常玩的游戏之一。然后，它们会把这些短枝带回树冠层，交错堆叠在较粗壮坚固的树枝上。

大自然似乎也为它们提供了柔软的铺垫，因为总是会有跟着风而来的树叶，或是自然飘下的落叶堆积在它们的"巢"里。他们也会在那里放上几片树皮，而这些树皮几乎是取之不竭的，因为猴子们最喜欢的活动之一，就是剥下长长的树皮，把那些藏在树干上美味多汁的虫子抓来吃。

我坐在那里，静静地看着这群猴子家人好一会儿，心满意足地享受着这种参与其中的兴奋感。相较于地面，这里真是个可爱的地方。很快，我发现这里不止是睡觉和休息的地方，也是猴子们玩耍的乐园。它们在这里跳上跳下、鬼吼鬼叫，制造一堆噪音之余，也是个随地大小便的好地方。只不过猴子粪便所散发出来的强烈气味不但辛辣、刺鼻，甚至还会让空气变得比平常还要浑浊。

但是我一点儿都不介意，因为现在的我已经对这种气味免疫了。我一心只有快乐的感觉，能够来到这里跟他们在一起，感觉就像我终于逃离了囚禁我的监牢，真正地成为它们其中的一员，至少在身体表征上是如此，尽管我没有明确地意识到这一点。我的身体开始长出各种肌肉，一般的孩子根本不会这么强壮。我的脚后跟和手掌变得更为强韧，对于森林里各式稀奇古怪的食物也全都来者不拒。此外，我移动的方式也开始变得跟猴子一样，因为我几乎都用四肢行走，然而我自己并没有察觉到这样的改变。只有一种技能是我怎么学都学不会的，那就是飞行。此刻我最渴望的就是能够跟这群猴子一样，抓住藤蔓，如同泰山乘风般在树林间迅速地来回穿梭。

森林里有大量粗壮的藤蔓，愈接近树顶愈是茂盛。也许，只要多加练习，我也能掌握个中诀窍。所以，就在我首度登上树冠层后没几天，我马上就开始投入新技能的练习。我学着猴子们抓住藤蔓，从这棵树荡到那棵树，或是从这根树枝晃到另一根树枝上，享受疾风迎面而来的短暂快感、在空中飞行的晕眩感，然后降落在瞄准好的树枝根部——只不过大部分时候我都跌得乱七八糟的。

一次又一次，心里总是有个声音告诉我不应该继续这个练习。果不其然，我才一荡出去，就疑似听到断裂的声音，加上绝对错不了的降落感，都在警告我，手上紧抓的这条藤蔓已经从根部松脱了。那个瞬间，我确知的只有一件事情：我将会摔得粉身碎骨。在前几次的练习中，我其实没有摔得太惨，因为我抓住的藤蔓总是会和其它的绞在一起，让我得以猛然急停。另外，其实只要撑过前面一段时间的疼痛，伤口就会结痂，而我就又能剥上好长一段时间。想到这点，就会让我倍感欣慰。

但我还是在某一天用完了这份好运。就在我抓住了某条看似坚固的藤蔓把自己给荡出去以后，下一秒，我就感觉到藤蔓断了。不可避免地，我的胃马上翻搅了起来，看着自己即将坠落在地面，袭来的恐惧充斥全身。谢天谢地，那些延展而出的树枝减缓了我掉落的速度，我趁着撞上它们的瞬间，伸手抓住了它们，才幸而逃过一劫。

我挂在树枝上，头昏脑胀地看着距离遥远的地面，我或许早就已经感受到某种强烈的直觉。我跟那群猴子家人根本不一样，我不是一只猴子，我的身体结构生来就不是要在树林间晃来荡去的。

我的确不是。我太过投入森林里的美好生活，然而事实并非我所认知的那样；很快地，我就认识到了这一点。

08

由于我现在完全生活在这座巨大的森林里，自然而然地，从某个时间点开始，我也就不再想起以前的生活，而是开始融入我的猴子新家庭了。既然我已经可以自由进出猴子们位于树冠层的家园，也就能够无时无刻跟它们在一起，这使得我的生活变得更兴奋且多姿多彩。

猴子都非常聪明。他们很有创意，对于周遭的环境很敏锐，也充满好奇心，喜欢探索各种东西，最重要的是，他们学习的速度很快。这些猴子就像我的朋友、同学与老师，尽管在这里学到的知识全是学校不会教的东西。我还是一个小孩，跟其他孩子一样，我也喜欢玩耍。尽管那些小猴子都比我会爬树，但只要是它们能做的事情，我几乎也都做得到。

只不过它们实在太有活力了，它们那些激烈又粗暴的游戏总是让我筋疲力尽，很快地，我学会静静地待在地面上，借此表示我已经没有继续玩游戏的力气了。同样地，当它们太过粗暴时，我也知道要发出什么样的声音来表达我的不满，并且把它们赶走。

这些猴子似乎也具备了感受他人情绪的能力，有时候，它们会躺在地上紧紧靠着被激怒的我，伸出舌头，并发出细柔、忧郁的声音，好像在反省自己惹我生气，这也许是他们道歉的方式。

对我来说，这些细微的情绪表达几乎就和人类的情绪一样真实。我的猴子家人们都很敏感、复杂，在它们身上似乎也能看到所有的情绪反应：谦卑与骄傲、屈服与防御、嫉妒与庆祝、愤怒与快乐等等。

现在的我能够轻易地掌握猴群之间的关系，我能感觉哪只猴子被孤立，或是哪只猴子渴望获得喜爱、期待被拥抱，或者有谁变得火爆又霸道。

同时，我也更加熟悉各式各样的猴子语言，比如它们尖锐刺耳的警告声，表达郁闷或是开心的怒吼声，或者出现在日常生活对话中的柔和叫声。这群猴子是社会型的动物，依循着某种特定的阶级秩序生活着。它们时时刻刻都腻在一起，无论是相互理毛、嬉闹，或是通过任何一种方式沟通。我非常开心能够成为这个家庭的一分子，这让我觉得自己不再孤单，而且很融洽，我终于有了归属感。

虽然我喜欢跟猴子们在一起，也尝试跟它们一起睡在树上——我试过一次之后，就再也不这么做了。尽管白天的时候，我会觉得这个主意不错，因为这样一来，我就不用孤零零地自己一个人睡觉了。但是一旦夜晚降临，可就完全是另一回事了。首先，树梢会摇晃，这不但吓人，还让人难以入睡。就算我真的有办法睡着，也可能因翻来覆去而从高处跌落，这同样叫人感到不安。事实上，我后来也真的掉下去了。

掉下去的那个晚上，我并不是睡在最高的地方，否则很有可能就摔死了。即使如此，坠落的过程还是相当可怕。当时我还在沉睡状态中，我不但撞伤了头，还跌得满身伤痕。有过一次如此惊心动魄的震撼教育之后，我就彻底断了在树冠层睡觉的念头。

因此，我只好回到树洞里睡觉，并且学习猴子们，让那里变得舒适一点儿。我收集了很多苔藓，把它们铺成床，也在墙壁上挂上漂亮的花朵。直到今天，我都还记得自己会勉强用着不甚熟悉的猴子语言跟苔藓讲话。我也不知道自己为什么要这么做，但我知道这样做会让心情变好，也许就跟小孩子会抱着泰迪熊对话的道理一样吧。

在树洞中我确实也有自己的伙伴，但它们不是泰迪熊，而是各种昆虫。随着时间慢慢过去，我也学会不介意它们在这里到处乱窜，或是发出嗡嗡的声音。不过我会在睡前小心翼翼地用头发盖住自己的耳朵，以免它们钻进去。尽管有时候我会做噩梦，梦里的我一直被饥饿的动物追着跑，我却慢慢不再害怕那些森林里的掠食动物了，即便我总是在夜里听到他们在树洞附近走动的声音。也许是因为我知道自己躲得很好，或是知道自己根本别无选择，毕竟相较于从高处的树梢上跌落下来，感到有些微的焦虑绝对是比较好的选择。

然而，随着每日黎明破晓、太阳升起，我的自信也跟着高涨。白天的时候，我大多待在树冠层，也会跟其他猴子一起在上面睡午觉，远离地面的湿气，享受干燥又轻柔的凉风。

某日午后，太阳已经从最高点缓缓下降，刚从一场好梦中醒来的我，往树下一看，发现地面上有个东西正发出耀眼的光芒。树冠层是非常高的地方，而空气中又弥漫着潮湿的浓雾，但是那道光芒闪耀的程度却穿过了层层迷雾，直达我的视界。今天早上刚下过一场大雨，所以我猜想底下那个东西只不过是残留下来的水珠。然而，当我继续盯着看，才发现根本不是这么一回事——那是我看过最耀眼的东西了。

尽管还是有点儿昏昏欲睡，但是那个东西已经引起了我的注意，让我迫不及待地想到地面上一探究竟。我小心翼翼地爬下去，同时把视线固定在那个东西上，那道光芒简直就像钻石一样耀眼。一抵达地面后，我就开始寻找它的踪迹。好不容易找到后，我才发现这是个陌生的东西，有着楔子的形状，材质不但坚硬，还闪烁不止，我从没见过这样的东西。它的顶端尖锐，另一端则呈卷曲状，大小恰好能够让我轻易地握在手中。

我将它放在手中把玩了片刻，同时仔细地观察了一番，对于它在阳光底下闪闪发光感到相当好奇。此外，它的侧面摸起来非常粗糙，表面却平顺光滑，其中有一面黯淡无光，而另一面虽然带有刮痕，却几乎是自己散发出光芒——起码对我来说是这样。

我把它拿得更近，想弄清楚那道光芒的秘密，却在此时受了好大一惊。有两只眼睛直直地盯着我看，那是某种野生动物的眼睛吗？我吓得急忙丢下那东西，并再次凝视着前方。然而，那双眼睛消失了。那是什么呢？是什么东西一直盯着我看呢？它现在又跑到哪里去了呢？

但是我什么也没看到。最后，尽管还是相当害怕，我仍旧慢慢爬回了刚刚扔下宝物的地方四处翻找，终于找回了那个东西。带着期待的激动心情，我再一次将它拾起，缓缓将它举起、靠近我的视线，又一次看到两只眼睛盯着我瞧。此时，深埋已久的记忆逐渐浮上心头，因为我终于想通那道目光并不是野生动物的眼睛。那是一面镜子，而倒映出来的是我自己的脸。

我惊讶得说不出话来。这段时间以来，我从没见过自己的倒影，如果我不是这么怕水的话，或许早就看到了；又或者，如果我曾想过要看看自己的模样，我也能从每次雨后满溢的小池子里看见，但我从来没有那么做过。

这面小镜子只比我的大拇指大一些，但我彻底为之着迷。其实我能从里头看到的并不多，却足以让我认出我自己。虽然我不知道自己的模样，但是镜子会忠实地反映出我的脸部动作，例如眨眼睛、动嘴巴等等。当我改变表情时，镜子里的人也会跟着做出改变。

　　我既惊讶又激动。我还记得自己兴奋得又叫又跳，巴不得能够有人跟我一起分享这个大发现。我无法贴切形容那到底是什么样的感受，如果真的要说，那应该是一种混合了害怕和令人亢奋的复杂情绪。看见自己的脸孔是一件很神奇的事情，但同时我又害怕看见自己，因为我以为现在的我看起来就跟那些猴子没有两样，尽管我的身体构造是有些不同。但是基于某些复杂的原因，或许人类就是需要归属感？我觉得自己的脸看起来就跟那些猴子一模一样。

　　让我感到惊异的是，事实并非如此。我紧抓着那片小巧的镜子，仿佛它是个充满魔法的东西。当我四处在森林里找寻能够安全放这片镜子的地方时，不禁纳闷这块小东西是怎么来到这座丛林里的，因为它并不像应该出现在这个地方的东西。

　　这种狂喜与兴奋的陶醉感并没有持续太久。随着夜晚降临，我的心情也有了微妙的转变。或许这是一种必要之恶，我想，黑暗会让所有东西在心绪上发生变化。这点我无法确定，但是我知道，日夜交替过后，先前那股满溢的自信就被焦虑给取代了。我愈是看着镜子里的自己，就愈是明白，我其实错认了自己。我并不属于我的猴子家庭，我跟它们不一样，是一种不同的生物。我的眼睛细长、皮肤光滑，还留着一头纠结蓬乱的长发。这些想法慢慢在我脑海里成形，而我的心就像是被迫开了一扇门，那是一道深锁已久的心门，门的后头藏着我希望能够忘掉或是压抑的情感。我一直拒绝接受这些回忆，这是一种自我保护的机制。然而，我的过去在这一瞬间全都被释放出来，这让我再度陷入可怕的孤寂。我被遗弃在此，与那个我几乎无法忆起的世界彻底隔离，但是现在，那些被剥夺的过去全都一拥而上。

我又一次成了没有身份的生物。我不想这样。我全身冰冷、震颤不已，感觉整个人都被掏空了。我一度忘记自己是个人，现在却再度被唤起。然而，那个时候的我还不知道，紧追在后的是更具震撼力的呼唤。

09

这块小小的镜子碎片是我在森林生活中第一个，也是唯一属于我的东西。在那之后的数天，我都小心翼翼地保护着它。一开始，猴子们对它感到非常好奇，还大吵大闹着争相一睹到底是什么东西完全吸引了我的注意力。它们会在我的身旁打转，急着想把它从我的手上抢去。当它们后来发现，我并没有把这个东西吃下肚子，才理解这个东西或许不是食物，于是便失去了兴趣，也就不再试图要夺取这块碎片了。

我替它找到了一个安全的藏身之处，就在我柔软的苔藓床底下，并且经常把它带在身上四处兜转，希望可以永远保有它。

但我还是在某一天弄丢了它，这也许是预料中的事吧。我从一处较矮的树枝上掉下来时，它跟着落到地上，掉进某个矮树丛中。一股强烈的悲伤攫住了我，因为我实在太着迷于那块镜子了。我花了很长一段时间不断寻找，把这个区域的每一英寸都仔仔细细地查看。直到我猜想，那块镜子应该是掉到池塘的最深处，而我根本不可能有机会再把它给挖出来，才不得不黯然放弃。尽管如此，我还是在心中暗自怀抱着希望，也许那座池塘的水会在某一天干涸，我就能再次见到那个充满魔力的小东西了。后来当然没有发生这样的事，我也只好默默接受它消失的事实，但还是在心中为它保留了一个位置。

没了"护身符"的我有很长一段时间都陷在深深的失落感之中，感觉就像是失去了一个朋友，甚至是守护者一样。它让我意识到自己跟我亲爱的猴子家人之间的不同。拥有那块小小镜子碎片的我，不再感到那么孤单。不知怎地，它就像是一个守护着我的人，只要看它一眼，就会让我觉得更安全。

一直以来，我都知道在我们的领土之外，其实还有别的世界。我指的不是森林以外的世界——我早就不再去想这件事情了——而是属于其他动物，或是其他猴群的领土。每次有其他猴群前来侵略我们，我就会意识到所谓的区域划分。或是有时候在树冠层嬉戏打闹的时候，微风也会带来远处各种奇特的声音，让我意识到其中的差异。随着身体日益茁壮，我的自信心跟好奇心也与日俱增，这让我有足够的勇气向外探索不一样的世界。

一开始，我并没有走得太远，不过我逐渐认识到这个森林似乎分成了不同的区域，而每个区域隶属于不同的动物，它们不会互相越界，只会镇守在自己的领土。我想，这也就是为什么每次有其他猴群入侵时，总是会发生激烈冲突的原因。在这座森林中，似乎有着无数像我们所拥有的领土。除了我们的"猴子乐园"，附近也有许多看起来类似的区域，有的是巨嘴鸟的群居地，有的则是鹦鹉的天堂，也有某种大山猫的盘踞地。我曾经看见一头可怕的大型猫科动物飞奔而过，不过由于太害怕而没有进一步跟上去看清楚。

自从我得以从树冠层上俯瞰下面之后，就发现了一条河流，它就像是一条盘绕在绿色森林中的银蛇，但是从我们的领土只能看到一小部分，我会爬到我所能攀爬的最高点，在那里静静地欣赏它很长一段时间。尽管对水仍旧感到恐惧，那条河流还是让我深深为之着迷，跟我熟悉的翡翠世界相比，它就是有股魅惑的吸引力。

统治河流区域的似乎是眼镜凯门鳄（caiman），当时我并不知道它们叫什么，但是光从树冠层上看着它们从河岸滑入水中的样子，就本能地知道我并不想遇上它们。碰上冷漠又不友善的目光时，它们会静悄悄地潜入水里。此外，即便是在好几百英尺之外，我也可以看见它们那张大嘴里布满的尖牙。

这些牙齿也曾经让我留下深刻的印象。没多久，我发现几乎所有冒险前往那个河岸区域喝水的动物都会以团队的方式行动，而这会造成水花四溅——遗憾的是，不是每一次我都有幸躬逢其盛。同时，我也注意到凯门鳄会待在一旁静静地看着这一切，有时候，当那些喝水的动物因惊恐而溅起过多的水花时，它们也会突然窜入水中，让原本吵闹的场面更加热闹。

我第一次看到凯门鳄攻击的动物是一只灰色大鸟，我想那应该是一只秃鹰。当它喝下生命中最后一口水的同时，那只静默的恶魔已经从水面下盯上了它。我从来没有见过这么可怕又血腥的场景，那只凯门鳄只用三口就吞噬了那只秃鹰。

尽管我对那条河流总是保持着高度警戒，还是挡不住想到外面世界一探究竟的好奇心。如果可以发现由其他物种所主宰的领域，而且还是我在森林里尚未见过的物种，那就值得了，或者，说不定还能见到我心里最渴望见到的那个物种。

对我而言，发掘新鲜又有趣的东西是我每天的生活重心。我对这个世界充满好奇，并且出于本能地希望能够发现一些不一样的新事物或从事一些不一样的新活动。我总是在寻找尚未攀爬过的树木。一片全新的景色，或是机会，从不同的制高点来观察生活周遭的环境，也许这会让我发现另一个宝物，用以取代消失的镜子，又或者是发现一片结满丰盛水果的树林地。

有时候，前方的路面会变得荆棘遍布，这时我就会放弃前进，转身离去。有时候，我也会莫名地失去了勇气，然后一路惊恐地奔回熟悉安全的领地。尽管如此，那些新奇的事物还是不断地召唤、引诱着我，导致我一而再、再而三地朝着不同的方向而去。

这一天，我漫游了一整个早上，距离则是远到足以让我发现新大陆，又不至于听不见猴子家人们的声音，当然，也不会远到让我找不到回家的路。

最后，我来到一个充满诱惑力的全新区域，那里有棵傲然挺立的大树，延展开来茂密的枝叶像是展开双臂欢迎着我往上爬。我照着做了。我不费吹灰之力就在转眼间爬上了最高点，从那里一览森林的景色。我休息了片刻，凉爽的微风拂面而来，让人感到平稳沉静。我探索了这个新的区域：成群的热带鸟儿挥舞着蓝色、绿色和红色的羽翼振翅飞翔，凉风掠过摇曳轻摆的树梢轻声歌唱。

就在我悠然自得地欣赏这片美景之际，发生了一件彻底改变我人生的事情。一开始，我还不大清楚底下那个东西到底是什么，只知道自己看到了一双腿，但那绝不是猴子的腿。那双腿很长、很直，也没有任何毛发。不过由于树顶距离地面有段距离，加上交错横生的枝叶阻挠了我的视线，导致我一时很难确认自己的观察是否正确。

为了能够看得更清楚，我稍微调整了自己的位置。那只动物正在走动，这也让我观察起来更轻松。现在我知道它的身型大小了，它是一只大型动物，绝对比猴子大，甚至比山上的野猪还要大。碰上野猪时，我总是会小心翼翼地避开他们。除此之外，我也发现它似乎是用两只脚走路。

我再次变换自己的位置，心头涌上一股非常奇妙的感觉。这个生物让我想到自己。我仔细观察着它，因我们之间的相似性而感到迷惑。它有着又长又直的黑色头发，就跟我的一样；它用两只脚走路，虽然我也能像它那样行走，但现在已经习惯四肢并用的移动方式了。它好像在找什么东西，在不同的树叶间停留、翻弄，然后带着失望的神情继续往前走。此外，它看起来也很疲惫，让我想起猴爷爷常有的疲态，不过它并不像猴爷爷这么老。

它的气色看起来确实不太好，而且好像很痛苦似的。奇怪的是，它有着一个肿胀的肚子，大到必须用一只手扶着，像是里面装着非常重的东西一样。难道它中毒了吗？就跟我之前一样？它是不是快死了呢？

我像是着了魔般继续观察着它，好奇它接下来还会做些什么。眼前的景象实在是太奇特了，令人感到异常兴奋。还有件事情让我不解，我的视线总是自觉地回到它奇怪的步伐、疲累的神态、挂在身上的那块布，还有一条看来像是藤蔓的东西绑住了那块布——那时，"衣服"这个概念几乎不存在我的印象里了。此外，它脖子上也挂了一条令人纳闷的东西，从远处看去，就像是串在绳子上的野莓。

没过一会儿，它又一次走出我的视线之外。所以我很快爬下树，移动到另一个可以看得更清楚，又不至于离地面太近的制高点。不过我担心在这里容易被它看见，而它只要抬头就能发现我的身影，于是只好一动也不动地蜷曲着身体，屏住呼吸，直到它远离。

它没有走太远，仍持续在树丛间探查着，最后似乎终于找到了符合心仪的树叶。至少表面看来如此，因为它蹲下来了，然后用奇怪的姿势爬进它选定的树丛里。那一瞬间，原本栖息在里头的鸟儿全都受到惊吓，倾巢而出的它们让空气顿时充满喧闹的愤怒之气。不过我并没有因此而转移了注意力，因为在聒噪狂乱的鸟叫声之下，传来了一阵我前所未闻的声音。

我从来没有听过像这样的动物叫声，一会儿呻吟，一会儿尖叫，也会发出哭泣或是吼叫的声音，我从来没有从猴子那里听过这种声音，它的强度就算是猴子们充满攻击性的尖叫声也无法与之匹敌。

　　我完全不知道现在该怎么办，到底发生什么事情了？我想回到地面上一探究竟,但又害怕底下发生了什么可怕的事情。突然间，那阵声音毫无预警地停止了。过了一阵子，我开始好奇那个生物是不是离开树叶了。但是，它是怎么离开的？我一刻都没有把视线移开过，所以我一定可以看到它移动。那么，它现在究竟在哪里呢？

　　我不知道花了多久的时间才找到答案，可能一下子就想到了，或是过了好几个小时之后吧。因为眼前发生的事情实在让我感到震惊，完全占据了我的思绪，而没有多余的空间可以思考其他的事情。直到我终于想通这到底是怎么一回事，答案真是再明确不过了。那不是一只动物，不是"它"，而是一个女人，一位刚刚生下小孩的母亲。

　　我的眼睛几乎快要跳出来了。我看着她从树叶中走出来，手臂里抱着一个正在低声哭嚎的婴孩。她用某种东西包住了她的孩子，我还清楚地记得那个东西是灰白色的，看起来很硬。小孩被裹得密不通风，我只看到了一颗满是皱纹的小小头颅以及有着坚果褐色的头盖顶。

　　我几乎不能明白自己所见证的一切，我的思绪就像是经历了一场大风暴。那是一个才刚将自己的孩子迎接到世上的母亲，从她的表情还有一举一动，我就能够感受到她对那个孩子的爱，也确信她必然会无微不至地照顾他。我陶醉在这种氛围之中，同时也想到自己不再拥有这份亲情与关爱。我从来没有像此刻般如此强烈的渴求，希望自己就是树丛中的那个小婴儿。

孩子出生后，那位新手妈妈便带着婴孩往她当初来的方向离开了。她的脚步已经完全不同，身体也挺直了。好不容易才发现人类的我害怕会失去她的踪影，所以用飞快的速度滑下树干，甚至连肚子都被划得伤痕累累，还在落地时扬起了一大片尘埃。

然而，当我抵达地面时，已经不见她的踪影了，她曾经待过的树丛也没有留下任何东西。是这样的吗？树丛里面会不会有更多小宝宝呢？尽管很犹豫，我还是快速地一头钻进树丛里。里面很黑，不过我可以确定那里没有其他婴孩，只有一大摊粘稠、气味独特、看起来像血水的液体。这吓坏了我。虽然我知道孩子们是被生出来的，但我从来都不清楚那是什么样的一种过程。自从我跟猴子住在一起之后，也不时会有新诞生的猴宝宝加入这个家族，只是我也从未参与它们诞生的过程。怀孕的猴子会消失一阵子，再次出现的时候，身边就多了新生的小猴子。这些猴宝宝会紧贴在妈妈身上，直到能够跟大家一同嬉闹玩耍，才算真正加入猴群的阵营。但是刚刚诞生下来的并不是猴子，而是一个跟我一模一样的生物，这个事实，让我今天所见的这一切别具意义。

有时候，我会回想起那块珍贵的玻璃碎片，并思考自己是在什么时候发现它的。如果不是因为它唤醒了我强烈的自我意识，那么那天看到的生产过程是否还是会带来同样的冲击？我不知道，但我一心想要找到那位母亲，跟着她，并且跟她见面。

我回到她刚刚离开的地方，瞥见了一个瞬间窜动的身影。我好像听见了一些声音？是那个小婴儿的哭声吧？一定是他，没错。我立即追了上去。

10

要追上那个刚生下小孩的妈妈其实没有想象中那么难。现在的我身手矫健，也熟悉猴子所挖掘的地下通道系统，所以可以省下许多时间赶上她的脚步。虽然我现在处在一个陌生的地带，但是地下通道系统的原则都是一样的。我的视野受到限制，通道也时常让我偏离她移动的路线，因此，每隔一段时间我都会再次确认她还在我的视野当中，甚至也跳上树干以便得到较佳的视野。

每一步都让我离自己的"家"愈来愈远，但是心中那股兴奋之情却不停诱使着我离开习以为常的舒适地区。我盲目地追逐着她，心里只有一个目标，那就是抵达她的目的地。

移动的时间愈长，周遭的景色就愈来愈不一样。眼前的视野开阔很多，附近已经不再是浓密的丛林植物，慢慢地，我看到一片相当宽广的土地，上面覆盖的不是土壤，而是沙子。

那个女人跟她的小孩就在我眼前不远的地方。我心中涌起一股想要开口叫住她的念头，我想要吸引她的注意，让她回头看我，让我跟她之间还来得及建立某种特殊的联系。我心中沉寂已久的感觉又再度燃起了。我不知道到底是什么，但我就是希望她知道我在这里，并且走过来亲眼看看我。现在看来或许显得痴心妄想，但是我仍然清晰地记得当时的感受：我希望她能够将我视为刚刚出生的那个小宝贝一样。我不知道为什么心里有这么强的念头。

尽管对于陌生的新事物与环境感到害怕，同时也提高了警觉，但那个女人的吸引力是如此庞大，恐惧根本无法与之相提并论。

我的动作太慢了。我下定决心要赶上她，她突然钻进一片看来不像自然产物，而像是用丛林里的枝干所做成的篱笆里，消失在我的视线中。我加快了自己的速度，在树丛里摸索着她可能留下来的蛛丝马迹。当我正忙着找出她的去向时，心中的直觉却告诉我，不要穿过那片空地。

我缓缓接近隐匿了那女人身影的篱笆，却看到让我脑筋一片空白的景象。我趴低了身体躲在树丛中，用手指头拨开眼前浓密的枝叶，好看清前方的情况。我已经移动了非常长的一段距离，显然地，这是一个全新的不同地区，是我从来没有见过的。

第一眼见到那个女人时，我花了好几分钟才明白眼前所看到的是什么东西，同时也唤醒了藏在脑海里某个角落的记忆。我绝对记得这种似曾相识的感觉，奇特却又带着一种让人痛苦的熟悉感。我的心开始渴望着眼前的一切。

当时的我并不知道自己到底几岁，已经在丛林里跟猴子们生活了多久，但直觉告诉我，应该是接近但不超过 3 年，否则我对家的记忆应该会更为模糊。虽然已经过了好几十年的时间，但现在的我仍然能够回想起当时那种强烈的感受，我相信篱笆后面的那群生物就是我的同类，他们所居住的"家"就跟我以前所拥有的一样，尽管我印象中的家看起来是另一种模样。

他们的家看起来就像临时搭建的房舍，篱笆后面一共有 3 间这样的建筑物。这些呈环状的房舍相当大，屋顶则铺满了长长的草，每一户都留了一个出入的开口。这些房子应该是以长条的木藤或者是粗枝所搭建而成的，另外还用了缠绕的藤蔓将这些材料紧紧地绑在一起，看来就像那个女人绑在腰间的藤蔓。

在树木之间另外还用藤蔓悬挂了几块长布，我想了好一会儿，才终于认出它们是吊床。我知道吊床是什么东西！人们把吊床当做休息的地方，就像猴子们在树冠层上的巢穴打瞌睡一般。似乎有个人躺在其中一张吊床上睡觉，而吊床则缓缓地摇着他。

对大开眼界的我来说，其中有些男人看起来非常巨大，不但体格健壮，也很威风吓人。我已经习惯了猴子家庭，即便是体型最大的公猴在我身旁也相形见绌。我一路尾随的那个女人的身高已经让我感到惊讶了，但这些男人孔武有力的外型则让我心生畏惧。然而，我的恐惧又再一次地被一股奇怪的情感所淹没，我可以感觉得到他们跟我是一样的物种。

附近还可以看见几个女人，她们身上的衣服比刚刚那位新手妈妈还要少一点，不过脖子上也戴了同样的野莓串。就在这瞬间，另一个熟悉的回忆又涌上我的心头，触动了我。那些东西不是野莓，而是项链，用长长的绳子所绑起来的一串彩色珠子。我还记得这些东西，但是，她们是在哪里取得这些东西的呢？这里实在有太多东西可看，而且有太多我想知道的事情，所有的一切，包括景象、味道、声音，都是陌生所不熟悉的。

我一直没见到那个带着婴孩的母亲，也没有任何关于他们去向的线索，我猜想她应该是进入某一间屋子里了。附近可见的是各式高矮胖瘦、不同体型的人类。从我藏身的漂流浮木上头看过去，房子的后面就是河岸，棕色的河水缓缓地流淌着，或许这就是我从树冠层上所看到的那条河。如果是这样的话，这群人难道不怕那些可怕的凯门鳄爬上河岸攻击它们的脚踝吗？

这些人似乎会在河岸边进行许多不同的活动，也许这就是鳄鱼不会出现在这里的原因。此外，我还在河边看见了两个以树干制成、开口向上的长形结构物，因为沾了河水而闪闪发光。一开始，我并不觉得它们被刻削而成的形状有何特殊之处，但同时那股令人沮丧的熟悉感又再度袭来，我这才想起来，在我眼前的这两块大型木制品就是船啊！

换句话说，这些人会为了某些目的在河流上航行，也许是为了抓鱼？或是开拓新的土地？还是想要离开森林？想到这里，我不禁整个人愣住了。难道这条河是带我回到家乡的关键吗？过度震惊的我一时间动弹不得。这么久以来，我几乎不再想起自己的老家，但是故乡的回忆却在这个时候突袭我，让我震撼不已。我已经忘记了很多事情，而现在他们却又吵闹喧腾地回来了。这些人是一个家庭，一个人类的家庭，而我也是一个人类。

当天剩余的时间，我一直都待在离那个营地不远的地方。一开始，我从远处偷偷地观察他们；随着时间经过，我穿过营地的稀疏树丛，蹑手蹑脚地悄悄靠近。我就是没有办法离开这里，但是我非常谨慎，因为我还是害怕被人发现，我担心的不是那群女人或小孩，而是那些看起来非常吓人的男子。记忆中那个把我带进森林的男子身影也清楚地出现在我心头。

看着那里的人处理着日常生活的大小事，仿佛置身在一个截然不同的世界里。为什么他们脸上都带着色彩鲜艳的面具？把长长的东西放在石头上磨蹭的用意是什么？为什么只有年纪比较轻的人有牙齿呢？我又开始在认识另一个全新的物种了，就像我刚到丛林的时候一样，即便眼前这些人看起来跟我没什么两样。

那里的小孩特别让我不解。他们就跟那群我已经熟知习性的猴子一样，玩耍嬉戏、喧闹不已，不过他们的肤色看起来比我的深，也比我干净得多。

他们欢愉的玩乐不但让我忆起几乎忘却的过去，也让我的脑海里浮现出这段时间在丛林里生活的画面。我曾在树冠层上听过同样的尖呼声，但总以为那只是另一群猴子所发出的声音，然而事实并非如此，那是这群小孩的声音啊！

大人们则是安静得出奇，他们跟猴子们不一样，似乎不太喜欢跟彼此有太多互动。幼儿和婴孩则跟我比较像，这不只是因为他们很爱玩，还有他们在游戏中摆动手脚与身体的方式都跟我相当相似。当然，某一个部分的我也很希望能够就这么走出去，加入他们的游戏，受到他们的欢迎。

但是我的胃让我没办法专心。从早上开始，我就没吃东西，导致现在传来阵阵咕噜咕噜的声音。我站起身来伸展僵硬的双臂，同时猜想着这些人平常都吃些什么东西。我看到一些我认得的水果被放在各种容器里，却没有人食用。那么他们都吃些什么呢？从河里面抓鱼来吃吗？我一直闻到一股奇怪的味道。尽管天色渐暗，我还是决定再往前推进到篱笆一探究竟。

前进的过程中，我在紧邻篱笆处发现了一条平整的道路，这条路穿过了那些人居住的空地，不过我没办法看到尽头。然后，我察觉到树上冒出一朵朵灰色的云雾，不断翻腾而出，直奔天际。这让我再度陷入一阵困惑。不过很快地，我便意识到那个东西其实是烟雾！是燃烧东西时所冒出来的烟，这一定就是那股奇怪气味的来源了。

我提心吊胆地沿着小径边缘行走，担心会遇到那些可怕的男子。不过放眼望去，除了我以外，似乎看不见也听不到任何人迹和声音。这条路最后通往了另一块小空地，干燥贫瘠的土地看起来就跟他们所居住的大空地一样。小空地的中间正烧着两团营火。我太久没有看到火了，差点儿认不出那到底是什么东西。见到熊熊烈火以及浓厚烟雾的我，不知怎地，下意识提高了警觉。我想这种反应并非来自记忆，而是一种本能，一种让我得以安然存活至今的本能。

火焰的顶端架置了一片闪着亮光的坚硬薄片，我不知道那是什么。但在这块金属片上头则放了一个又大又圆的容器，似乎也是用同一种金属制成的。当我走近时，皮肤感受到微微的热流。我探头看了看里面的东西，发现那是一锅煮沸的水，还有一团看来像是树根的白色物体在里头渐浮渐沉，而不断向脸袭来的蒸汽让我不禁皱起了鼻子。这就是那群人吃的东西吗？我不敢想象自己吞下这种东西，这简直是食物酸腐的味道，让我觉得作呕想吐。

我移动到旁边那团营火，除了空烧一些堆叠的木柴，就没有其他东西了。我把自己的手放在火焰上面，感受阵阵热能所带来的惊奇，这就跟阳光的温暖无异，只不过是从地面传来的，真是不可思议。

不过那里没有东西可以吃。直到远处传来细微的人声，我这才意识到自己应该早点儿溜到其他地方去。那些微弱的声音明显是从空地以外的地方传来的，因此，我小心翼翼地穿过这块尘土飞扬的空地，循着声音的来源而去。所幸这里没有丛生的林叶与枝干，不然我很有可能因为踩到那些东西而发出声音，让他们察觉到我的存在。

确定自己可以清楚听到他们的声音之后，我便悄悄地通过矮树丛探看了一番，发现有两个男人蹲坐在一根粗大的树干上，正在设置一些看来是陷阱的东西。那个东西像是个用树枝交缠捆绑在一起的容器，有条藤蔓制成的绳索贯穿其中，并从一端的开口处穿了出来。那条绳索显然是用来放置诱饵的，好引出某些能让人类大快朵颐的东西。他们不断在树下轻轻拉扯这个机关，而我就待在那里看得很清楚。最后，他们抓到了一只我所见过最大又最多毛的蜘蛛。

我不再对蜘蛛感到大惊小怪了，这些日子以来，我甚至失去了戏弄它们的兴致，不过这两个人抓到的蜘蛛是在我生活的猴子区域里从没见过的。那是一只巨大的蜘蛛，甚至比他们的手掌还大。这样的蜘蛛已经不多见了，真是可惜。那只蜘蛛才刚步出它的巢穴、追逐那条绳索的尾端时，随即就落入陷阱之中成了僵硬的尸体。它被其中一个男人的匕首刺穿，而这一切都发生在转瞬间，快得让我根本来不及跟上。

那只蜘蛛被放进挂在男人腰间的布包中，从布包鼓起的情况来看，里面应该还有其他命运悲惨的蜘蛛。黑幕几乎覆盖了大地，这应该是他们今天最后一次的围捕行动。他们两个同时站了起来，满脸喜悦地回到了刚刚升着营火的地方。怀着为那些可怜的蜘蛛感到遗憾的心情，我从藏身处退了出来，一路尾随他们。

我在这里上了人生中的首次烹饪课。他们一回到营火处，便马上行动起来。

它们从布包中拿出好几只蜘蛛，大小全跟刚刚他们在树下抓的那一只差不多。然后，他们小心翼翼地把这些蜘蛛拿在手里不停摆弄着，后来我才知道这是挤出毒液的动作，而这个处理过程显然发挥了作用：他们谨慎地把毒液挤到一个看来像是椰子壳做的容器里。

我无法看清每一个细节，但是他们在处理完所有蜘蛛，以及同样从袋子里抓出来的数条蛇之后，就把它们一只只地用一种看着像是香蕉叶的东西卷成小包裹状，再把这些小包裹串在细长的木棍上，放到营火上面的格子架上。

我专注地看着他们进行所有的动作，同时，我的胃也开心地期待着食物。看来我蛮幸运的，处理好那些小包裹之后，那两个男人便起身离开了空地，也许是去找其他的食物吧，又或者是去告知他人食物已经准备好了？我实在不清楚。我一心想快点儿把那些小包裹拿到手。

我担心他们可能随时会回来，所以等了一段时间，确定四周毫无动静、安全无虞之后，我立刻冲向放着烧烤食物的格子架，一把抓走了其中一个包裹。

包裹实在太烫了，还差点儿从我手中掉出来，于是我只好不断用左右手轮流拿着它。我转身冲回森林里，却在那里碰上不知道从哪里冒出来的 3 个小孩，他们瞪着大眼，用骨碌碌的黑眼珠直盯着我瞧，吓得我完全动弹不得。

他们什么都没有说，也没有做，似乎对我很好奇，却一动也不动。我立刻转身钻进了矮树丛里，拔腿就跑。他们没有追上来，好像也不怎么在意我偷走了他们的晚餐。事实上，当我停下来喘一口气时，还可以听到远处的他们正嘻嘻哈哈地笑闹着。

我决定在这里停下来，试试手上这包奇特又温热的蜘蛛吃起来如何。我饿坏了，而且那包裹也不再那么烫了。我抽出那根串起蜘蛛的小木棍，翻开烧焦的叶子，扑鼻而来的香气让我的胃雀跃不已。只不过，一见到里面的东西时，我便觉得反胃，蜘蛛看起来实在太恶心了，我想我还没有饿到需要把这么可怕的食物放进嘴巴里。

看来首次品尝火烤食物的体验必须再等等，也许他们会煮别的东西，一些真正可以吃的东西。我重新踏上遥远的回家路途时，肚子依旧还是饿着的。

但我渴望知道更多关于这些人的事，我会再回来。

11

自从发现那个人类营区后，我就无法忘记它。

就像是中了毒一样，每天我都会走上好长一段路，前往那群人的居住地。那段路线已经深刻地烙印在我的脑海中，挥之不去。然后我会花上好几个小时，静静地坐在那里看着他们，贪婪地想吸收这一切。即便是年幼的孩子对玩具的渴求都无法与我心中的兴奋之情相比，再聪明也没有办法吸收比我更多的资讯。

开始观察的前几天，食物吸引了我绝大多数的注意力。上一次我不但幸运地发现了烧烤食物，还把它给偷了回来。只不过当我打开那包烤蜘蛛后，才意识到那是完全不能吃的东西。我一直感受到有某股力量在召唤我回来，我想那是一种预感：或许他们还会用那些营火烤出一些我想要吃的东西。而这一次，我没有失望。

接下来的几个月里，我品尝了各式丰盛的森林食物。我吃了香脆可口的蚂蚁屁股，以及一些不知名的棕色大虫子，但是它们就没这么好吃了。这些大虫子的卖相还不错，肥胖且富有光泽，不过里头却是半生不熟，令人作呕。我也尝试了一种类似香肠的肉，现在回想起来，有点儿像野鸡肉的味道。总之，我很喜欢那种食物。有时候，我吃的肉里头会有许多细小的骨头，现在想想，那很有可能是蛇肉。除此之外，我也吃到了鱼肉，而且最后还是尝试了蜘蛛。后来我发现，这个部落的人会定期宰杀猴子作为食物。我必须承认，这让我感到悲伤，并且充满背叛的罪恶感，因为我非常有可能也吞下了猴子肉。

但是那时候的我并不知道这些事情，我只是肚子饿，而那群人提供了我怎么也没办法弄到手的食物，填饱了我的肚子。

我现在也不太需要四处找寻食物了，部落的营地中总是有丰盛的水果，我为什么要自己爬上树上去摘呢？让我自己过得好一点儿已经成为了一种生活方式。

现在想想，当时我也发现了酒，只不过我根本不知道那是用什么做成的，也不清楚那是怎么做出来的。我只知道有一天，在回家的途中，我在猴子挖的地道里发现了一个瓶颈窄长的容器，可能是用陶土做成的，瓶身则用编织过的香蕉叶包覆起来。我试着闻了一下，尽管味道相当刺鼻，却带着一股奇特的吸引力。由于那时候我非常口渴，便喝了好几大口，随之而来的后劲却也让我吃下一惊。虽然这种饮料闻来浓郁香醇，但是吞下喉咙后，却留下令人难以承受的苦涩。然而，由于长期以来我就只喝水，这种味道也算是为我带来一种新的惊喜。

不过跟后来发生的事情相比，这种饮料所带来的震撼就不足为奇了。我仿佛在一瞬间忘记怎么使用自己的手脚，走起路来摇摇晃晃，这种眩晕又飘飘然的感觉虽然奇特，却也让人感到愉悦陶醉。这感觉实在太棒了！所以我又灌了几口，最后我只是全身瘫软无力地不停咯咯笑，什么也做不了。

这是我第一次，也是最后一次在年纪还不足的情况下喝酒。当天晚上剩余的时间里，我不但感到身体不适，也相当躁动，隔天更是精神萎靡、欲振乏力。

我之所以一直想要回到那个营地，不只是为了食物与饮料。当初见到那位产下婴孩的母亲所带来的强烈渴望，至今仍萦绕在我心头。我想要了解关于这个人类家庭的一切，也想要知道他们日常生活的所有细节。

　　他们身上穿的衣服非常少，不过身处森林的炙热高温中，他们又何须穿太多衣服呢？男人通常只会围着一条腰布，女人也差不多。我见过的穿最多衣服的女人就是先前那位生下小孩的母亲。此外，我发现那里的成年人都没有牙齿，这实在是太奇怪了，我为此困惑不已。难道那些牙齿掉光了吗？或是属于他们装扮的一环？有太多事情可以学习，尽管有些事情会激起过去的回忆，多半是一些让我感到陌生与疏离的片段。

　　不过也有些事情在动物界跟人类世界中是共通的。我会看看那些小孩无止无尽地不停玩耍，简直跟我没有两样。他们甚至也会以戏弄那些胆小可怜的蜘蛛为消遣，就像我刚到丛林时一样。这里的女人几乎无时无刻都非常忙碌，毫不松懈地工作着。这跟猴子们很不一样，它们绝大部分的时间不是拿来打瞌睡，就是替彼此清理身体。而这里的女人似乎永远有做不完的事情：她们会收集树枝，用来做成存放水果和其他东西的容器，也要编织竹条作为铺设屋顶的材料。除此之外，她们还会将竹子与藤蔓绑在一起，拿来当做休憩用的垫子，或是用来修补房屋的墙壁。

　　男人们也很忙碌。我很快就明白这个营地的分工机制了：女人主要负责维系营地的整洁与完备，并且照顾小孩；男人则会搭着木船外出，或者花时间制作带有毒液的飞镖、弓箭与弹弓等工具——为了捕杀其他生物，他们似乎总有层出不穷的花样。

　　此外，他们也找到了简单又省力的爬树方法。他们会将一条松弛草绳的两端分别绑在两只脚的脚踝上，在攀爬的过程中，这条绳索会紧紧地套住树干，如此一来，就能大幅减轻双腿及双脚的负担，让他们能够很快地爬到树上，摘取上面的水果。

在这里，玉米有另一种与众不同的用途。当时，我要不是以苔藓球来清洁如厕后的身体，就是学习猴子们的处理方式。有一天，我发现某个小孩在树丛里方便完之后，拿了如毛发般的玉米鬚作为清洁工具，效果之好令我惊艳。从那次开始，我也以同样的方式比照处理。

日子一天天、一周周地过去，我的生活也开始有了重心。虽然我还是会在每日的傍晚时分回到猴群那里，但是大部分清醒的时间，我都待在人类营区附近。我会小心翼翼地爬上接近那个聚落的树上，然后花好几个小时，像个不出声的幽魂观察和聆听。看得愈多，我就更加认定这里才是我的归属——如果他们愿意接纳我的话。

恐惧是一种相当有力的情绪，一直主宰着我。我已经跟动物一起生活了一段时间，也能够预期它们会做出什么样的事情。而除了关于家乡还有母亲的残存印象，我对人类的回忆却只剩下那两个掳走我并将我遗弃在这里的男人。他们不顾我的死活，把我一个人扔在丛林里。住在聚落里的这群人会跟他们不一样吗？我真的非常希望能够信任这些人。不过，万一他们就跟那两个男人一样呢？在这样的顾虑之下，导致我必须鼓起非常大的勇气，才能够光明正大地出现在那些人眼前。

随着时间的流逝，营地里的家庭气氛是如此吸引着我。我看着眼前那些不停向我招手的场景：玩耍嬉闹的孩童、燃烧的营火、一家团聚的和乐场面，全都像是在邀请我加入他们一样。从我所在的阴暗树丛里看过去，如果可以加入那样欢乐的孩童，成为其中的一分子，一起在舒适又愉快的营地里玩耍，那会是多么美好的一件事。

我不知道是什么原因让这一天成为与众不同的一天，也不清楚是什么东西激发我突如其来的勇气，也许我只是受够了一直不能够加入他们的痛苦，又或者，只是因为营地里的每个人都忙于自己手边的事情，才会让我觉得自己可以神不知鬼不觉地悄悄溜进去。

大约在中午左右，营地里的每个人似乎都忙得不可开交。我不确定是否有人看到我，即便真的有人注意到我，我也没有察觉，也许是我自己一心只顾着溜进营地里，而丧失了对周遭环境的专注力。我脑海里满满都是找到当初那个怀孕女子的念头，满心希望她可以让这个营地的人接受我。

我踏出茂密繁盛的矮树丛，一脚踩在篱笆外贫瘠的沙质土地上。我并没有在那里停留太久，因为毫无掩蔽的开放空间让我感到害怕。我立刻跑向距离自己最近的木屋，谨慎小心地查看里面的情况。

屋子里头一片阴暗，但每个小细节都吸引住我的目光。里头拥有着用干草跟竹子做成的床，看起来非常舒服。地上铺了许多垫子，有些样式朴素，也有些带有图腾的花样。墙壁上挂着香蕉和其他水果，种类非常多，有些甚至是我没有在丛林里见过的。这些水果从哪里来的呢？我还看见一些吊床，固定在房屋中央的杆子上。此外，房间里摆满了各式的篮子跟壶罐，都是那些人用树木的茎秆、树枝或是陶土所制作而成的物品。

房子里的东西并不多，所以我很快又将转回户外的环境。房子的后面摆了一个大水桶，看起来就像先前我用来喝酒的容器，只是体积更为庞大。它的底部很宽，开口却非常狭窄，还有着长长的瓶颈。或许这样的设计是为了防止小虫子进入？开口的大小刚好足够用来倒出里面的水，他们会用某种东西作为盛装的容器。对小孩子来说，要是里面没装满水的话，要顺利把水倒出来有着相当难度。

我后来发现，里面的水并非来自河流，尽管我无法理解，但是它喝起来相当清甜可口。这些水似乎来自一个巨大的金属容器，那群人会从某个我看不见的地方把金属容器提过来。他们会用一根长长的棍子穿过两个金属容器之间，这样就可以把棍子放在肩膀上，提着两个金属容器行走。这个画面触动了我的回忆，家乡的人似乎也是用同样的方式提水回来。

一个女人正在水桶边喝着水，我发现那不是其他女人，正是那个把我引到这边来的女人。看到她之后，我的心扑通扑通地跳个不停。我确定这是个征兆，说明跟着她来到这里是对的。她是一个母亲，如果她看到我的眼睛，也许就会像爱她的孩子一样爱我。

身为一个人类，我是多么强烈地渴求被爱，而这也是使得社会性动物之所以具有社会性的重要原因之一。我发现这群人类跟猴子一样，非常关心彼此。这就是我要的：我希望他们爱我、照顾我。只要一个母亲看着我眼睛里流露出来的需求，她一定能懂，至少我心中这么相信着。

但是她并没有这么做。当我站在那里，犹豫着应该在什么时候现身时，原本正在喝水的她突然转身看见了我。她的反应跟我想象的完全不同。是的，她的确看到了我的眼睛，但她只从她的眼睛里看到恐惧。她立刻跑着离开，却仍紧紧地盯着我，仿佛我是异类，是某种恶心、可怕又令人厌恶不已的生物。

即便她已经跑开了好一段距离，似乎仍不足以消除她对我的恐惧，也许她愈是看着我，就愈是害怕。惊慌失措的她不但跌跌撞撞地被杂散的物体给绊倒，还一路不停地对我大吼大叫。我不知道她究竟在说什么，不过显然是要我快点儿离开。

无论如何，她上演的这场戏码已经吸引了其他人的注意，而我则尽可能让自己看起来乖巧顺服。有个身材健壮的男子从附近的屋子里跑了出来，似乎急着弄清楚到底发生什么事。他绑了一条插着两根羽毛的头巾，其中一根是明艳华丽的宝蓝色，另一根则是深沉的绿色，脖子上还挂了一条串满缤纷珠子的项链，脸颊两边也用某种漆料画着一红一黑两条上下平行的带状条纹。

我直觉这个人就是他们的酋长，这当然是从猴子家族那里所学来的经验。在猴子部落中，猴爷爷之所以没有担任酋长的位置，是因为它的手臂受伤了，绝大多数时间里，它只能坐在一旁，挑着眉看着眼前的一切。我们的猴子酋长不但年轻，而且体型很大，当然也非常强壮。它可以扛起其他猴子们拿不动的大树枝，这让它赢得整个猴子部落的尊重，它不但充满力量，也喜欢出风头，尽管我不太喜欢它，但那就是部落生活的一部分。我们都相信猴子酋长可以带领这个部落。

眼前这个人就跟猴子酋长一样：充满自信，而且非常强壮。他毫无畏惧地朝我走来，眯起眼睛上下打量着我。现在轮到我感到害怕了，因为他迅速伸出一只强而有力的手，抓住我的肩膀，另一只手则紧紧揪住我的脸，往他的眼前拉去。

对于我的出现，他完全没有显露出一丝惊讶或是困惑的神情，即便他心里是这么想的。他在转瞬间就把我从头到脚彻底检查了一遍，这让我的心脏差点儿从胸口跳出来，四肢也因为惊吓过度而瘫软。他打开我的嘴巴，检查了我的牙齿，然后把我的头压低，再看看我的脖子，同时一直念念有词，嚷嚷着我听不懂的碎语。结束之后，他只是发出了嘘声要赶我走。

那是一种你绝对不会误会的肢体动作，猴子们也会那么做。当一只体型瘦弱的小猴子想要抢夺另一只比它更强壮的大猴子手上的坚果时，大猴子就会做出这样的动作。这样的结果让我感到震惊，难道他连一次机会都不愿意给我吗？我开始求他，通过肢体语言让他知道，我只是需要食物和一个能够遮风避雨的地方。然而，我的声音和动作就跟一只小猴子没什么两样，而不像是一个小孩。他连看都不看我一眼，只顾着不停地发出嘘声驱赶我。

但是我仍然坚持留在那里。因为那里有太多食物，还有我可以安全居住的地方！我只需要这么一点点东西，也能帮上很多忙，但他完全不为所动，还开始动手推我。他的手非常粗糙，力气也相当可观，似乎下定决心一定要摆脱我，甚至做出了一个我立刻明白他意思的手势：他愤怒地用一根手指慢慢地划过他的脖子。

　　我不需要更多的警告，伤心欲绝地立刻转身跑回矮树丛里。直到回到猴子部落之前，我完全没有停下脚步。尽管那群亲爱又熟悉的猴子们没有手舞足蹈地欢迎我回来，但它们就跟往常一样，非常乐意让我待在它们身边。

　　那一天，我上了宝贵的一课，那个经验直到今日还在我心中发酵。所谓的"家"，并不只是你身为其中一员的团体，也不单是出生证明上的一项陈述，或是从你的外貌特征，甚至是DNA得以判别的；只要能够感受到被爱、被关怀，那个地方，就是"家"。因此，无论是朋友、养父母、任何一个团体，甚至是慈善机构，都可以是一个家。而这之中最重要的便是那份亲密的联系，一种永远不会让你失望的安心感——这比任何化学组合或是血缘关系都重要得多。

　　接下来的几天，我不断思考着自己在这段期间的境遇，并试着调适自己的心情。一种前所未有的全新感受悄悄地窜进我的心头，我知道自己属于人类的世界，但他们却转过身去，狠狠地拒绝了我。我受了伤，因为遭到拒绝而沮丧。连我的同类都拒绝我，那么我的未来究竟会在哪里？一次又一次，我得到的总是同一个答案：家人，就是那些永远不会让我失望的人。尽管我曾经想要用其他人来取代他们，不但轻视他们，也对他们不忠，但是这群猴子从来没有让我失望过，不是吗？我知道自己必须摆脱那些关于人类家庭的幻想，因为这群猴子才是我的家人，而不是那些人类。

12

一段时间之后，生活仍旧与往常无异。随着日子一天天过去，我对于那个人类营地的渴望也慢慢地消逝了。偶尔我还是会回到那里，但只是为了一个实际的理由：我喜欢那里的食物，而且我也偷得驾轻就熟，既然如此，又为什么不偷呢？这也成了整件事情结束的原因。

我确实更享受在丛林里的生活，从任何角度来说，丛林的生活都更为富足。每一天我都能看见不同的事物，例如一只全身闪烁着光芒的小鸟、波光粼粼的水坑、一条从没走过的小径、一个全新的视野，或是前所未有的动物叫声与歌声。

在所有的小型生物里，我最喜欢的就是一种带有粉红色泽的象牙白小蜥蜴。最奇怪的是，它的肚子是透明的，而最让我着迷的就是：我真的必须耐住性子等上很长一段时间，它们才会愿意出来逛逛。相反地，其他的蜥蜴则完全无需躲藏。通常它们会躺在某个树干上打瞌睡，让自己与周遭环境融为一体。

至于那些小蚂蚁，就像每个人所知道的一样，是辛劳的工作者，总是忙碌地穿梭在长长的队伍里，搬着比自己身体还要大上许多倍的树叶回到巢穴。蚂蚁从不曾停下自己的脚步，连一秒钟都没有。如果你用手指头挡住他们前进的路，他们就会绕开，继续向前走。印象中，在我曾经有过的许多美好时光里，有很大一部分其实就只是坐在树荫下，用手指头指挥蚂蚁大军的交通路线，让它们在充满各种障碍物的路线上缓缓移动。

我也变得比较不害怕丛林里面的鸟了。对我来说，许多鸟都聪明得惊人，而且也非常美丽。不过我还是提防着鹦鹉，除此之外，其他鸟类都能够让我觉得开心。曾经有只爱管闲事的巨嘴鸟总是喜欢坐在我头顶上的树枝，张大眼睛注视着我的一举一动。它的叫声真是糟透了，几乎是所有鸟叫声中最刺耳、最讨人厌的，不过它很友善，所以我决定原谅它没有音乐天分。毕竟我们的友谊对我来说更重要。

后来我才从图片上认出，当时自己最喜欢的鸟叫作梅洛鸟（Mirla），它属于日常生活常见的黑鸟，有着橘色的脚。虽然梅洛鸟身上没有亮丽的羽毛，但它令人惊艳的歌声却足以弥补这项缺憾。我经常模仿它的歌声，才发现自己的声音也相当好听。

也许是因为我长大了，也更了解丛林里的节奏，比起以往，现在的生活变得更有秩序。每当太阳一早从树冠层害羞地露脸，整个丛林便会彻底动起来，几乎每一种动物都会起床，加入吃早餐的团队运动。但是，随着太阳一寸一寸地爬上最高点，气温也跟着上升，动物们会各自寻找舒适的休憩场所，中午时分的丛林便陷入一片无声的沉睡之中。鸟儿们会停止鸣唱，大部分的活动步调也会缓下来，而那些有能力的动物也会想办法爬上树冠层躲避热浪的袭击，享受凉爽的空气。那时候，我经常可以听到远方传来的声音，甚至一度听见瀑布直泻而下的哗哗声，我想循着声音找它的所在地，最后却没有成功。我很好奇，那道瀑布今天是否也"哗啦哗啦"地奔流呢？

我也开始对植物和花朵产生兴趣，并且利用它们制作各式的"艺品"——这是我想得到最贴切的字眼了。我会捡起富含汁液的绿色树叶，用石头捣碎之后，再加入一点儿池塘的水。那些树叶非常大方，在我忙了一阵之后，它们释放出带有颜色的汁液让我作为颜料。通过每一次的尝试与失误，我慢慢知道哪些树叶可以制作出最棒的颜色。成功取得绿色的汁液之后，我又试了其他的可能：比如某种看起来像石榴的水果的种子就能做出橘色的颜料，这种水果的内层有着我见过的明暗比例调和得最漂亮的橘色。没多久，我就能用种子、坚果和花朵做出像彩虹般漂亮的七种颜色。除了画在自己脸上作为装饰，我也用这些颜料来美化周遭的石头和树木，更别提用来对付那些想要打搅我进行美术课的小猴子了。

就像其他小女孩一样，我也替自己制作了珠宝。人类营地里的那些小孩开启了我的眼界。我最喜欢的就是收集兰花跟其他各式花朵，再用长长的花茎把它们串成项链。我也会把自己喜欢的东西加到上面，然后像那些印第安人一样，把整串东西挂在脖子上或是拿来装饰丛林。也没有什么特别的理由，只是觉得这样看起来更漂亮而已。我想这应该是身为女性的需求吧。我最喜欢的项链是用香草荚做成的——当然，后来我才知道那种东西叫作香草荚——它甜美的香气会留在我身上一整天。

尽管生活中有这么多让人分心的乐趣，但是我最爱的仍然是猴子家庭。现在我已经可以认出每一只猴子了，我知道谁刚刚生了小猴子，哪一只猴子最近才过世，哪一只小猴子的妈妈是谁，还有每一只不同的猴子分别擅长什么事情，又拥有什么才能。第一次见到它们的时候，只觉得那是一大群让人分不清谁是谁的动物，现在，它们每一只都是不同的个体，就像人类家庭里的不同成员一样。

它们的陪伴让我感到安全，整个丛林也成了我的家园，但是，我即将通过一种糟糕又残忍的方式，了解到危险其实从来不曾远离。

那是非常普通的一天，跟大多数的日子没有两样。距离我摆脱对那个营地的渴望，大约已经过了一年的时间。其实我根本不可能确定究竟过了多久，不过，既然我已经不再迷恋那些人类，所以应该已经过了很长一段时间。

黎明破晓时，整座丛林一如既往地充满朝气、喧闹忙碌。所有的日行性动物随着日出而起身活动筋骨，闹哄哄的程度简直称得上是震耳欲聋。但是，这幕每日清晨都要上演的嘈杂场景却被一只猴子的尖锐警告声给划破了，几乎每一只动物都吓得躲进了自己的巢穴里。

一切就像是经过事先彩排的消防演习：大批的鸟儿突然销声匿迹，少数几只还停留在天空的则焦虑地不停盘旋；猴子们连忙躲到树上，佯装自己只是树皮。一阵诡异的寂静笼罩着这片受到惊吓的大地。

我下意识跟着其他动物的脚步，急忙替自己找到安全的藏身地——事实上也就是一直以来被我当成家的树洞里，匆忙间还抓了一些掉落到地面上的树枝遮蔽洞口，然后想着，究竟是什么可怕的怪物让这片土地陷入了如此深沉的恐慌中。

过了不久，我就得到答案了。我原本正打算要出去探查一番，但是那阵噪音抢先一步传进我的耳朵里。那阵阵巨响听起来令人心神不宁，甚至按着某种节奏规律地传来。听起来，就像附近的矮树丛正被劈砍，然后被猛烈残暴地拔起、彻底根除。

我的听觉果然没有失灵，成片的矮树丛正面临灭绝的危机。隆隆作响的噪音愈来愈大，先是重击土地的声音，随后是撕裂和劈砍的声音，然后是再一次的重击。就在我眼前的树丛被劈得惨不忍睹、四分五裂之际，我也瞥见了两名身着绿衣的白人男子，他们手里拿着闪闪发光的可怕弯刀，还带着各式麻袋、枪支和网子。如果当初我没有花那么多的时间观察印第安部落，或许眼前这两个人对我而言就会跟外星生物没两样，我可能没有办法马上辨认出他们是什么动物，而是会根据直觉的判断，立刻仓皇逃跑。不过现在我知道他们是人类，也就无需重新界定他们的认知：他们是怪物，所有跟他们有关系的东西看起来都非常可怕。我身上的毛发都因为恐惧而竖立，心脏也急速地跳动着，几乎就要窜出我的喉咙。

我屏住呼吸，看着他们摧毁整片矮树丛，我尽可能地让身体躲进树洞里。我不知道这些人到底想做什么，又为什么要大肆破坏，但我很快就知道答案了。看着那两个人，我才恍然大悟，那些网子一定是用来捕捉丛林里的生物：一只色彩鲜艳的蝴蝶一不留神就被网住，然后他们将网子扎起来，挂在肩膀上。

接着，那两个人的注意力转移到鸟类上，而我一样静静地待在一旁看着。这次，他们撒出了一张不一样的网子，捉到一只鹦鹉。当天早上，我才看到那只美丽的鸟儿在我眼前飞翔，现在它脚上却被套上了锁链。那只鹦鹉扬起翅膀惊慌失措地拍打着，它美丽优雅的羽毛就这样飘散在空中，终于落到丛林的地面上。

我试着平稳自己的呼吸。我会是他们下一个猎捕的对象吗？看来他们似乎有办法捕捉任何他们想要的东西，无论是鸟类、昆虫、蜥蜴还是蛇。难怪那只猴子会发出这么急促的警告，我们现在的确是处在危机四伏的境况中。

虽然当时的我逃过一劫，那一天却是终结我无知的起点，更让后来的我有好长一段时间都活在恐惧之中。我不晓得这种事情是不是第一次发生，人类是刚发现这座丛林吗？或者多年以来，这样的情况持续上演？但是，从那一天开始，只要附近的矮树丛出现挥动弯刀的嗖嗖声，恐惧感便会不由自主地袭来。

我是应该要感到害怕。有一次，我正躲在树洞里瑟瑟发抖时，其中一个猎人直直朝着我的树洞走来。他几乎就站在我的面前了，我可以清楚地看见他的黑色皮靴，以及卡其色的长裤，并且听见他扣下来福枪的扳机。由他所创造出来的这一片静默，是我能想象得到最可怕的声音。时至今日，那种声音都还在我的耳边萦绕不去。他举起来福枪，然后砰的一声！简直快让我耳聋了。我不知道他瞄准了什么东西，更不清楚他到底有没有射中目标，我只听见自己慌乱的心跳声，双手更是不受控制地颤抖着。

在我的一生中，受过无数次的惊吓，但是那一天所感受到的恐惧，却让我觉得自己是如此的渺小与无助。我永远也无法忘记这种绝无仅有的恐惧感。

有时候，那些猎人会在白天的时候来，有时候则是晚上，还有些时候，他们会在薄暮降临之际突袭疲倦又带着睡意的动物，并且用火炬照进他们的眼睛。那些被捕捉或受伤的动物会因为恐惧而发出可怕的尖叫声，甚至在濒死之际，发出足以划破暗夜的凄厉惨叫，警醒整座丛林的生物。更糟糕的是，有时候这些猎人就是为了猎杀猴子而来的。

理论上来说，猴子比他们想象得还要聪明得多。借由预警式的呼叫以及它们强烈的社群意识，它们创造出一套足以保障自身安全的系统。不过这群猎人实在太狡猾了，他们专挑年幼的猴子下手。他们知道小猴子会玩到忘我而无法分神察觉周遭异常的动静，等到它们回过神来，要做出反应时，一切都已经来不及了。即便它们听见母亲的警告呼叫声，猎人们的麻醉吹箭还是比它们逃跑的速度快，年幼的小猴子因而成了可以轻松手到擒来的捕猎目标，猎人们不费吹灰之力就能把它们从树上击落，让它们掉进地牢般的黑色网子中。

我不认为自己能够以言语说明那些猎人到底带给我多大的痛苦，以及那些几乎让我无法承受的愤怒，但是我一辈子都会记得他们从尖叫呐喊的母猴身边带走小猴子的情景。一般来说，带着猴子宝宝的母亲通常都会躲在树洞里，就像我一样，眼睁睁看着年幼的猴子宝宝就这样从母猴的手中被人夺走，那种绝望之情所带给我的惶恐几乎就是看着人类世界里的母亲失去自己的小孩一样。

更糟糕的是，接下来的数个星期，那些失去猴子宝宝的母亲们必须忍受更加煎熬的折磨。那是一种你无法多看一眼的痛苦与失落感，而你却一点儿也帮不上忙。有好几次，我亲眼看着绝望的母猴就这样倒下，死于不堪的痛苦之中。猎人们也会猎捕猴子妈妈，同样将它们从树上击落之后，装进袋子里。可想而知，失去母亲的猴子宝宝最终也会死去——死于饥饿。

这场毫无节制的疯狂猎杀行动就如同它登场时一样，戏剧性地落幕了。大自然显然已经看过太多人类的罪行恶状，因而决定用大水将这些人一扫而空。现在的我已经习惯丛林里倾盆而下、宛如榔头般铿锵有力的大雨，而这些骤雨也自有一定的规律，通常一个月会下一到两次。一旦雨停，高温马上就会将雨水留下的痕迹烘干。丛林的地面几乎不曾像沼泽般泥泞，我印象仍旧很清晰，那里的地面总是干燥的。然而，有时会有威力惊人的狂风暴雨来袭，而这可算是丛林里的大事件，因为所有生物皆无一幸免。

这场突如其来的暴风雨来得毫无征兆，让人措手不及。或许我应该说是"几乎"没有预兆，因为猴子们似乎知道即将发生什么事情。暴风雨来袭的前一天，天气异常地焦热难熬。或许猴子们早就察觉到其中的迹象？我不确定。不过我清楚地记得，当天早上起床之后，我就看到一群成年的猴子正跳着诡异的舞蹈。一开始，我以为那只是晨间游戏的一部分，但是从周遭其他猴子的反应看来，我不禁要猜想，那些舞蹈另有含义。

我知道有些不对劲，我们每日的规律生活即将受到冲击。直到风起，天色变得诡异，我才恍然大悟，猴子们跳的可能是某种祈雨舞。尽管我曾经见过狂风暴雨，但也只有一两次的经验。我很喜欢这样的天气，虽然一开始的时候确实有点儿害怕，但是当雨水落到丛林的地面上，争相跳起舞来，我才体会到这种凉爽又舒适的感觉有多美好。在雨中随之起舞的我能够感受到脚下的土壤转为泥泞，也喜欢脚趾头陷入湿软泥巴里的感觉。我的树洞小窝也因此成了一个小泥坑，不过比那些包覆在我结痂又干痒皮肤上的美好烂泥，这也不过是一点儿小小的代价而已。我记得我甚至还在里面打滚了。

随之而来的是另一阵预料中的风暴。对于即将到临的危险，我既感到害怕，有难掩兴奋之情。不过，我不是唯一一个感受到空气中有股蠢蠢欲动的气流的人。不久之后，丛林里的日常作息就全变了样，所有的动物、鸟儿与小虫们一只接着一只悄悄地溜走，躲到最安全的藏匿地点，树丛也被吹得沙沙作响。整个丛林只剩下了叹息的悲鸣，听来仿佛在为自己打气，好迎接即将到来的残酷考验。

但是，或许这场痛苦也是一种冒险。突然间，强风刮进了丛林里的所有缝隙，让所有水果、树叶与小枝干全都掉在地上了。随后——这一切就像音乐即将进入渐强之前的过门鼓一样——大自然终于释放出了洪水。

奇怪的是，我对这场暴风雨的记忆似乎已经残存无几。我只是静静地待在舒适的树洞小窝里享受着外头风雨肆虐的情境，并耐心等待这一切结束。我看着如细针般的雨丝直奔矮树丛而去，土壤因此成了一片浑浊的泥泞。我还记得风雨过后那种兴奋的感觉，我终于可以爬出树洞，前往这个湿透的新世界一探究竟。

我之所以没办法清楚记得这场暴风雨所有的细节，是因为它所带来的结果远远重要得多：面对大自然突如其来的袭击，那些猎人完全束手无策，也无计可施，便无声无息地消失了。而我们则是在过了好一阵子之后，才兴高采烈地迎回一度被他们所破坏的平静生活。

13

虽然我无法确定当时的时间与细节（包括我自己的年龄），却清楚地记得，在那场暴风雨赶走猎人之后，我享受了一段最愉快的童年时光。我已经放弃加入那个人类村庄的念头，除此之外，也许被那群猎人袭击不是一件坏事，因为这让我意识到自己的同类有多么冷漠、残酷。

至少在那段期间内，我甚至不再将人类视为自己的同类。我长得愈大，愈能够感受到猴子家庭的爱，也学习着把它们当做不同的个体珍惜。当然，就像每个人都会有所偏好，在它们之中，我也有自己特别喜欢的数只猴子。

在那群我经常花时间跟它们一起玩的年轻猴子里，我最爱的就是鲁迪、罗密欧与米亚。当时的我早就不再有"姓名"这个认知，所以也不曾替它们取过名字，只是每当我又想起它们时，这些名字自然就跟它们连接在一起。我已经离开它们很长一段时间了，对他们的思念之情无可言喻，于是替它们取了能够让我记住他们各自性格的名字。我后来遇到了许多各种不同人格特质的人，便以此为依据替那些猴子命名。

鲁迪是一只非常特别的猴子，总是有用不完的精力。它老是追着其他猴子跑，而且总是能够逮到它们，然后拉扯它们的耳朵。这是鲁迪第二喜欢的消遣，当然，它最喜欢的游戏就是躲猫猫。

它最喜欢我躲在树干后，等到它哀伤的声音说："你躲到哪里去了？"再突然一窜而出，让它吓得跳起来。它太喜欢这个游戏，甚至发展出另一套属于它自己的游戏方式。它会躲在各种地方，像是高处的树枝上，或是相当隐蔽的深处，等到其他猴子找得晕头转向时，再跳出来吓它们。那些猴子已经成了它恶作剧的对象了。

鲁迪总是喜欢恶作剧，经常为了戏弄别人而发出一堆可怕的噪音，听起来就像是没头没脑的警告性叫喊，而这种举动常常会激怒家族里的老猴子。此外，它也是个小题大做的家伙，只要它不高兴，一定会弄得尽猴皆知。然而他浑身上下都充满了爱，我很喜欢让它替我清理身体，虽然它的手脚不甚灵活，通常都没什么效果，只是让我的头发被它整顿过后又更加纠结。

相反地，罗密欧的个性相当温和，它喜欢肢体接触的程度没有其他事物能比得过。我不知道它是怎么做到的，即使它体型庞大，我还是经常看到它挂在别的猴子背上，让其他猴子背着它走。罗密欧同时也是一个和平使者与小甜心，它总是会用手臂环绕着我的肩膀，并且用美丽的口吻持续地叨念，如同它正在朗诵一首十四行诗，并借此宣告它对整个猴子家族的爱意。

除了猴爷爷，我的最爱或许就是米亚，它可能是我最想念的猴子，迄今为止是如此。她跟罗密欧一样充满了爱，却非常害羞，花了很久的时间才鼓起勇气接近我。它第一次卸下心防，就是因为我看不惯其他猴子总是不断欺凌它。我对此感到生气，便利用自己的体型和力量的优势，阻止其他猴子推挤它。由于它从来不会替自己奋战，让我觉得更应该保护它，因而发展出我们之间这段亲密的友谊。

米亚喜欢爬到我的肩膀上，无论我去哪里，做些什么，它总是会用双臂紧紧地环绕着我的脖子，让我感受到它满满的爱意。

每只猴子都有自己讨人喜欢的方式，某些猴子喜欢我的鼻子，或者替我彻底检查耳朵。其中有一只非常特别的猴子，它是一位年轻的男性，喜欢在我的耳朵旁挖来翻去。不过为什么呢？毕竟耳朵是最容易找到美味多汁小虫子的好地方。

当然，我不在意这种事情，虽然这些行为会让我全身止不住地发抖，却也让我感到相当放松。我也不介意它们替我清理耳朵，如果那里很脏的话，猴子们应该可以找到很多东西吃。

不可避免地，我也在那里见到了生命的循环，特别是在罗篦塔身上，它是一只老迈的母猴，我待在那里的期间，它曾生下好几只小猴子。事实上，我从来没有亲眼看过罗篦塔或是其他母猴在丛林里生产，它们似乎会消失一阵子，到没人看得到的隐秘处生下猴宝宝。我猜想它们通常一年会繁殖一次。在我印象所及，罗篦塔是一位很好的母亲，它教导自己的小孩学会纪律与尊重，此外，它也是一位出色的仲裁者，总是能够平息小猴子们的争吵。

我也很想念罗篦塔。我从它身上学到很多东西，虽然猴爷爷可能才是我最重要的生命导师。在我吃到毒果子时，猴爷爷救了我一命，之后也持续照顾着我，它不但聪明，而且很有智慧，似乎是猴群里最年长的一位。它让事情维持着一定的秩序，也会在我们的领地四处走动，扮演看守者的角色。有时，它只是静静地坐在一旁看着包括我在内的年轻猴子们嬉闹喧嚣，就像老爷爷们常会做的那样。

每一天似乎都会有新的冒险机会，也因此获得意外的惊喜。这天早上我起得很早，想趁着其他猴子还没起床之前，在地面上找一些水果与坚果。过了不久，猴子们的叫声跟长嚎吸引了我的注意，它们似乎已经列好队伍，准备出发进行一种集体的早餐猎食，而领军的猴子总是表现得好像它对森林里那些最好的树木再熟悉不过。

它们成一纵队，一个接着一个在丛林的屋顶上前进，而我也跟着队伍来到了一棵巨大水果树扭曲的树干下。直到所有的猴子都定位后，它们毫无畏惧的队长也在树梢停了下来，像是在决定哪串水果才是最佳的选择。但它显然也被后头拖着长队的猴子们惹得恼怒，因为它们全把手搭在前面伙伴的肩上，兴奋得上下跳个不停，希望能看得更清楚点儿。

然而，猴子队长一时的犹豫，却倒霉了自己。也许比起吃早餐，后面那些猴子更想要恶作剧。它们不停地往前推挤，让队长从树枝上跌落了下去。自然，那群最爱放声大笑的猴子立刻爆出了欢乐的喧闹声，响彻整座丛林。

欢乐的气氛并没有持续太久，因为猴子队长在回过神来后，怒气冲冲地爬了上来。它的队员吓得四处逃窜，各自寻找藏身处，而我则是利用了这个机会，竭尽所能地趁势捡起所有因此掉落的果子，并享受了一顿令人心满意足的早餐！

我也还记得那些日子总是会以最受欢迎的活动做结。所有的猴子会聚集在树冠层相互替彼此理毛，而我真的很爱这些对我而言具有重大意义的身体接触。小猴子们很喜欢替我清理指甲，或者看看我的嘴巴里面有没有什么东西可以挑出来吃。对此我并不觉得反感，因为这是正常的社交行为，也是让这个家庭得以维系亲密愉快氛围的重要过程。我沉浸在其中，也热爱我的猴子家庭，不过，我在丛林的日子已经开始进入倒计时了。

又是全新的一天，又一次的日出，以及又一个忙碌的早晨。每当大量的果子成熟掉落之时，便是丛林繁忙的时节。

虽然接近赤道的地区就跟两极区域一样，没有季节的分别，但是生命仍然有它自己的节奏，有生长力强盛的时期，也有树叶、果实与花朵落下的时候。尽管每个物种都有自己更迭交替的规律，却也不乏不同物种携手共进的情形，更为我们每日的生活增添了些许故事性与小惊喜。我最喜欢花落的时节，细致的花瓣就如雨一般地落下，覆盖那些乏味的枯叶，为丛林铺上满地绚烂夺目的美丽色彩。

尽管有些危险，但其实高耸的巴西坚果树也很亲切可人。如果它决定扔下它的果实，只要一瞬间就能让你一命呜呼。那些坚果壳不但大，而且厚实，一旦被它砸到头，那么分成两半的可就不只是果壳而已。加上它们会从相当高的地方落下，因为巴西坚果树可说是丛林里最高大的树种，换句话说，坚果会以惊人的加速度从高空中坠落，而这段旅程所夹带的冲劲之大，会将途中所经的老弱残枝全都劈成两半，使得所有东西宛如倾盆大雨般打在你身上。

有时，我们会因此而赢得一小块蓝色的天空，较小的植物与树苗便会抓紧这个机会全速向上生长，希望成为下一个补上这块空缺而得以独享阳光的幸运儿。无论是阳光或生命，在丛林里绝对不会被虚掷浪费。

这天，就是这阵声音先惊醒了我。或许因为最近巴西坚果结得很多，我不假思索地便认定那必然是噪音的源头。某些声音是一听到就得立即闪避，以免受伤。所以，当我听见头上传来树枝噼啪折断的声音，首先想到的就是坚果。大概是有些豆荚掉下来了吧。

但我的大脑适时接收到我的耳朵传达给它的声音——那声音和我起初以为的并不一样，就像是有一头大型动物重重踏在一根枯枝上时的声音。我僵住了，极力注意还有什么别的声音是我能辨别的，我将所有感官都放灵敏以便接收动静。

然后我听见了，一阵"唰唰"声，是大砍刀的声音！我已经好久没有听到这种声音了，却和所有我听过的猴子警戒叫声一样，让我牢牢铭记在心。

因为觉得恐慌，我自己也发出了警戒叫声——惊慌、害怕、响亮的一声——然后急急冲向我现在躲藏的地方。我永远忘不了那天猎人离我有多近，而在那件事发生之后，待在自己那株树上时，我不再感觉那么安全。如今我长得比较高大，在较低的树冠层穿行时也更有技巧，像猴子们一样，能找到较高的地方。因此，我的新藏身处位于一棵棕榈树的高处，在茂密伸张的扇叶后方。

我安然蹲下身，看往下方的森林地面，视野绝佳，我等待着，想知道明显正摇摆震动的树叶后究竟会冒出什么来。我听见的第二个声音，是来福枪独特的上膛声。过了一会儿，那金属枪尖从矮树丛里穿出来，随后是一个猎人，身后还跟着另一个。

两人一样都穿着我之前见过的卡其服装，他们缓缓行走在丛生的枝叶下，试图找出什么东西以供射击，脸上挂着专注的神情。他们两人都戴着附有遮阳帽檐的奇怪圆筒帽，正从地面接近我的树。我愤愤地朝下瞪着他们，仿佛只要这么做，就能阻止他们抬头看并发现我。

可是我察觉事情有点儿不寻常，其中一个猎人看起来不大一样，我倒抽了口气，发现那是名女性。再细看后，一种奇特的感觉油然而生。她虽然穿着像猎人，她的脸却并非如此凶狠。她看来是如此和善、慈悲、温柔，简直像母亲一样，像是会关照人。她立刻使我想起之前的临盆妇女，我无法抗拒地被她吸引了。

头脑如何与内心情感的力量争胜？我的理性完全没能胜过感性，因为我连自己在做什么都没想，也不管这样会有多危险，就朝她爬下树去。似乎我所受的训练和求生本能都让这女人给抵消掉了，有某种我无法理解的东西吸引我朝她而去。我觉得我必须要她看看我的脸——好像是我最重大、最深沉的秘密，只能对非常亲近的朋友吐露——为什么要把自己送进对自身来说最危险的险境？可我就这样做了。

不出片刻，我就站到了树后，脚着地，低下头（仿佛自己都不想见证这行为有多蠢），跨步出来，站到他们两人身前。

我抱住自己，好面对接下来的一切，但什么事都没发生。我做了什么啊？如此愚蠢！他们真的看得见我吗？或许不令人意外的是，当我总算敢抬眼望时，只见到他们眼中全然的不敢置信。

我不知道他们对我作何感想，我永远都不会知道。但若试着从他们的（而非我的）角度去回忆那一天，我就可以更明确地明白他们的想法。我的头发浓密又纠结，一路长到臀部，遮住大半的身体和脸。我很黑——脏兮兮的黑色，已经好几年没洗澡——而且我早就不用两腿站立了。蹲坐在那里，我怀疑自己看起来就像是一只灵长类动物，却又不像美洲丛林里所能找到的任何一种猴子。我也许太庞大，样子又太诡异。我猜想，他们一定以为自己遇到了某种尚未为人所知的猿类。

他们肯定吓坏了。枪枝再次举起，瞄准我的脸。而我只是望着那个女人，目光直勾勾地盯着她，即便我也知道自己的处境有多危险。我缓缓地、恭顺地朝她的方向移动。我必须摸摸她。在我的猿猴世界，向对方伸出手，表示你想交个朋友。尽管我的本能高声提醒自己"不！别这么做！他们会杀掉你！"我的脚却很叛逆，决心对之置若罔闻。我必须接近她，以便触碰她、抓握她的手指。

我挪了一步又一步，知道那枪仍对着我，但当我愈是靠近，就能看见她的表情变得柔和了，她决定不要害怕，取而代之的是好奇。这给我很好的提示。当我来到和她触手可及的距离，我慢慢抬起我的手，碰了碰她的。她被这举动吸引了，她举起一手，让我能抓住她的一根手指头，一阵无声的震撼在我们所有人之间动荡开来。在我的猿猴社群中，这姿态是很稀松平常的，却是我这么多年来第一次与人类接触。

我的紧张因触碰她而消散。这一切是如此真实简单、如此直接。我别无所求，只想要她决定把我带在她身边，不管上哪儿去都让我跟着。

我知道猴群都在上方高高地看着我，有短暂的片刻，我纳闷它们会怎么想。但我的幻梦被那个拿着来福枪的男人给打断了。虽然我不懂人类的语言，他的意见倒很清楚，就像那个印第安村落的酋长曾做过的一样，他很清楚地表现出我是不受欢迎的。

某种火药味十足的争论随之展开，那男人显然排斥我，而那女人也显然不同意他。我更加使劲地拽住她的手指，好叫她明白我有多么想跟她走。我无法从他们口里发出的古怪噪音中掌握到任何意思，只能感觉到此刻的每件事情都悬而未决。如果那女人没能遂行其意，我又会被抛下，搞不好还会被射杀。

然而，某种决议似乎达成了，她再次看我时，我感觉到一阵欢喜悸动。她的表情平静、面容友善，虽然我听不懂，但我知道她正在对我说的，正是我想听到的。

她又拉了拉我的手，对我而言，那是清楚示意我可以跟她走。

自然，我全盘照办。我知道我家族那些警惕着的目光全都朝下盯着我，我却没有回头望，只是跟随那女人的引领——离开我的家，进入她的生活。我在丛林里的时光已接近尾声，而一个重新与我自己所属物种为伍的崭新人生，正在对我招手。

然而，我并不知道，对于我那野蛮的成长背景而言，一种更加野蛮的生活才刚要开始。

第二部

14

就像我们可以用年轮测量树木的年纪，我的头发也可以用来估算我那段丛林岁月究竟有多长。当然，这不是非常精密的科学工具，但由于我的头发是我仅存确信的证据，我猜想，这大概也是我手上最有力的证据了。

我的女儿凡妮莎第一次建议让我试着把当初那些生活记录下来时，时间立刻就成了一个重要的问题。我们也因此开始涉猎一些简单的科学研究，想要看看究竟能够从中得到什么线索。我们得到的基本结论就是那些猎人找到我时，我大概已经10岁了（其他线索同时列入考量，包括我的体型、外表还有来到丛林之前的回忆，如我被绑架前正等着过5岁生日等）。

我非常确定自己被遗弃前才刚剪过头发。因此，我们从头发开始，做出相对容易的计算，并特别考察热带地区的稳定气候。离开丛林之前，我完全没有剪过自己的头发，印象中也一直觉得自己的头发很碍事，因为它总是挡到我的路。当时，我没有任何东西可以把头发绑起来，也许我根本就没有想过绑头发这件事。如果我用平常的姿势蹲着，头发就会铺在地面上，看起来就像没有好好整理过的窗帘，又厚又黑的。当我离开丛林时，头发的长度已经超过我的屁股了。

我跟凡妮莎开始测量头发的长度。从发根开始，我们分别算出头发生长的速度。借由测量头发生长的速度，就可以得知速度是否会随着年纪增长而变慢。虽然凡妮莎比较年轻，但是我们发现彼此头发的成长速度几乎相同，一个月大约会增加 1.5 公分，一年大约是 18 公分。

为了进一步确认，我们上网寻找一般人头发生长速度的统计资料，并且考虑不同气候可能造成的影响，这才觉得自己的研究成果开始呈现出科学的严谨。在这些准备工作完成后，我们就可以大略估算我待在丛林的时间有多长。当时，我的头发大约有80-90 公分的长度，换算下来，我大概在丛林里待了 4-6 年。

我实际待在丛林里的时间也许可能更久。在某些季节，人类头发的成长速度会变慢，就跟其他生物一样。除此之外，考虑到丛林的居住环境，我们的计算结果可能比较保守。我的头发持续增长，长到不能再长了。另外，头发生长的速度也可能会受到环境影响，因为头发在丛林很容易断裂。那是一个相当野蛮原始的环境，置身其中，我还能够保留自己的头发，其实算得上是一种奇迹了。

除了头发的生长，我们还有另一个重要的标记：我的生理状态是否已经进入青春期。在丛林里，我一点儿也没有意识到自己正在成长——那不是一种具体存在的观念——但是，某个指标却是无需争论的事实：在离开丛林之前，我绝对还没有进入青春期。因为没有女生会忘记自己青春期的标记。直到离开丛林的数个月后，我才认识到那件事情。从各种角度进行推算后，10岁可能就是我重返人类文明的年纪。

当时只有10岁的我，根本不晓得什么叫作"文明"世界。站在那些猎人面前，已经是我脑袋里所有能够思考的事情，更是我能做出的最大决定了。我面对这一个崭新的未来——这也是将我吸引到那群猎人身边的原因。但是，我也同时面临着危险。尽管一开始我深深受到那个女人的吸引，我非常勇敢，但也非常害怕，甚至一度不敢做出这个决定。不管怎么说，当时的我都只是一只猴子而已。我已经忘记了家乡的语言，也根本不记得自己的名字。我不知道要怎么"当人"。我已经成为一只野生动物这么多年了，现在也只能够像野生动物一样地思考，换句话说，我最重要的需求就是食物与生存。

那两个猎人似乎已经下定决心，要让我用他们的方式走路。他们持续拉着我，那个女人甚至会非常用力地扯住我的手臂，试着让我用双腿走路。从他们的表情可以看得出来，这件事情让他们感到非常生气，因为我总是没有办法好好做到。

那个男人很排斥带着我一起走。虽然我不知道他到底在说什么，却可以从音调中明显地感觉出来。所以，我竭尽所能地尝试做到他们的要求。用双腿走路这件事情对我来说非常不自然，我也没有办法平稳地行走。

但是，无论这件事情再怎么难，我都已经下定决心要跟着他们了。我确实挣扎过要转身跑回丛林，但我心里出现了一股非常强大的力量，驱使我、逼迫我坚持下去，我们在矮树丛中走了好长一段距离，甚至离开了我熟悉的区域。空气中充满了此起彼落的动物叫声，急切地警告着各自属地里的居民，人类的脚步已经踏进了他们的领土。由于听觉是我最灵敏的感官作用，也因此，这些尖锐嘈杂的叫声让我感到惊恐不已。声音便是我的地图与指南针，一时间这么多未曾听闻的噪音把我团团包围，让我陷入一阵迷茫，彻底失去了方向。

跟这些猎人在一起，让我得到了一些安全感。尽管跟他们在一起必须担心其他的事情，但总比自己一个人好。无论凶狠的野猪、山猫还是其他动物，都无法威胁我们，因为这两个人就是丛林里最强大的物种。生活在丛林期间，我已经看过了太多这些人类的行为，尽管他们表面上看起来会有点儿不自信，但绝对不会对周遭环境掉以轻心，他们的警戒心甚至超过我的预期。

我跟他们保持一定的距离，并且针对可能发生的各种情况，做好了万全的心理准备。我当然希望跟他们在一起，但也知道自己不能信任这两个人，特别是那个男人。对于我的存在，他似乎只是勉强接受而已。他走在最前面，挥舞柴刀清除掉眼前的树枝，开出一条可以让那个女人行走的小径，而我就跟在她后面几步。

我们走了很久。我的双腿可以感受到我们走过了多少路，头顶上的太阳也能帮助我判断时间。我是在早上遇到这两个猎人，从现在的光线与地面的影子来看，夜行动物可能差不多要睡醒了。我想起那些猴子，猜测它们正在做什么。我很了解它们的生活，也知道它们会在什么时间做什么事情，但我必须把这些想法赶出脑海。对当时的我来说，怀念那些猴子是种无法承受的情绪负荷。我需要舍弃所有后悔的念头，专注眼前的一切。

那真的不晓得那一天的我为什么会这么坚决。过了数十年的快乐生活，再回头看，说自己是顺着命运的安排，或许是一个非常简单的答案。但是，真相就是这样吗？当然，当时的我并没有意识到这样的冲动。不过对仅有 10 岁的我来说，离开一切我所熟悉并深爱着的事物，然后自愿成为人质跟着陌生人走，这是一点儿道理都没有的。但是我想一定有什么原因让我这么做，毕竟我不记得有过任何天人交战的挣扎，而且我已经离那座丛林太远，要回头也来不及了。

所以我只好继续上路，努力阻止自己手脚并行。当眼前的植物愈见稀少时，我开始没了安全感，也更难只用双脚行走。除此之外，我也非常口渴，已经好几个小时没有喝水了。那两个人类常用挂在脖子上的金属罐子喝水，却从来没给我喝过一口，因为那时的我太过害怕，根本不敢要水喝。当我们通过树丛时，我会加快脚步，希望可以找到平常看得见水的地方，但是这个区域似乎没有那样的水坑。以前四处可见的圆形叶子，在这里已经被其他更为平坦的叶子所取代了。

这里的每一样东西都非常不同且新奇。树比较矮，也比较纤细，它们的树叶更小，似乎还没有完全长大。树冠层非常稀疏，

也不像丛林一样形成大片的阴影。阳光变得更强烈了。那里的地
面充满阳光,而且非常空旷。这也让我心中涌起一股强烈的危机感,
现在没有任何树丛在上空遮蔽,我甚至因为自己裸体而感到有点
儿难为情。当我抬头望着天空,剧烈的阳光让我的眼睛很不舒服。
这个地方让我觉得很不自在。

那个男人终于不需要使用柴刀了,只见他把刀子收进背上的
袋子里。周遭环境也变得完全不同,我们似乎正走在某个陡峭的
山坡上,我完全认不出眼前的景象。这两个人开始慢下脚步,最
后终于停了下来,我还是保持着不熟悉的半蹲姿态,待在后面稀
疏的树丛中等待着。我可以感觉到他们正在讨论我的事情,也再
一次察觉到他们之间的争论就跟某只年轻的猴子激怒了猴爷爷没
两样。

我走出树丛,试着靠近他们一点儿,想要弄清楚他们停下脚
步的原因。一开始我还想不通,直到再靠近一点儿之后,马上就
得到答案了。他们别无选择,只能停下来,因为这里就是世界的
尽头。

这块土地,也就是我所站的地方,就是尽头。在那些猎人眼
前几步路的地方,土地就这么消失了,取而代之的是令人头晕目
眩的虚无。我稍微靠近了一点儿——那两个猎人正忙着争执,没
有多余的心力注意我在做什么。我的眼睛几乎无法一眼望尽眼前
的景象,那实在太震撼,甚至比树冠丛上的景致还要绵延无尽。
在遥远的彼方,我看见了波浪般的山脉,有灰色也有紫色,全都
像怪物一样巨大。那些山脉仿佛在告诉我:这里才是你该来的地

方。但是，从这么遥远的距离看过去，那些山脉更像是闪烁着光芒的梦境。在山脉与我们之间，则是无尽的距离。我们站在世界的顶端，光是用眼睛看，就已经让我头晕。我必须抓住旁边的树干，才能保持身体的平衡。

猎人开始移动了，消失在另外一侧。我连忙追上他们的脚步，才发现原来这里不是世界的尽头。相反地，土壤延伸至山的棱线上，出现了一条陡峭的蜿蜒小路。我可以从这里看见猎人们前行的方向，他们正沿着一条泥土路走向另一个让我非常惊讶的地方，我完全不晓得那里是什么。

我必须再一次跟上他们，但随着道路愈来愈陡峭，我的脚步也愈来愈难以维持平稳。某些记忆又浮上我的心头。眼前那个令人惊讶的东西是一辆汽车，看起来有点儿像当初把我载来这里的那辆车。

除此之外，我也恢复了其他记忆。我观察着车轮与窗户、引擎盖、敞开的后车厢，以及肮脏受损的车体。车上绑着一些金属环，用来固定那些绿色和灰色的东西。

两个猎人卸下一身的行囊：水壶、柴刀、来福枪与随身包包。他们把这些东西一一丢进后车厢，也放置了许多袋子与网子，我猜里面全都是他们捕获的小动物。结束之后，那个女人又看了我一眼。我绝对不会弄错她想要传达的信息，她要我跟上去。我顺服地按照她的指示，爬上了后车厢。

后车厢的味道很难闻，我差点儿没往后倒弹。里面混杂了各种可怕的味道，因为我的加入让气味又变得更糟。当我走进那个灰暗的绿色车厢时，才了解为什么会出现这么可怕的气味。整辆车的后头塞满了笼子，里面关着各式各样无辜的动物，例如蜥蜴、巨大的蝴蝶，还有美丽的鸟类。我认得长尾鹦鹉、金刚鹦鹉等部分鸟类，其他则是体形较小、非常漂亮的蓝色鸟儿。我无法窥视所有的笼中物，有些笼子是密封的，只开了几个气孔，所以我没办法看见里面装着什么，可能是一些遭到麻醉，或者已经死掉的动物。

在某个大到足够把我关进去的笼子里，我看到一只小猴子。它跟我的猴子家族不是同类，说着另一种我完全无法理解的语言，但它的声调就跟我熟悉的一样，是猴子生病或者失望时会发出的声音。它发出各种令人同情的声音，似乎想要将这个微弱的呼喊传达给它的族人。它可能再也看不到自己的家人了。

我到底做了什么？我无法停止思考，人类到底是怎么一回事？我让自己信任这些人，但他们对非我族类毫无感觉。不，比这更糟糕，他们会捕捉并囚禁其他族类，只为满足自己的需求，甚至还会虐待其他生物。

我试着用自己的声音来安抚那只小猴子，但一点儿用都没有。我可以看见它心中的绝望。那个女人关上后车厢并且锁上后，我稍微伸展了自己的双腿。那只猴子是不是知道一些我不知道事情？它是否真的感到绝望？我永远无法确定，但是，我察觉到那两个猎人关上车门后，这台车一边摇晃，一边像是拥有生命般地移动起来。我不禁怀疑，离开这座丛林或许是一个非常严重的错误。

15

他们彻夜开车移动时，帆布后车厢里是一片黑暗，我可以从那片小小的玻璃（或塑料）板看出去。我必须从许多箱子中寻找缝隙，才能够得到比较好的视野。但我很快就看不到任何东西，因为夜色遮蔽了一切。空气中充满野生动物的粪便味，苍蝇和其他有翅膀的昆虫不停发出各种噪音，像是要跟引擎声抗衡一般，形成了另一种愤怒的声音。

我可以听到驾驶座上那两个捕猎者的声音，有时候，身旁的动物囚犯会发出痛苦与绝望的悲鸣。我觉得自己就像是一个囚犯。是我自己越了界，让这两个人类把我带出丛林这座大监牢。我热爱丛林里的生活，也想要成为猴子家庭的一分子，但就在我见到那个印第安女人之后，一切的幻想都已经破灭。无论我告诉自己多少次，人类有多残忍、冷酷与可怕，却知道自己永远无法停止这个念头：我想成为人类的一分子。他们跟我是同样的生物，我必须跟他们生活在一起。这念头一直悬在我的心中，挥之不去。无论情况将会变得如何，我也只能接受了。这种追求认同的动力实在太过强烈，我根本无法忽略它。

整个晚上，我都处在半梦半醒之间。引擎咆哮声让我陷入短眠，但随后车子撞上大小不一的障碍，立刻又让我惊醒。我记得他们一度停下车子，车门关闭的声音吓醒了我。我看着他们热烈地拥抱彼此，碰触对方的头发和嘴唇。原本非常兴奋的我，却不知道为什么，心里涌上了一股念头，再也不想看下去。

我也记得那个男人曾消失一小段时间，似乎是去上厕所。男人回来之后，女猎人也做了同样的事情。而被关起来的我根本别无选择，只能在原地撒尿，就像其他被困在这里的动物一样。

每一次我醒来，都可以感受到身旁那只小猴子发出来的强烈焦虑。我一直不停触碰着猴子笼的铁杆，对它发出各种咕咕声，希望让它跟我说话。直到它作出反应，我才会让自己小睡片刻。一开始，小猴子会对我吱吱叫，让我知道它还撑得住。但随着夜色渐深，它发出来的声音也愈来愈悲惨，我只好绝望地摇晃着笼子，试着跟它沟通，但它的反应很不稳定。在一片黑暗中，我设法观看笼子里的情况，试着寻找它还在活动的迹象。残酷的真相立刻重重地打击我：小猴子已经死了。

我放声痛哭，引起其他动物一阵鼓噪。我想，一部分的我也在那个时候跟着一起死了。那只小猴子的死象征着我失去的所有。当它再也不能开口说话，我就像是失去了自己的家人一样。

那些猎人听到了后车厢的吵闹，却置若罔闻。货车继续前往目的地，途中只停下来一次，那个男人在路旁买了这台车子所需要的燃料。他用某种东西将刺鼻的液体灌入车体，随后我们就上路了。下一次停车时，我发现太阳已经高挂在空中。

现在天色正亮，我也非常清醒。我稍微拉开了后车厢的帆布，希望能看清楚眼前的景象。虽然我能看到的不多，但光是那些景象就已经让我忧心忡忡了。随着货车的移动，路上扬起一阵灰尘，眼前已看不到丛林了，这让我非常讶异。我原本以为会看到一大片绿色高原，但眼前的景象却完全不是这样。最让人感到惊讶、忧心的，就是我们正沿着一座山前进。从我有限的视野来看，车子的一旁是岩壁，另一边则是深不见底的悬崖。

待在车子里这么长的一段时间，让我恶心想吐。我的脑海里浮现其他记忆。我想起这种感觉与心情，当时我被丢在一辆上下颠簸的车子里，从货车底部窜上来的冲击剧烈地碰撞着我的屁股。

太阳慢慢西沉，我持续睡睡醒醒，当时，帆布外流入了新的光源。我看不太清楚，但从那片小小的玻璃片看出去的景致，却让我倒吸了一口气。我十分惊讶——外头明亮得让人不可置信。

一开始，我以为那是萤火虫。在丛林里，四处都是萤火虫，它们会持续发出一连串的黄光，增添夜晚的欢愉。但眼前这些光更明亮，而且完全不会闪烁。它们似乎就悬挂在我的头上，整条路上都是这样的光。我突然觉得这些光绝对不是自然的东西，就像我曾经在印第安人营地看到的水壶、营火与房子一样，全都出自人类的双手。这些光芒刺痛了我的眼睛，让我频频流泪。

另外，有些景象同样让我迷惑不解，因而一度忘记刚刚那股欲呕的感觉。外面四处都是住宅，但不是用野草与树枝建成。这些住宅看起来相当坚固，大多都是黄棕色。然而，这种充满人居的气味并没有让我安心。我看到的东西愈多，就愈感到害怕。

车子行驶得愈长，各种不同的景致、气味与恼人的噪音就愈多。很快地，我们抵达了一个新的区域。这里是人类居住的地方，不过跟印第安人的营地完全不同。住宅的数量变得更多，光线也更加明亮，出现得愈来愈频繁。整条路上几乎都是载着我的这种货车，它们用很快的速度靠近并超越我们，随之而来的光线几乎要把我眼睛弄瞎，从引擎传来的气味也持续涌入我的鼻子。

我愈来愈焦虑，眼珠子骨碌碌地转来转去，努力掌握四面八方的情况，试着弄清楚一切威胁我生命的可能。最可怕的就是那些噪音，似乎永远不会停止。空气里充满了各种我从来没有听过的声音。我可以听到人的声音，我想起了印第安人，但声音种类非常非常多，音量之大，也让我觉得自己的耳朵受伤了。那里充斥着我无法辨识的声音，奇怪的叫声、一连串的噪音攻击我的各种感官。直到后来，我才知道那就是人类的音乐。

我也曾经听过音乐，虽然我不知道怎么称呼它。在丛林时，我会为了娱乐自己而发出各种声音；在印第安人营地里，有时他们会用各种长度的甘蔗击打出不同的声音。但是，在这里听到的声音完全不同，有各种持续性地非自然节拍，对我灵敏的耳朵来说，音量几乎到了无法忍受的地步。

直到目前为止，这里的一切让我害怕得完全无法动弹。这段时间里，我一直想象那些猎人会住在什么样的地方。我以为那里应该会像印第安人营地一样，只是位于不同的地点。而不是这种拥挤、充满各式噪音、四处满溢各种奇怪气味、机械飞快驰骋的地方。

当时，没有任何东西可以勾起我之前生活在人类世界的回忆。直到过了几个星期之后，我才慢慢回想起来。所以，现在的我只能牢牢抓紧车上的栏杆，并且希望自己可以回到丛林里。我想回到家人身边，跟那群爱着我的猴子一起过着安全的生活。我竟然做出如此错误的决定！

　　这趟旅行结束了，感觉就像我们上路时一样。一分钟前，我们还在一辆飞快的货车上，穿过如轰雷般嘈杂的车队；下一分钟，我就立刻因急速刹车而猛烈跌坐在车上。货车的速度变慢，从车底传来一阵抖动后，车子就完全静止下来。我试着看了看外面，想弄清楚这些人到底把我带到了什么地方。但我向外张望，只能看到木制栅栏。他们把我带到人类的营地了吗？

　　答案很快就揭晓了。我听见车门打开、关上的声音，然后他们打开了后车厢，我身边这群动物也随之发出各种不同的噪音。然而，我的猴子朋友已经死了，静静地躺在笼子里。

　　光线流入了后车厢，我因为其他车辆照来的光线而暂时看不见东西。那些车仍用可怕的速度持续经过我们车旁。

　　我痛恨一切速度飞快的东西。在丛林世界中，快速就代表着危险，例如掠食者，以及各种可能带来即刻死亡的危机，像是子弹、弓箭或是侵略者的啮咬等等。我躲在货车里，紧紧地抓住栏杆，害怕出去之后会看到的景象。

　　猎人似乎有其他的事情要做。他们打开了后车厢，开始探查里面的情况。男猎人哼了一声，然后跟着女猎人穿过栅栏。我看不见也无法猜想栅栏后的景象，却因他们的离去而感到高兴，如此一来，我就能够继续安全地待在车子里。我完全没有逃跑的念头，脑袋里一片空白。卡车外面的所有东西看起来都那么恐怖，我根本无法思考，只能躲在黑暗里，闭上眼睛，后悔自己的愚蠢的决定。我居然离开了自己深爱的地方，来到这个宛如梦魇的可怕世界。

我的等待没有持续太久，耳边传来一个渐渐接近的声音。张开眼睛后，我看见那群猎人走回来。我曾经愚蠢地在那个女人身上倾注所有希望，但她看起来就像那个男人一样可怕。我试着缩小自己的身体，躲进货车内部。他们挥手要我出去，但我露出了牙齿，并且发出如同猴子般的警告声音，这似乎暂时让他们打消了触碰我的念头。之后，他们决定再次向我招手，那个女人一边跟男猎人说话，一边爬上了卡车，并且触摸我的手背。我非常粗鲁地抓伤她，然后再次露出牙齿警告他们。

我可以感觉到那个男人已经失去耐心，此外，我也逐渐感受到更庞大的恐惧。我看见那个男人手上拿着令人讨厌的衣服，他爬上后车厢，想要帮那个女人抓住我。我知道他想做什么了！那不就是他们用来抓猴子的东西吗？我看过他们从树上射下猴子啊！

这些事情已经让我紧张到准备要战斗了！在我的世界中，一旦看到快速移动的东西，就要准备攻击，我必须快点儿保护自己。我发出各种带有侵略性的声音，并且用尽全身上下的力气进行攻击。我在恐惧中一边发抖，一边打他们，还想咬他们。但是他们的动作总是比我快，我根本没办法碰到他们的身体。很快地，他们就抓住了我，然后拖出货车。有一群人站在旁边观看，也许正试图弄清楚这里的情况，但那些人不是印第安人，印第安人总是态度严肃、面无表情，而眼前这群人似乎觉得这个过程很有趣。

那个男人拿在手上的不是衣服，而是用来遮蔽的东西，现在回想起来，很有可能是一条大毛巾。那个女人用这东西包住了我赤裸的身体，她看起来似乎很满意，然后抓着我的手腕，粗暴地拉着我，带着我穿过栅栏，走上一条铺着石子的道路，步上在那里等待着我的命运。

16

脚下的地板非常坚硬，一点儿都不像丛林的地面，我的双脚感到一阵冰冷与刺痛。几秒钟后，我们来到一栋建筑物的入口。入口十分坚固，印象中我从没有见过这样的大门。在印第安人的村落里，他们的大门只用简单的东西固定，是开放的栅栏，可以轻易地拉开。

尽管我不断尝试咬那两个猎人，他们还是紧紧抓着我的手腕。紧抓住我的同时，那个女人推开了一扇门，后是一个阴暗的空间。她把我推了进去，那个男人也跟着进来。我在恐惧中转动自己的眼睛，跟一般的小孩无异。接着，我的双脚感受到一股暖意，可能是因为我站在某种奇怪、舒适的红色表层上。当我鼓起勇气观察四周时，才发现身边全是不知道作用为何的陌生物品。除了地板上那块垫子，我几乎认不出其他东西。那个时候，像是床、椅子或是台灯这类的物品，对我来说都不具任何意义。

相较于刚刚经历过的梦魇，这里的感觉比较温暖，也更为平和。虽然我还是很害怕，但也可以慢慢想象这里应该就是所谓的家；也许，这是另一种形式的印第安人营地。长久以来，我都渴望着像这样的地方，真希望自己在这里受到欢迎和照顾。

虽然我开始想象各种乐观的可能，但另一部分的我也清楚地看见了真相。如果这里真的是个家，那个女人又为什么要抓我抓得那么紧呢？他们的表情又为什么看起来那么强硬？

"安娜卡曼！"这个小空间里突然爆出那个男人的声音。我听不懂他的语言，只知道那是非常粗暴且突如其来的一吼，但那声音非常清澈。我顺着他注视的方向看去，没多久便听到一阵朝这里走来的脚步声。那是一个肥胖的女人，从这栋住宅的另一个地方向我们靠近，脸上带着同样强硬的表情。多年来累积的求生经验，让此时此刻的我变得十分恐惧。她看起来又老又累，有着一双邪恶的绿色眼睛，脸部线条相当粗犷。毫无疑问，她一定常年都维持这种忧郁、愤怒的心情，才会变得这样。

从她身上几乎感受不到任何善良的特质，我全身上下的细胞都想要远离她。值得庆幸的是，她似乎也不想接近我。那群人用一种奇特又难以理解的方式彼此沟通，看来那个胖女人似乎只想要原本的生活，所以持续对我发出各种不悦的眼神。当她看向我时，我知道那种眼神的意义，我在印第安酋长眼中看过一样的眼神。

当时的发展结果看起来不太好，我又再度感受到冰冷的厌恶。女猎人仍然紧紧抓住我的手，好像怕我会随时逃走。要不是想到外面每个地方都非常恐怖的话，我早就那么做了。

我看着那个胖女人摇摇晃晃地离开。如果那些猎人在抵达这个地方时，还对我有些同情的话，那些同情也许早就在这个时候消失殆尽了。

那个女人回来时，手上还拿着其他东西，事实上，是两样东西：她一只手上停着一只鹦鹉，羽毛非常鲜艳罕见，我在丛林里也没有看过这种羽毛；她的另一只手上则拿着一叠不知道是什么的东西，但看起来像是干枯的叶子。他们彼此又开始用我难以理解的语言交谈起来，我猜想胖女人是希望猎人们能收下这两样东西。

就在这时候，有人轻轻地推了一下我的背。同时，那个女猎人也松开了我的手。我终于了解事情的真相了。虽然我对这个世界所知甚少，也有许多让我不明所以的事情，但是有些道理无论如何是不会变的，而此刻发生的事情就是其中之一：我成为被交易的物品了。我曾经在印第安人的营地看过类似的事情，有个男人把他的香蕉给了另一个人，这让我感到很吃惊，因为猴子们绝对不会轻易交出自己的食物，而收到香蕉的男人则给出了一壶东西。我并不清楚那是怎么一回事，不过显然这里正在上演同一局戏码：胖女人把鹦鹉跟那叠干枯的树叶给了两个猎人，作为交换，他们把我交给了胖女人。如果我没有猜错的话就是这么一回事，尽管当时的我相当困惑。

直到今天，我仍然清楚记得接下来的数分钟，以及几个小时内所发生的事，过程可怕的程度仍不断提醒我，当初决定离开丛林家庭是人生中最严重的错误决定。我看着那对猎人朝来时的方向离去。我想起那个女人握住我的手时传来的温度，当他们离开时，我不停甩动着自己的手。

我觉得自己就像是淹死在一片名为后悔的大海中。为什么我选择了这条路呢？为什么我要为了这样的结果离开我的丛林家园呢？为什么我当初会相信这个女人将拯救我、照顾我呢？那个女人离开之后，我的心完全碎裂了，我再也不愿意相信任何人类了。

虽然还处在震惊之中，但我知道自己必须开始了解周遭情况。我还记得当时在碗里面看见某些食物、跟丛林里的品种非常相似的水果，以及一些看起来像是面包的东西。我曾在印第安人营地看过那里的女人制作面包。直到现在，我还记得那种感觉，整整两天没有进食的我简直饿坏了。因此，随手抓东西来吃几乎是一种本能的反应。我当然无法预期抓东西吃以后，会有木板往我的手背打来，更不会知道这种疼痛竟如此剧烈。

几天之后，我就记得那种感觉了，同时，我开始学习各种东西的名字。那个可怕的木制品叫作"木勺"，安娜卡曼把这个东西收在腰间，随时可用来处罚我。对我来说，木勺跟安娜卡曼都代表着"疼痛"，我也知道那两个猎人用我去交换一头鹦鹉与那叠"钱"。我用非常快的速度了解各种关于人类社会的事情，并早早学到重要的第一课：我再也不会相信任何人类。

猎人离开之后，安娜卡曼（我很快就记住了这个名字）整晚都把大门关着。我把头压得低低的，悄悄观察眼前这个奇怪的新生物。她的脖子底下有一颗大肉瘤，当她说话时，那个瘤就会开始晃动。她的眼睛附近涂抹着蓝色与绿色的东西，看起来就像甲虫的翅膀，却一点儿都不漂亮。

我非常清楚她想要伤害我，甚至是杀了我，虽然我的本能告诉自己，如果她想杀我的话，就不会跟猎人进行交易，否则不就一点儿意义都没有了吗？尽管如此，我还是很紧张。她到底把我困在这里做什么？我实在太焦虑了，全身紧绷，并且随时做好行动的准备。如果她开始攻击，我的身体就会立刻做出回应。

不用怀疑，我还可以奋战。我感到害怕与愤怒，气自己为什么要做出这种决定，他们为什么要囚禁那些动物、害死那只无辜的小猴子。虽然我不断安慰自己，至少那只猴子没有遭到虐待。

安娜卡曼张嘴说话并且用鼻子吐气时，她的下巴会产生剧烈的震动。她让我想起丛林里的某种鸟类，我以前非常喜欢看那种鸟，那种夜行性鸟类的胸口就像一颗红色的气球。一直以来，观赏它们带给我无比的欢愉。那只鸟会站起身子，挥挥翅膀，转身，鼓起胸膛，然后慢慢缩回去，转过身之后又坐下。整个晚上，它就持续做这么可爱的事情。

我不知道那只鸟为什么会做这些事情，就像我不了解安娜卡曼一样。我根本听不懂安娜卡曼想要表达什么，所以也没办法回答她，这似乎让她很生气。她再次对我发出同样的声音，这次的音量却刺痛我的耳朵。我因为害怕与痛苦而发抖，也许，就是在这个时刻，她才明白无论自己怎么鬼吼鬼叫，我都听不懂她在说什么。还有，我根本就不知道怎么讲话。

"索菲亚！"安娜卡曼又再次在这个小房子里吼叫，我因而吓了一大跳。另一个人从房子的某个地方过来了，我根本不知道她从哪里跑来的。几天之后，我才慢慢了解这栋房子的空间结构。虽然这个房子里还有其他房间，但我不清楚总共有几间；当然，那里也还有其他人类。刚走进来的是一名较为年轻的女性，但她的脸有些苍老，眼神则死气沉沉、非常暗淡，她让我想起那个在丛林里生下小孩儿的印第安女人。眼前这个女人身材比较纤细，姿态也更为优雅，更让我记忆犹新的是她穿着一双亮橘色的鞋子。她跟安娜卡曼一样都在眼睛附近涂上了某种颜料，她的颜料是亮蓝色带着黑色线条。除此之外，她跟我一样害怕。

另一个女孩也跟着索菲亚一起进来了，她用完全不同的方式看着我说话。当我回忆这段往事时，仍然清楚记得这个女孩跟我的差异。我猜想，她也许有某些官能障碍，她们叫这个女孩"拉波毕达"。拉波毕达看起来有点儿印第安人的味道，皮肤黝黑、留着乌亮的刘海。她似乎整天都待在厨房的某个角落，而且没有办法开口说话，只能发出小儿麻痹者般的声音。尽管如此，如果她被殴打，就会发出跟我一样的尖叫声。

就在安娜卡曼指示一连串的命令之后——我绝对不会听错她的声音代表什么意义——索菲亚顺从地将我带到另一个房间。我还是不知道他们想要对我做什么，但她们显然因为我的存在而相当不高兴。她们看着我的神情，就像是在说她们有多么不想触碰我。

进到阴暗的房间看到里面的东西时，我立刻就吓呆了。那个房间的正中央放着一个非常大的银色容器，看起来就像印第安人营地用来烹煮东西的炉子。索菲亚开始把水灌注到那个大容器里面。她是不是要准备煮东西了，就像那些印第安人一样？同时，另一个想法震慑了我，难道她们打算把我煮来吃吗？

　　我无法准确描述当下的心情。我已经在野外存活了这么久，只有自己可以依靠。我曾经犯下各种错误，并且替自己立下各种求生原则。除了离开印第安人营地这件事，我从来没有被要求去做任何事情。被抛弃在丛林之前的那些回忆，早就变成埋藏在我心底的模糊印象，例如那些豌豆荚，前往果菜园的路，还有那个黑色的娃娃。现在的我完全就是一只野生动物，被困在一个奇怪的角落，等待那些女人攻击我。我发出各种噪音，希望让索菲亚明白，无论她再怎么努力，我都不会进去那里。我是一只野生动物，如果她想来硬的，那就太不聪明了！

　　她就像安娜卡曼一样可以了解我的想法，却坚持要把我丢进那里。当巨大的容器里注满足够的水后，她就毫无畏惧地朝我走来，抓住我的上肢，并且开始说话。我不懂她在说什么，但知道她的意图。说话的同时，她一边用手指着那个大炉子，还把我拖进去。

　　我痛恨她碰我！感觉是如此不自然、充满暴力。猴子的触摸很温柔，它们会带着满满的关爱，用毛茸茸的手臂，搭着我的肩膀，并用手指头在我的头发里寻找各种虫子。这个女人的触摸方式却截然不同，是那么的粗鲁。

　　她似乎知道自己需要帮助。"罗篦塔！"她开始大喊："爱美达！罗比丝！"

　　无论那个声音代表什么意思，那些人的回应都非常迅速。索菲亚的喊叫立刻引来了帮手，就像丛林里的那些猴子也总能快速得到后援一样。眼前一共有 4 个女人想要我束手就擒，虽然对水的恐惧让我更为强壮，但我也不是 4 个成年女人的对手。我可以用动物本能抵抗一个人，但无法对抗 4 个人，她们也知道这件事情。几秒钟之后，她们就把我抬起来，丢进了水炉中。

惊吓让我的身体开始发抖，我会不会溶解在这个水炉中呢？这些水会不会穿过皮肤渗透到我的四肢？我还记得自己坐在树冠层上，听着远方的丛林动物因为掉入河流中而发出惨叫，我听过它们不断拍打水面发出种种惊恐的叫声。我常常在想，它们的命运究竟为何落得如此悲惨？在我的脑海中，没有任何生物可以在水里存活。我跟那些丛林动物一样害怕，蜷缩着自己的身体。

那 4 个女人完全不管我，只顾着做自己的事。其中一个人拿起用来虐待我的工具——一根上头绑有刺毛的棍子；另外一个人则拿着黏稠的东西，我想起那是肥皂，只不过她手上的肥皂是用好几块剩余肥皂所结合而成的巨大球体。她们一起用这些东西攻击我，刷遍我全身和我纠结的头发。我从来没有遭受过这种侵犯。

我不停抵抗，从不知道自己有这么大力气，却徒然无功。她们继续粗鲁地刷着我的身体，迅速地擦遍我的四肢，这一点儿都不像是猴子之间的清洁活动。这两个人不怀好意，就像是在侵犯我一样，毫不在意我惊恐的情绪。

我很难表达当时自己有多害怕。我对于自己的早年没有太多记忆，只记得丛林里的事情，那时的我总是裸体，也缺乏自我意识。可是，在那个当下，我突然强烈地觉得自己被人侵犯、遭到奴役。那是我第一次觉得身体不再属于自己，只能无助地任凭别人宰割，失去自主的能力，痛苦得令人无法忍受。

　　炉子里原本非常干净的水已经变成棕色，我再也无法看清楚水面下的身体，但那些女人还是继续刷着我的身体，并且因为我不停地扭动与拍打水面而感到愤怒。随后，她们交谈了几句后，我又被拉出了炉子。从肮脏的水里被拉出来的我站在地板上，她们则忙着把脏水倒掉。

　　也许我不会被煮来吃掉，但是，如果我以为这个可怕的行动已经结束，那就犯了大错。几分钟之后，她们把炉子拿回来，再度注入新的水。她们想要把我再丢进去！这一次，我的抵抗比之前更为顽强——我朝着四面八方甩动四肢、进行攻击——这让她们放弃了原本的想法，改而把我丢进一条肮脏的垫子里。她们拿来一些粗糙的布料，沾水拧干后，就像要把我的皮肤剥下来一样擦拭我的身体。现在回想起来，当时的她们也没有太多的选择，她们必须把我弄干净，偏偏我又这么不配合。她们的举动就只是为了保护自己而已。

　　终于，我变得非常干净，身体也被擦干了。耗尽所有体力与意志力的我，再也无法对抗她们。原本愤怒的尖叫变成绝望的低鸣，只能任凭她们做完剩下的工作——替我穿上衣服。这些衣服跟我在印第安部落看到的不一样，也不像他们身上穿的东西，她们似乎想把我打扮得像是一个猎人。

　　一开始，她们从我头上套进一件非常大的衣服，大到几乎足够让3个我塞在里面。然后我的双腿被放进一条同样大件的棕色裤子中，这条味道难闻的裤子让我全身发痒，但是，她们没有就此停手，立刻在我肚子上系了一条东西。那条东西是白色的，而且非常有弹性，可以把我的裤子固定在腰间，就像那个印第安人妈妈腰上的东西一样。

我很痛苦，我好热，我的身体受到限制，她们却仍不肯放手，一定要把我弄得更惨。她们还要让我穿上一双非常硬的鞋子。那是一双用彩色纤维编织而成的凉鞋，我根本没有办法穿着这双鞋子走路，她们却还是逼迫我这么做。每当我抬起脚试着走路，却又害怕地退回原地，她们就会发出特别可怕的声音。我想要反抗，我不要穿这双鞋子，这一次，我愤怒地用脚甩掉这些东西，谢天谢地，那些女人再也没有继续对我吼叫了。

只不过，更糟的事情就要来了。我的头发，虽然头发总是在很多事情上让我生气，例如挡住我的路，或者让我全身发痒，但它仍然是我身体的一部分，同时也是我最重要的保护层，更像是我的外套。当其中一个女人拿着一个巨大的金属工具走向我时，虽然当时我不知道她想做什么，感觉就像是 20 个印第安酋长朝我走来一样恐怖。但是，就在我猜到那个金属工具的功用之前，就已经听到了"咔嚓"的声音，我的头发，所有的头发，全都应声掉到地上。

我现在知道不要反抗比较好。我用手抚摸后脑勺，想确定是否还有头发留在上面，却只摸到刺痛手掌的东西。我整颗头都在发亮，非常非常地亮，肩膀看起来也跟之前完全不一样了。失去那头长长的黑发后，我感觉自己完全暴露在外，没有任何地方可以躲藏，随时都有可能受伤。

安娜卡曼的妓院。

库库塔里的公园——玛琳娜流浪时的家。

玛琳娜流浪时的外号叫"小马玛塔"，因为她长得很像又短又黑的酒瓶。

从罗马迪波里瓦鸟瞰库库塔。

山托斯家附近的库库塔桥，曾被炸毁，现已重修。

拉卡斯塔女修道院。

2007 年，在哥伦比亚调查时与修女的见面。

玛鲁嘉（玛琳娜的救助者），玛琳娜依然记得她。

玛琳娜最早被大家认识的照片，当时她17岁，她现在的名字是露兹·玛琳娜。

阿玛迪欧和玛麓亚·尼利·佛雷罗。

树干上的玛琳娜，她在丛林里生活时常会将这样的地方当作床。

"野孩子"在她的自然栖息地。

62岁的玛琳娜，在乡村时仍会与大自然和动物亲密互动。

玛琳娜全家福。

我的皮肤也跟之前完全不同了，变得洁白、顺滑，却也非常容易受伤。那种感觉，就像我原本是一棵树，却被这些女人剥去了树皮，露出了里面白皙的树身。

我身上所有来自丛林的记号都遭到剥夺了，飘散在房间四处：在那儿，我的头发，掉落在房间的地板上；还有那儿，融在浴缸那摊污浊的水中。一切都消失了。我的人生，终于要开始新的篇章。

17

她们没给我任何食物。事实上，那个女人唯一让我放进嘴巴里的东西，就是一根附着刺毛的棍子，但我已经筋疲力尽，再也没有任何力气反抗了。她们两人撬开我的嘴巴，另一个人把白色的东西放在刺毛上，送进我嘴里，并且在牙齿上来回刷动。这又对我造成再次的攻击，因为味道实在太难闻了。我从来没有在丛林里尝过这样的东西，除此之外，这东西也让我的嘴里充满了泡泡。但是，和今天饱受各种令人生气的待遇相比，这件事情反而使我高兴了一点儿，因为那个泡泡非常好吃。

刷洗的过程终于结束，她们用手指挥我应该要把泡泡吐在水槽里，然后允许我用手盛水。事情完成后，她们似乎就不需要管我了。她们简单擦拭我的嘴巴，其中一个女人带我去找安娜卡曼。回到那个房间时，我想起自己还饿着肚子，我满怀希望地看着原本装满水果与面包的地方，但那些东西不是给我吃的。眼前没有食物，没有人在乎我正在挨饿。

安娜卡曼检查我的脸之后，似乎又想起其他事情。她看起来非常生气，抓着我的手，把我拉到另一个房间。我大致认得出这里的东西，和印第安人营地的烹饪工具很像。

但我不觉得她们想要给我东西吃，安娜卡曼只是指着地上的毯子，并且把我推到那里。我躺下之后，她点点头，然后就去睡觉了。那一天就这么结束，我只能照着她的指示做。

那天晚上，我曾经想要逃跑，但一下子就打消了这个念头。我因为被囚禁在这个小空间里而感到非常伤心（我也曾待在封闭的空间里，但至少当时我能够自由地离开），但是外面的东西让我更为害怕。光是门把就已经让我够沮丧的了。我根本弄不清楚这些东西到底是什么？它们是怎么运作的？我的手根本不知道怎么使用它们。除此之外，我攀爬的本能反应也无法在这里派上用场。在这个狭小、挑高的餐厅中，连窗户都是紧闭的。

以上种种并不是我决定停留在这里的原因。我是一只动物，这里有食物，为什么我要离开呢？在外面，我觉得自己会立刻死于意外。我刚抵达这个地方的恐惧仍然挥之不去，外头恐怖的车辆让我害怕不已。

第一天晚上，我几乎无法入睡。很久很久以前，我曾经因为刚到丛林而适应不良，现在的我，则因为这里的每一样东西都跟丛林不同而更没有办法睡觉。例如说，我现在躺着的这块地方根本不像我那位于丛林树干上的舒适小窝，地板非常坚硬、没有弹性，这些人到底是怎么在这种地方睡觉的？如果不把头靠在某根树干上休息，他们怎么会觉得舒服呢？如果附近没有猴子所提供的体热温暖，他们又怎么睡得着呢？

此外，我也感受不到任何在丛林睡觉时那种绝对的漆黑。在这里，似乎永远不可能看见那副景象。当树冠层不再遮蔽视线时，丛林的月亮是那么的明亮。但是，这个地方的人们用来照明的光线，却时时刻刻想要钻进我的眼睛里。这里还有更多令人分心的陌生噪音。我已经习惯了丛林的夜行性动物，虽然有时候我还是会因为经过附近的猎食者而感到害怕，但至少我能够安全地躲在树洞里好好睡觉。在这里，噪音就跟光线一样，永远不会消失。

房间里好像有一台机器正对我发出嗡嗡的声音，我不清楚那到底是什么。还有水滴不断下落的声音，但那不像丛林里清晨时分的露水，而是一种细微又不停重复的声音，几乎都要在我的脑袋滴出一个洞来。

当我终于睡着后，做了很可怕的噩梦，一直持续好几天、好几个星期。只要想到我已经离开了那群猴子家人，我就会觉得很难过，更糟糕的是，我可能永远都见不到他们了。是我自己想要离开丛林，找到同类，却反而被驱逐，完全孤立在这个世界之外，焦虑又害怕。那份孤独感，已经远远超过我能承受的范围。

隔天早上并没有任何不同。起床后的几个小时，他们终于给我食物了。那是一块面包卷，吃起来很奇怪，但我非常饿，所以很快就吃完了。不过吃完就没了，再也没有别的食物了。第一天早上让我印象最深的事情，就是每个人都急急忙忙地准备着什么，完全忽略我，还一边用我无法理解的语言沟通。我也记得自己想要上厕所的时候，因为没有办法表达，只好跑到外面的花园。跟绿意盎然的丛林相比，这座花园令人感到悲伤，只种植了几株稀疏的灌木和植物。上厕所时，我的脑海里再次浮现逃跑的想法，但是想到篱笆外可能出现的危险，又立刻打消了这个念头。

安娜卡曼把我交给其中一个女人管理，并且要我立刻开始工作。我完全不知道什么叫"工作"，更别提如何进行了。我想，这不只是因为无法沟通的原因，而是我的学习曲线已经到了顶峰，暂时无法接受任何新资讯。

我曾经长时间观察印第安人部落，看着他们处理各种生活琐事，包括准备食物、洗衣服、照顾小孩等等，但是在这个奇怪的封闭空间中，没有一件事情在我眼里是正常的。我根本不知道什么叫作"家"，但家一定不是这么奇怪的地方。我也不清楚什么是"窗户"，当然也不知道人必须爬上去清洁它。我连灰尘是什么东西都不知道，更别提为什么要擦灰尘，我也不清楚什么叫作"污垢"。

安娜卡曼坚持我必须快点儿学会这些事情，所以，她们马上着手教导我如何打扫，如何把布拿在手上，在上面喷洒某些东西，以及这两者如何发挥清洁效用等等。我还清楚记得那个教导我的女孩，她握住我的手，让我看了好几次打扫流程。我开始了解到"名字"的意义，例如索菲亚、罗笼塔和爱美达。

后面这两个人给我上了家务劳动第一课：我的首要工作，就是去做其他人不想做的事情。我不能跟美丽的花朵一起玩耍，或者捣碎树叶做颜料，所有的色彩就此消失。生命成了一连串的奴役劳动，我最要紧的事就是把地板擦干净。

对我来说，拖把是一个看起来非常奇怪的东西，就像一朵倒过来的花一样。首先，基于某种难以理解的原因，我必须在使用之前，将拖把浸泡在装有绿色液体的桶子里。为什么这些人想要把地板弄湿呢？这一点儿道理都没有。丛林下雨唯一的好处就是让天气变凉，但雨水会让土地变得泥泞难行。奇怪的是，这里的人似乎就想要这样。那个女人将拖把递给我，并且作势要我使用这个东西。我照着她的吩咐，将地板弄得湿淋淋的。

"你好笨！你好笨！"爱美达大吼，把我吓了一大跳。她用两只手握着我的手，然后拉着我移动到这边、那边，跟着我来回拖了整块地板。我曾经因为裤子过长而绊倒，当我起身时，地板则被清洁用的液体画出闪亮亮的圆形痕迹。

随后，爱美达放开了我的手，把另一个东西交给我。我完全看不懂那是什么，但知道自己应该再做一次。于是，我照着爱美达的示范试试看，双手却没有办法成功地模仿她的动作，爱美达和罗篦塔见状后，又再度对我大吼大叫。

那一整天，我持续听到"笨蛋！你好笨！"这句话，甚至一度以为那就是我的名字。我非常努力做那些事情，就是希望她们不要吼我，但那是不可能的，因为我根本什么都不会。我花了很多年学习丛林里的生活技能，但是那些技能在这里一无是处，甚至比"没用"还要糟糕。事实上，我根本无法像她们一样使用自己的四肢，连打开橱柜的门都不会，因为我根本不知道怎么扭动开关。我知道怎推和拉，但无法扭转任何东西。我也没有办法使用她们手上看起来很好玩的喷雾罐子，因为我不知道怎么擦东西。

讽刺的是，当我习惯使用拖把之后，反而蛮喜欢拖地的。我以前非常怕水，但至少我现在可以控制水。我喜欢看着水桶里的水因为拖地板所清洁出来的灰尘慢慢变得浑浊肮脏；我喜欢用拖把的水弄湿自己的脚，这样会比较凉快；我喜欢听自己脚下发出的清脆声响。这确实是些很微小的事情，却带给当时的我非常需要的快乐。

我的小游戏惹得那群女孩非常不开心，她们每天都会对我发脾气，因为我几乎无法胜任任何家事。我记不得那些简单的小东西，例如盘子。我经常打破盘子。"破掉了！"这句话对我来说原本没有任何意义，直到有一天，罗篦塔把一个盘子交给我，叫我好好擦干。但我笨拙的手指却抓不住盘子，让它摔到地上，碎片散落在地板上。为什么会变成这样呢？盘子怎么会变成这个模样呢？我睁大眼睛，看着脚边的一团乱，感到不可思议。

当时的我并不知道，一旦东西发出破碎的声音就寓意不好的事情，我又怎么会有这种认识？我就这么呆呆地看着地上的碎片，试着想要弄清楚眼前的状况，因为我根本没有遇到过这种事情。就在这个时候，安娜卡曼跑过来打我，我发自本能地开始闪躲，根本不知道自己做错了什么。我只是非常好奇而已，也没办法思考，脑袋里根本也没有"糟糕，我打破盘子，麻烦大了"的念头。我根本无法理解这整件事情，而只是被盘子摔破的声音吓坏了，并且对这种新发现的声音感到好奇。再一次地，我学会不再摔破盘子，也知道破碎的声音是从何而来的，因此不再那么害怕了。我就是渴望了解这些事情而已。

对当时的我来说，丛林是一个更容易了解的地方。那里有坚固的东西，也有柔软的物体，每样东西都有它的作用。石头非常硬，所以可以用来敲碎坚果；花朵精致易碎，它的存在就是为了绽放。但是什么叫作"破掉了"？为什么人类要发明这么多字？这跟那些东西的功用没有关系呀。窗户会脏，地板会有灰尘，用来吃喝的东西如果掉在地上就会破掉。也许这群人类才是笨蛋！

他们当然是笨蛋！人类世界的复杂让我百思不得其解，为什么他们要把事情变得这么复杂？穿在身上的衣服让我觉得困扰，用餐具吃饭让我觉得麻烦，各种规则更是让我搞不清楚状况，而且这么做似乎也没有任何好处。我就像是一张白纸，想要弄懂许多事，却几乎每天都要被痛骂、殴打好几次。做错事就会被打，想要跑走也会被打。每一天，我都为失去自己的猴子家人而哭泣，更难过自己为什么要离开猴子，而选择这座可怕的地狱。

当时我不知道猎人把我送来的这个地方叫作"罗马迪波里瓦"，距离哥伦比亚北部的重要城市库库塔大约有 30 分钟的车程。我的出生地可能在非常遥远的地方，但是那里对我已经没有任何意义了。我唯一的家乡就是丛林。我抛弃了家乡，来到这个可怕的地方。

安娜卡曼拥有这个囚禁我的地方，除了我以外，还有几个年轻的女人和其他不同年纪的小孩。这栋房子只有一层楼，结构非常单纯，只有四五间房间，里面全都摆着床铺——现在回想起来，其中有些床铺加装了如同医院设施的栏杆。房子的侧面有露台，连接着一个大庭院，以及另一座丑陋的花园。花园里的植物不多，但种了几棵水果树，还养了几只山羊，我非常喜欢它们。房子里还有一条狗，看起来非常邋遢，却很可爱。除此之外，我也在这里看到了非常多的小虫，让我有种回家的感觉。只是这里的虫子似乎失去了自己的颜色与声音，相较于它们在丛林的亲戚，这里的昆虫看起来黯淡无光就像是假的。

　　因为生活环境是如此乏味，让我觉得非常空洞。我的世界被一片破烂的栏杆所限制，我是安娜卡曼买来的奴隶，而"仆人"是我能够想到最有教养的用词。但其实她提供给我的也刚好只够存活下来而已，所以用"仆人"这个词根本是完全不对的。

　　这种定义对我这么野蛮的小孩来说，一点儿意义也没有。我所知道、在意的，也只有和我个人有关的事情，例如，了解做什么事情可以完成她们的要求，如何让她们了解我的想法，或者让自己不要每天都被惩罚这么多次，这些事情对我来说，真的都太难太难了。

　　既然我没有任何逃脱的想法，想办法适应环境就是唯一的选择。我想要变得漂亮一点儿，就像其他受到安娜卡曼控制的女孩一样；我想要跟街上的小孩一起玩；我想要穿漂亮的橘色鞋子、戴金黄色的珠宝、漂亮的手镯和耳环，并且让太阳光照到这些东西，发出闪亮的光芒；我想要变得优雅大方；我想要全身都有装饰品，围着许多小花，就像跟那些丛林花朵在一起的时候一样，全身都是闪亮的颜色。但是，这些东西都不是给我的，我非常清楚这一点。我唯一可以留在这里的原因，就是因为自己还有一点儿用处。如果我没办法完成她们的要求，就会遭到处罚。

安娜卡曼腰间的木勺虽然一开始很吓人，但日子一久，木勺也不过是非常轻微的惩罚而已。我经常被惩罚，因为什么事都做不好。这种情况似乎让安娜卡曼又生气又高兴，因为她又可以打我了。

她抽烟，所以喜欢用烟烫伤我的手，也会鞭打我，有时候是用腰带或者绳子；在其他时候，也就是最糟糕的情况下，她会用电线。有时候，她一天会打我好几次，或者用那只满是汗水的手握着我的喉咙。我在那边待了两个星期之后，她发现我非常怕水，便会把我丢到院子里，用水柱喷我，尽情享受这个过程。

我完全无法逃离她残忍地对待。我非常弱小、害怕，根本不知道自己能做什么。是我自己选择了这条道路，离开所有重要的事情。我只能低着头，默默等待暴风结束。

18

接下来的几个星期，我都处在一种奇怪的炼狱当中，在这里，我感到自己完完全全被孤立。我再也不是我朝思暮想的那群猴子的家人了，我同样不是这个新世界的一分子，因为我什么事都做不好。但是，我一点一点慢慢地成长，开始懂得她们说的奇怪字眼与句子。这是非常微小的成长，我还有很长的路要走。当时的我，只不过是一个靠着本能学习的小孩而已。

学习各种身体动作的变化，对我来说是非常困难的事。我能够说的语言仍是以动物发出的声音拼凑而成，我还是不知道该怎么微笑，或者做出表情来回应我身边的人。我也是持续想要攀爬。一开始，我会爬上房子里的工作台，后来就跑到外面去爬树。

我还是不能够好好地站着，这对我来说很不自然，更别说是站稳了。因此，在休息的时间，我会蹲坐着。我特别喜欢蹲在角落，那样会让我有安全感，背部与侧面都受到保护。虽然这样无法保证我不受殴打，可是我仍出自本能地蹲在角落，特别是那些摆放盆栽的地方，那里有足够的空间，可以让我躲在后面。

如果我需要移动到别的地方，会习惯四肢并行。我知道人类都用两只脚走路，也很努力的模仿他们，却总是受到自己潜意识的影响，持续采用最早习惯的方式走路。一直到我下定决心，才改掉这个习惯。对我来说，这件事的难度之高，就像人类前往丛林生活，要重新学习用四肢走路一样。每一次，当她们发现我又用四肢走路，安娜卡曼就会教训我。

最困难的事情，或许就是学习餐桌上的礼仪了。我根本不知道什么叫作桌子、刀具与陶器（更别提后者非常容易破掉）。通常，我会带着食物，自己躲到角落，迅速地用手进食。这就是丛林里的生活方式：找到吃的，就赶紧找个安静的地方，狼吞虎咽之余，还必须保护自己。如果你不这么做，别的猴子就会马上偷走你的食物。因此，我们不可能跟别人一起坐下来好好吃饭。

　　我的餐桌行为让她们感到非常匪夷所思。我会用手把食物抓起来，塞进自己的嘴巴。吃某些食物的时候，这种方式只会带来一团乱而已。液体就会滴到我的前臂、流到我的胳膊，甚至会弄到我的脸和头发上。她们还会准备一种叫作意大利面、看起来就跟藤蔓一样不能吃的长条食物，意大利面旁边也有那些液体。

　　跟我一起吃饭的安娜卡曼。其他女人与小孩，似乎都无法忍受我的餐桌礼仪。我可以从她们脸上的表情看得出来。但我实在不知道还有什么更好的方法，也很难学习如何过新生活，这些人的生活方式实在太复杂了。

　　大多数时候，我都靠着面包卷和一种名为咖啡的苦涩饮料过活。她们也会给我一种叫作杯子的东西。我花了一阵子，才了解怎么喝热的东西。但是，对我来说，用一个上面长着把手、开口有金环的东西盛装液体，实在是一件非常奇怪的事情。

　　如果"滚烫"是一种崭新的体验，那么"冰冷"也是。我还清楚记得自己第一次吃到"冰冷"东西的经验。当时，她们给我一根冰棒——其实就是放在容器里冷冻过后的果汁，上头插着一根木棒——那东西实在太冰了，甚至冻伤我的舌头。除此之外，我也觉得那个东西好像是活着的生物，因为当我开始舔它，它居然黏在我的嘴巴上，吓得我把它丢出房间。

　　品尝食物的滋味就跟温度一样，对我也是有如探险的经历。苦涩的咖啡、黏腻的奶油，以及有着奇特弹性的鼻管面，吃起来根本就不像是上午该有的味道。我最喜欢水果碗里的东西，因为那些水果带来令人安心的熟悉感。不过安娜卡曼很少让我吃水果，那真的令人很痛苦。大部分时候，我都非常饿，所以这些事情也不太重要。如果他们给我吃东西，我会开心地快速吃光。

在安娜卡曼的家，吃喝不是唯一需要学习的事情。如何正确运用其他人体的主要功能也深深困扰着我。在厨房的地板上与花园睡了几天之后，她们同意让我睡床。结果，我又一次不知道该怎么睡在这种东西上面，只好睡在床与地板中间的空隙，将床视为可以保护我的树冠层。

厕所也让我手足无措，我不知道厕所是什么，总是在花园的树丛里如厕。直到有一天，她们抓到我，某个女生发出尖叫，随后引来一阵窃窃私语，还有安娜卡曼那张露出厌恶表情的脸。她激动地做出手势，索菲亚则拿着两个奇怪的东西走到我面前，貌似要我处理自己的排泄物。我简直吓坏了，不只是因为安娜卡曼非常生气，也因为她居然要我做这么肮脏的事情——清理自己的粪便？我为什么要这么做？

最后，我还是用土埋了自己的排泄物，并且跟着安娜卡曼、索菲亚、罗篦塔走回房子里。后面这两个女人把我拉到屋子旁的小房子间，并且抓着我的手臂，把我带到所谓的"厕所"里，显然这里就是我应该处理大小便的地方。

她们把我给吓坏了，我根本无法呼吸，因为厕所里满是嗡嗡叫的苍蝇，还有一个非常臭的坑洞。那股臭气实在太强，我几乎都要吐了出来。

这个厕所完全不像以前我排泄的地方，那个臭坑洞里有水，我相信自己很有可能会掉进去淹死。当她们拉动我头上的锁链时，屁股底下突然传来一阵急促的水流声，这让我更加恐慌。虽然我很怕安娜卡曼会生气，也担心她会用电线鞭打我，但我还是拔腿就跑，并且继续偷溜到花园里大小便。

几天之后，她们给了我一套新衣服。我不确定这是不是因为她们终于发现，要不是身上这套过于宽大的衣服，我不会那么笨手笨脚。总之，有一天爱碧斯来了，她替我测量身体尺寸时，我拼命挣扎，因为我根本不知道她在干吗。几天之后，她们就把爱碧斯的工作成果给了我。我得到一件同样令双腿发痒的裤子，布料很粗，外观也很不吸引人，但至少尺寸是对的。此外，她们还给了我一件白色领口的女用衬衫，上面缀着一些蕾丝。只是没过几天，这件衣服就沾了许多食物的污渍。

我依旧不穿鞋，因为丛林环境的关系，我的脚跟原本很粗，却在这里慢慢变软，走起路来也开始有点疼痛。这是我第一次接受他人的同情。索菲亚发现这个问题之后，拿了一些油膏来，擦在我的脚跟上，我的疼痛因而好了一些。

我喜欢索菲亚，也希望那些女孩喜欢我。我会听她们说话，试着了解她们正在讲什么。那些字眼一一浮现，我试着慢慢理解其中的意义。接着，我会寻找每个字之间的结构与关联。看着她们的世界，让我觉得没那么孤单。最后，我注意到她们在我身边时，或者希望引起我的注意时，就会讲某个字。她们说那个字，然后摸摸我，再说一次那个字，就像她们教我什么是"桌子"或"毛毯"的时候一样。这个字是专门给我用的，我学会了人生中第一个记得的名字，那是她们给我的名字："葛麓雅。"

几个星期过去了，我开始学会做事的方法，所以工作内容也变得不同了。我花时间准备食物，虽然我不会做煮饭这么复杂的事情，但我得负责准备材料，削马铃薯、胡萝卜、丝兰、玉米、车前草、大香蕉与其他东西的外皮。在我还不会妥善使用刀子前，经常切到自己的手。当你可以用手、嘴巴与牙齿这些天生的器官来做事时，使用刀具实在是一件非常奇怪的事情。但是我想要适应这个世界，所以我坚持下去，也终于学会怎么使用刀子了。

一段时间之后，她们终于派我去村子里送东西。小村庄里的居民因而发现崭新、奇怪的事物（就是我），我则因为眼前的东西太过令人费解，而完全忽略其他人的眼光。这也是我第一次得以从外面好好看我的新家。我走在满是灰尘的街道上，穿越肮脏的车辆，从敞开的门户中，听着每户人家说着我无法理解的语言、鸟叫声、婴儿的哭声，还有刺耳的音乐声。我开始感受到这里的持续高温，那让我的头皮非常不舒服，还让皮肤渗出了水珠，车辆与卡车的金属外壳也晒得过热而无法触摸。

一开始，我出门时，安娜卡曼还会派一两个女生跟我同行。她们会告诉我该去哪里取得需要的东西。但随着时间久了，她们相信我不会乱跑之后，我就可以自己带着篮子和清单出去了。她们是对的，我不会逃走，因为当时的我已经在这里得到了自己想要的东西：吃，这就是我最大的需求。我如果逃走了，又要吃什么东西过活呢？我一定会饿死的。这里跟丛林不一样。在丛林，你可以四处搜集食物，或从树上找到可以吃的东西；然而我没办法在这个充满水泥、篱笆与汽车的灰色世界中找到食物。

　　此外，我在这里也没有朋友。我不记得确切的时间，大概是在这里生活了几个星期、几个月后，我会趁着安娜卡曼不注意时偷偷跑出去。我并不是想逃走，只是顺从自己的孩童本能，寻找其他正在嬉闹的小孩声音。

　　我跟这间房子里的小孩没有任何关系，事实上，我恨他们。那里有几个婴儿和刚学会走路的小孩，他们的哭声与喊叫总是让我心烦。他们是在这里工作的女孩们所生下的孩子。我只在他们要求我去喂小孩的时候，才会接触他们，但是这让我很不高兴。我必须把食物送进他们不知感恩的嘴巴里，自己却几乎没有什么东西可以吃，时常感到饥饿。

　　屋外的世界是如此不同。我可以听见外面小孩嬉闹玩耍的声音，听起来跟我很像，这深深吸引了我。但是，没有人想要跟我做朋友。我才刚了解什么叫友谊，却深切感受到自己缺乏温暖。在丛林里与猴子互动的方式，不是我真正想要的，但我却自然而然地跟它们一起嬉戏、打闹。而今感受到的孤独，让我非常伤心。

　　街上那些小孩为什么要跟我一起玩呢？我连人类的语言都不会说，只会发出奇怪的声音，外表看起来也跟他们不同。我才刚学会像他们那样走路，仍不时做出许多猴子的动作，例如用手抓食物、不停搔自己的身体，甚至用非常夸张的表情来表达想法。

　　我也经常看着他们玩玩具，自己手上却什么都没有，我曾经试图表达自己希望加入的意愿，但就算我得到了一些宝贵的游玩时间，那些小孩也只会站在那里看着我，甚至嘲笑我，并且把手上的玩具握得紧紧的，跟他们一起游玩的欢愉感瞬间消失殆尽。

另外，我也无法学会其他小孩会做的事情。例如，他们懂得使用双腿尽情奔跑、踢球，甚至可以画出美丽的图画，我却没办法做到，所以，我会在休息时间躲回有动物和植物的地方，用花朵与香蕉叶装饰那里的树，就像回到丛林老家一样。我的朋友就是那些动物，它们似乎毫无疑问地接受了我的存在，允许我靠近它们，甚至会逗我开心。特别是那些山羊，当它们用奇怪的方式偷咬挂在晒衣架上的衣服时，总是让我发笑。

我还找到了新的娱乐：恶作剧。在这个人人都害怕我的村庄里，恶作剧是非常好玩的事情。我会爬到花园的其中一棵树上，瞄准那些正在晒衣服的村民，然后用水果丢他们。

也许就是因为如此，或者还有其他理由，让我变成令人恐惧的对象，而不只是一个奇怪的小女孩。安娜卡曼显然知道其他村民对我的厌恶，也许她自己也有一样的感受，因此，那天房子里出现两个天主教神父的记忆，仍然清楚地留在我的脑海里。他们口中的圣歌与泼洒圣水的行为令我疑惑，除此之外，他们手上还挥舞着燃烧的香烛。后来我才知道，那就是某种驱鬼仪式。村里多数居民是非常迷信的天主教徒，所以不难想象他们会以为这个突然跑来这里、看起来就像动物的奇怪小女孩可能是被恶魔附身。

当时的我绝对不可能理解这种想法，光是"恶魔"这个字眼，我甚至是到很后来才学会的。那群神父烧香诵经的时候，我只需要张开眼睛、竖起耳朵，好好观察身边的事情就可以了。

19

因为没有任何比较的基础，我根本就没有质疑安娜卡曼的行事作风。我只是静静地低着头，希望把事情做好，不要惹她生气。但是，当时间慢慢过去，从一周又一周变成一个月又一个月之后，我开始适应了这个新环境，也学到更多的词汇，这些都帮助我更进一步参与、了解身边发生的事情。

屋子里的人总是非常忙碌。看似住在这里的女孩，包括索菲亚、爱美达、爱碧斯、罗篦塔与其他女孩，总是会连续几个晚上现身之后，又消失几个星期。我猜想她们为什么要住在这个邪恶又不友善的家里，难道是别无选择吗？

我初来乍到时碰到的、那个畏畏缩缩躲在厨房角落的女孩拉波毕达其实跟我比较像，她没有任何选择，只能待在这里。我学会人类的语言，可以了解别人说的话，也让别人了解我在说什么之后，从没听她说出一个正常的字。我的直觉告诉我，她有什么地方跟我不一样。她总是用非常奇怪、缓慢的方式移动，脚步老是踩不稳。安娜卡曼接近的时候，她就会变得非常害怕。这其实不足为奇，因为安娜卡曼经常非常用力地打她，就算不打，也会持续对她咆哮。

我试着回想之前发生的事情，才警觉也许拉波毕达是安娜卡曼的女儿。不然我实在想不出安娜卡曼愿意照顾她的理由。虽然以她受到的对待来说，照顾不是一个正确的字眼。

房子里其实有一些男人。每一天都会有男人在这里进进出出，有时候，某个名叫鲁费诺的男人会住在这里几天，就像那些女孩一样，但我不是经常看到他。我看到他的时候，他就坐在露台上，挺着大肚子喝啤酒，一根接着一根地抽烟。如果他在这里过夜，就会和安娜卡曼睡同一张床，偶尔也会睡在露台的床上，离我睡觉的地方很近。可能是因为喝酒的关系，他在夜里打呼的声音非常大，经常让我快要疯掉。

那时的我还是跟一只小猴子没两样，只要没有遭到安娜卡曼毒打，我就会找机会恶作剧，完全没有想过后果会是怎样。有一天晚上，我实在受够了鲁费诺的震天呼声，决定从冰箱偷拿出一点儿冰块来，倒在他身上，给他一个教训。总之，任何可以停止那阵鼾声的事情，我都愿意做。

结果我们两个人都吓了一大跳。当我蹑手蹑脚地接近露台时，发现他居然全身赤裸；至于他，如果你酣睡时被人倒了一杯冰块，会有什么反应？

鲁费诺的吼叫声之大，几乎让整幢房子的墙壁都为之震动。露台上的冷风让他仿佛遭到了电击般的抖动。但是，我的动作很快，也知道自己必须快点儿逃走。那时四周很暗，我马上回到了自己的卧室。但他马上就知道，在这间屋子里，没有人跟我一样愚蠢到会做出这种事。几分钟后，他就带着皮鞭来鞭打我了。

我永远都在学习跟这个社会有关的事。这几个月以来，我慢慢学习人类不同的行为，借由观察与模仿，以及犯下各种错误后被毒打，我学会了应有的教训，但我还是没有想过要逃走。外面世界的那些人，似乎比安娜卡曼还要恨我，换句话说，我根本没有任何存活的机会与动力。一般来说，当我不需要工作，也没有被打骂时，那些人总会忽略我——听起来就像是一种诅咒，但也是一种祝福。

然而，出于不明的原因，这个情况突然改变了。我已经不记得究竟出现了什么明显的征兆，她们原本把我当成院子里的山羊对待，但我忽然成了需要教导的生物。简单来说，我变成她们有兴趣注意的对象。安娜卡曼与其他女孩开始在意我的行为举止，教导我要"漂亮"，并且要在餐桌上表现得更为得体。她们似乎也决定要让我看起来更干净。也许，我应该要喜欢这种改变吧？

我当然怀念从前在丛林里与猴子们相互清理彼此身体的日常活动，我是这么想念那群猴子、那些亲密的身体接触、它们光滑的皮毛、温柔的触摸，还有温暖的拥抱。但是这群人对我的关注，完全不是这么一回事。那些女孩总是对我非常粗鲁、不友善、怒目相视。猴子会非常温柔地从我头发里挑出虫子来，但安娜卡曼的女孩只会拉扯、粗暴地用梳子整理我的头发，一边还会抱怨我经常用肮脏的手指碰头发，才老是会有各种食物碎屑和小昆虫卡在里头。但我在丛林里头就是这样啊，不然那些昆虫要住在哪里？这一切都再正常不过了。但是，那些女孩非常讨厌这种事情，总是对我大吼大叫，骂我是肮脏的老鼠，我实在无法理解。

我发现要适应这样被推来拉去的生活真的很难。在那段成长的岁月里，我花了好几年的时间才找到一套属于自己的做事方法，也因此抵御"文明的驯化"。这也就表示，我会一直被她们殴打。我也逐渐明白，如果自己可以尽快修改做事的方法，生活也会变得比较开心。

我也慢慢注意到周遭的那些人，发现这个屋子里的女人，跟印第安人部落的女人相比，过着完全不同的生活。有些人还是小孩——这里总是会有婴儿和刚学会走路的小孩，但我们就像住在完全不同的世界一样。他们当然觉得我很奇怪，特别是小孩，但我印象最深刻的是我羡慕他们拥有许多我得不到的关爱与照顾，更别提他们手上的玩具了，虽然细节我已经想不起来了。我跟他们之间没有任何联系，孩子的妈妈也不想要他们和我扯上关系，所以我只将他们看成是令人生气的存在（特别是他们哭的时候）。当他们不肯吃我喂的食物时，我就会更生气。

但是，这里不是用来养小孩的房子。无论那些女孩是不是有小孩，她们总是要花很多时间"变漂亮"，就像爱碧斯说的，她们会替自己的眼睛和嘴巴上色，不停地梳理自己的头发。房子里有很多床，许多男人会走进女孩子的卧室，一两个小时之后才走出来，随后消失不见。

当时我根本不知道那代表什么。我还是一个小孩儿，对于成人的世界一无所知。就算我没有在丛林过那几年，这些事情也可能只会闪过我的脑海，一点儿都不重要。我真的没有认真思考过这件事。无论如何，我还是安娜卡曼的奴隶。尽管如此，我快要毕业了，即将接受新的训练。

找机会离开那栋房子的恶臭与压迫感，到外面去走走，已经慢慢变成我日常生活的重点。虽然当地店家的男人还是听不懂我在说什么，但至少不会打我或吼我，更让我有机会偷食物来吃。

偷食物对我来说是非常自然的事，我仍然不晓得那是一种犯罪行为。有时候，我会因为偷了一些小东西，像是一颗水果或一条面包卷而被抓住，但那些店家从来不会禁止我进去，毕竟我也是会付钱的客人。食物，仍然是我生活中最重要的快乐来源。

借由这些到外头透气的机会，我得以窥视一个与安娜卡曼那个禁锢空间截然不同的人类世界。我从来没有受过教育，房子里那些大一点的孩子上学时，我总是忙着打扫或是准备食物。那些女孩有时会试图让我跟着重复背诵每样物品的名称，但我仍然没有机会接受正式教育，学习阅读、书写以及算术这些技巧。我所知道的事情绝大多数都是通过观察周遭环境，并从中学习或领会得来的。

在罗马迪波里瓦这个村庄里，虽然有些房子是白色的，但大多数都是灰色的。它们全都挤在一起，房子间的小路非常肮脏，只有停在路边的车子与大松树的绿荫会盖住灰色的尘埃。

这个村庄的社交活动非常频繁。每天 6 点左右，许多人就会从家中拿出椅子，坐在街上，让屋子里的热空气可以和外面的冷空气对流。似乎只有安娜卡曼不会这么做，虽然当时我还不懂为什么。

安娜卡曼的房子在一个陡峭的山坡上，我必须往下走，穿过一个叫作医院的地方。如果那天带着篮子和清单出门的时间比较晚，我就会经过一群坐在椅子上的人，通常，他们都会对我视而不见。

虽然"拉丁达"是当地唯一的商店，但夹在各个房屋中，仍只是家小店。某天下午，当我带着篮子和购物清单到商店时，见到了一个我认得的女人。她有3个小孩，我很喜欢她。当我走出安娜卡曼的屋子时，她是少数非常友善的人之一，不会把我当成是讨厌的野生动物。

她待在自己位在商店附近的房子外，正在清洁窗户。当她看到我，就停下手边的动作，对我招手。"葛麓雅，"她说："过来这里一下。"

当时不着急回去，所以我马上就走过去了。这跟遵守安娜卡曼的指令不一样，我知道她不会伤害我。不知道为什么，我非常信任她，也许因为她是一位母亲吧。也许，在我心中，"母亲"就代表着"善良"。

我走到她旁边，把手上的篮子放下。

"这就对了。"她用非常缓慢的速度说，仿佛知道我的听力不太好。"在这里待一分钟，我要跟你说一些事情。"

她走进屋里，随后端着一个小盘子出来，上面装着看起来像是香肠的东西。

"你可能已经注意到了，"她一边说，一边作势要我跟她一起坐下，"很多男人会去你家找女人。"

我点点头，然后说："我确实注意到了。"

"好吧，让我跟你说一些事。"她说："不久之后，你也许就会发现，有一些男人是去找你的。"

这种事从来没有发生在我身上，没有人想要看我，我对那些女人来说是隐形的生物，除非需要做什么工作，或者要我去清洁什么东西。对男人来说，我也永远都像是隐形的。

"为什么他们要找我？"我说。

"因为他们想要确定，"她说："你是不是他们想吃的那块肉。"

我非常困惑，完全不知道她在说什么。她似乎也注意到了我的不解，低着头，看着膝盖上面的盘子。她带了一条香肠出来，却没有让我吃，而且，那条香肠还是生的。整件事情有点奇怪，人类不吃生肉的吧？随后，她用手把香肠抓起来。这让我更加困惑了。

"你就像是一块生肉。"她再度开口，用非常缓慢的速度说话，一边用手挤着那条香肠。"就像这样，但你绝对不想变成这种模样，那就是安娜卡曼屋子里的女孩，你懂吗？对男人来说，她们就是生肉。"

听起来很糟糕。"他们要吃东西吗？"我说话的时候，一边张大了眼，一边想象着那条香肠是用女孩的肉做的。不可能吧？我的身体开始微微颤抖。

那个女士想了一下。"有一点像是这样，"她把手放在我的肩膀上，说："这不重要，你要知道，如果那些男人去找你，或者把你带出安娜卡曼的家，你就会变成一块肉。"

我看着碟子里的香肠，看起来就像一只婴儿的手。我怎么会变成那样呢？我不明白。但我从她的表情中，可以理解这不是一件好事。"不要让她对你做出这种事。"那个女士再度开口警告我，"不要让男人碰你。安娜卡曼在训练你，让你变成那些坏男人的肉。不要相信她，你不可以相信他们。你必须离开那里，快点儿逃走，知道我在说什么吗？"

我闷闷不乐地点点头。我完全不知道她在说什么，却了解那是一种警告。但我还是非常害怕这座城市，如果我逃跑了，又可以去哪里，我要怎么生存？

"你懂吗？"她再度开口问我。

"是的，"我说："我懂了。"如此一来，她似乎满意了，因为她要我快点儿去做自己的事情。

那天晚上我没有睡觉，试着弄懂什么叫"变成一条香肠"，或者"那种男人喜欢的肉"。我开始体会到另一种新的感觉——恐惧。这跟我刚到这里或者做了一些傻事时被殴打的恐惧完全不同。

这是一种不同的恐惧，直直窜入我的心中，让我好几天无法睡觉。我开始害怕村子里所有的男人，特别是那个一直待在商店门口打瞌睡的老人，他睡觉时总是喃喃自语，还用手做出一些奇怪的动作。现在回想起来，他可能只是心智有点儿问题，或者行动不良，但当时，我只觉得他也是其中一个想把女孩变成香肠的坏男人。

这件事让我困惑了好几年，但我相信那个女士说的话，在我所遇到的人当中，她是我最信任的人。相反地，所有的男人都像恶魔一样。我再一次躲进了自我保护模式当中，我必须好好保护自己。

　　我对圣诞节一无所知，被遗弃在丛林的回忆已经模糊不清，而如今我一点儿也不知道节日的热闹气氛是什么。在这个小村庄其实没有什么圣诞节的气氛，这里的居民普遍都颇为贫穷。我唯一的圣诞节印象就是树上铺着用棉花做成的"雪"。安娜卡曼也不会举行任何庆祝活动，没有大餐、庆祝的氛围或歌唱。我最清晰的记忆，就是看着那些小孩拿着新玩具，心里涌起一种折磨人的感觉，我被遗弃了。

　　但是，就在圣诞节过后两天，发生了一件让我永生难忘的事情。事情的起源是一阵骚动——房子外发生了一场非常巨大的骚动。我听见了刺耳的汽车喇叭声，以及许多尖叫声和笑声。我冲到街上，想看看究竟是怎么一回事。眼前的景象几乎让我停止了呼吸。到目前为止，我看过很多汽车与卡车，那些东西只不过是一般的风景，但是，停在安娜卡曼房子外的东西，却是我见过的最漂亮的机械。那是一台牛奶色的敞篷跑车，我从来没有看过这么美丽的东西。我开始知道钱是用来做什么的，它可以买什么，买不到什么，也明白这个东西肯定远远超过我的生活经验所能想象的。

　　我一接近它，就深深地被吸引了。车身上跃动的光线让空气中充满钻石般耀眼的光芒。阳光也轻抚着它，在诱人的金属曲线中映出愉悦的亮光，让光滑细腻的车体如流水般闪烁着。最后，加上橄榄绿的修饰和妆点，这简直就是我这辈子看过的最美丽的东西。

　　车主来自委内瑞拉，他带了两个朋友，想要来这里看女孩子。

从他充满自信的眼神，我能够确定这个人"拥有"这台车。他转动钥匙的手势、展示车棚或升高或下降的姿态，还有启动引擎的手法，宛如这就是安娜卡曼的女孩之一。我想，这些人就是所谓的"黑手掌"吧？这个名词跟意大利没有直接的关系，但我想这就是本地人称呼他们的方式。他们非常危险、有权势，就是一群集体从事犯罪行为的危险分子。

他们很有可能都是坏人。虽然我对他们一无所知，但强烈的直觉告诉我，如果你离他们太近，就会让自己陷入危险。无论他们做过什么事情，显然他们都非常有钱。关于这个世界，我需要了解的事情还有太多太多。

那些女孩十分欢迎他们，证明这群年轻男子目前没有什么问题。等到我走到外面，已经有好几群女孩子围着那辆车，全都在搔首弄姿，希望赢得那个委内瑞拉年轻人的欢心。他也就这么接受了这群女孩的殷勤。

有生之年，这是我第一次感到嫉妒。我想要成为那群女孩中的一员，这样我才可以搭上那辆车。幸运的是，我似乎得到机会了。

很快，那个年轻人在女孩的欢笑声簇拥下走进了安娜卡曼的房子，希望能够挑到带出去兜风的女孩。对我来说，这根本就是完全无法抗拒的机会。我当时体型还很小，可以挤在狭窄的地方。所以，我花了一点儿时间，想办法踩过黏热的地面，钻进了车子，并且用一条毯子包住自己，躲在行李箱里。

我知道自己很快就会被发现，但我一点儿都不在乎，总之，只要能够搭上车就足够了。我听见人群走回车子这里，两个女孩跨进后车座后，就坐在椅子上，离我不过只有几英寸的距离。我冒险看了她们一眼之后，就知道她们只要把屁股坐在车子的行李箱上面，就能够同年轻人一同兜风，欣赏所有的景致。

引擎开始启动，从毯子底下传出巨大的声响，一阵震动之后，车子终于上路了。

看不见这一切让我有点儿沮丧，但我仍非常兴奋。我不在乎之后会怎样，至少我现在对于自己所拥有的感觉非常满足。我闻到了酒的味道，住在安娜卡曼那里，我很熟悉这种味道，我也知道其中至少有一个男人已经喝醉了。听着他们说话的声音，我猜想，也许全部的男人都喝醉了，里面至少有一个人说话已经含糊不清了。那些女孩也非常吵，甚至比我还要兴奋。当这台车子加速上路时，我虽然看不见，却能够感受到太阳持续加温，车子呼啸穿过嗖嗖的空气。在这突来的自由中，我感受到一阵激烈的欢愉。如果这就是那群女孩平常过的生活，为什么是一件坏事呢？她们看起来似乎因为快乐而迷失了，就像我一样。

过了好一会儿，我决定冒险再偷看一眼，那些女孩应该不会突然往下看吧？当然，她们一定会一直注意眼前的景象。我稍微把毛毯掀开，眼睛直直地望着太阳。天空蓝得炫目，没有一朵云彩，更令我头晕目眩的，则是不断与我们擦身而过的景色。旁边是高耸的石壁，甚至超过我的视线范围。换句话说，我们正在往上攀升，爬到了非常高的山脉上。也许这是第一次有人带我去库库塔。我本能地转转脖子，想要活动一下筋骨。

"啊！"我听到爱碧斯尖叫。"罗篦塔，你看，是葛麓雅耶！啊！葛麓雅！"她已经醉到意识不清了，"你在这里干吗？"

既然已经被发现了，我干脆把毯子拉下来，露出整张脸，并且对她微笑。"爱碧斯，"我很客气地问："我可以跟你们坐在一起吗？"

"当然不行！你这个白痴！"她对我大骂："快点儿下去，不然他们就要看见你了！"

但我持续探出头，我太兴奋了，完全控制不住。"好了，只好这样！马可！麻烦你停一下车！"

我挺直身体，坐在椅子上，就在罗篦塔旁边。"拜托，"我说："请让我留下来，我想跟你们一起走。"

马可转身，上下打量我，但是他还在开车。"哦！"他笑着说："看来我们拿到大奖了！3个女人，只要付两个女人的钱！"那群男人全都大笑了起来。

爱碧斯的脸上不见一丝高兴的神情。"葛麓雅，你这个白痴！"她非常生气地说："快点儿躲回去！你不应该来这里的！你这个白痴！你这个白痴女孩！"

我回到了车子后面，但这一次我是坐着，而不是躺着。爱碧斯的语气很凶，惹得我也有点儿生气。但我可以感觉得到，她似乎非常在乎我，而不只是担心这场快乐的旅程被我毁了而已。她担心安娜卡曼会打我吗？还有，那些人说"两个女人"的钱是什么意思？

我们继续前进了几分钟，车上的气氛因为我的出现而变得有点儿沉闷，但我丝毫不因为自己毁了爱碧斯的旅程而感到愧疚。我只是非常兴奋能跟她们一起出来。这就像是一场冒险，我以前从来没有做过这种事情。

路上的风景已经完全不同了，车子开始驶在一条更宽广的道路上。我们爬上山，这条路通往另一座高原。过了几分钟，车子停下来了，却不是为了野餐或采山花。当那群男人开始玩弄这台非常昂贵的"玩具"时，整台车的轮胎不断冒烟。他们在直路上加速前进，偶尔会重踩刹车或者急拉手刹，让车子失控地滑动着。我不知道他们为什么这么做，只觉得害怕。

我似乎是唯一有这种反应的人，因为其他两个女孩都非常喜欢这样，一边尖叫，一边欢呼，还要马可更快一点儿，即便他们都跌坐到了后座上。要不是这样的话，他们早就被车子抛出去了。我闭起眼睛，把身体缩成一团。空气中都是灰尘，还呛进了我的喉咙里。这简直是太疯狂了，我想要他们停下来。

很快，他们真的停了。我听到远方传来一阵噪音，而且愈来愈大声，我认出那是警车的声音。我冒险看了一眼，发现前方出现了警车的闪烁，正朝着我们过来。我心里感到安全许多。显然警察希望马可停止这个危险的游戏，但他似乎完全不受约束，反而变得更疯。他不但没有停车，还继续把车子晃个不停，并且摇晃着自己的手臂，就像挑衅敌人一样地对待警察。

这台车子有自己的心意，它想去某个地方。我们被吞没在一团沙尘中，很难看见别的东西，我大概可以看出车子的方向。我吓坏了，因为车子正滑向高原的边界，只差几码就会掉下去了。

　　在这个时候，马可终于恢复一点儿理智，并试着坐回驾驶座上，想要控制这台打滑的车子。我听到女孩的尖叫声，也感觉到眼前的地面正在消失。这是真的吗？车子真的架到空中了？我们是不是都要摔死了？

　　我听见警笛的声音慢慢散去，女孩的尖叫声从她们的嘴巴传出。当车子落下时，也听见空气的咆哮声，我们即将坠落在好几英里以下的地面。我不知道这台车会摔得多深，从这里根本就没办法判断。我要自己立刻冷静下来。终于来了，我的生命就要在这里结束，也许我们全都会死在这里。这是一个还没有安全座椅和安全带的年代，我们能有多少存活的几率呢？

　　但是当车子撞上某个东西时，我的脑海里立刻浮现第二个想法。当时，我的头被某个看不见的东西撞得疼痛不堪，我一度以为头就要这么爆开。随后，我看见永远不会忘记的景象，眼前这两个男人和两个女人突然被弹出座位，仿佛被一只看不见的巨手抓走，他们飞得又快又远，就像巴西树上的果子一样，然后用极快的速度坠落，最后在落地时发出了响亮的啪啦声。

　　我绝望地抱住车子座椅，蜷缩着自己的身体，听着爱碧斯与罗篦塔的尖叫声慢慢随她们的身体而飞远。终于，我再也听不见那些尖叫了。

　　我现在只听见车子发出的各种声音，但根本不知道是什么东西挡住了车子，或者车子卡在什么上头了？我听见树叶随风作响的声音，也看见许多树枝，我试着移动身体，想要看见更多东西，但又不能动得太多。我们现在卡在一株看起来很强壮的树上，但这棵树长在一个非常陡峭、看似完全不欢迎客人到访的山崖上。

我没有移动太远，车子卡在摇摇晃晃的树上，感觉好可怕。想要爬出去，并且小心保护自己的安全几乎是不可能的事。显然，我已经受伤，光是小小的移动，我的脖子就感到无比疼痛。我可以看见负责开车的马可，他撞上了挡风玻璃，引擎盖垂直地插进他的下半身。我看着他，非常害怕，虽然还是弄不清楚到底发生了什么事，但他显然已经死了。

不过我没死，我还记得自己昏过去之前，曾经在心里想着什么事情。我被困在这里，我陷入了极大的痛苦，我的身体好痛。我还活着，我还记得这些不可思议的事，但是，我还能撑多久呢？

20

过了几个小时，或者几天之后，我所知道的是自己一定在某个时候失去了意识，然后又再度清醒。前一分钟，我还卡在车子里面，看着车上那个尸体，试图想要得更清楚。下一分钟，全身又传来各种剧烈的疼痛，然后听到一个声音在我耳边说："哈啰。"

我试着移动身体，但那股疼痛却像电流一样涌入身体。本能告诉我，我必须停止移动身体。但我在哪里？还在那辆车子里吗？我试着集中思绪，弄清楚当时究竟发生了什么事情，现在又是什么情况。但是，我做不到。我张开眼睛，眼前是一片模糊的白。我试着将眼睛对准某个光源，然后眨一眨。慢慢地，那个光源变得清晰。光源仍在我头上，难道那是阳光吗？又是谁在对我说话呢？鬼吗？

"哈啰？"那个声音又再度传来，音调听起来有点儿高，可能是一个女子。"你好，年轻的小姐，你清醒了吗？你要知道自己非常幸运，才能够活下来。"

我试着凝聚注意力。眼前真的是一位女士，她穿着白色上衣，头上带着某个东西。难道她是天使吗？我曾经听过关于天使的故事，它们住在天上，而且很善良。我已经到天堂了吗？我有点儿搞混了。她说我还活着不是吗？这代表我还没有到天堂吧？那我在哪里？

虽然我没有开口询问，但她似乎已经知道怎么回答了。她走过来，更靠近我一点。"你在医院。"她说："你现在觉得怎么样？"

"好痛。"我说："每个地方都好痛。其他人呢？都死掉了吗？"

她的表情突然改变了。"很遗憾，恐怕是这样。"她说："你是唯一的生还者。就像我刚刚说的，你很幸运才可以活下来。你的头部严重受伤。"

我看着她，心想自己真的在医院吗？如果真是这样，那么她一定是医生吧。我听别人说过，在医院工作的医生会想办法让别人康复。当时我根本不知道护士这个职业，我只知道她的声音很温柔，也许就是地球上的天使。

我想要把身体往前挪动一些，却发现跟上一次清醒的时候一样带来巨大的疼痛。"我也会死掉吗？"我问。从我所感受到的疼痛，我觉得自己一定也快要死掉了。

她立刻摇摇头。"不，"她说："你不会死掉的。"她的声音听起来非常坚定。"你会好起来的，只是身上很多割伤与淤血，他们已经帮你做过一种叫作 X 光的检查，没有任何骨头断掉。你只是需要一点儿时间康复。"

她从床尾拿起一块板子之后，就开始在附近巡床。我的头贴近一个金属箱，我可以从闪亮的金属表面看见自己的脸。但那脸看起来再也不像我自己了，脸变得好大，好像一个气球。脸上到处都是红色的血迹跟疤痕，四处也贴着绷带。后来我发现自己的手臂和屁股上也全都是绷带。

那个女士笑了。"你真的很幸运。"她又再次说："警察当时已经在那里了。"

我突然想起那天的警察，但我没有说话。光是这样，全身就已经痛得受不了。

"警察看到那位驾驶时，"她继续说："立刻打电话寻求帮助。然后他们用直升机从山谷里把车子吊起来，你居然就在里面。"她再度露出微笑，我立刻喜欢上她了。"你卡在车子的后座，这可能就是你活下来的原因。每个人都很惊讶你没死，年轻的小姐啊！"她看起来非常高兴。"你到这里之后，就一直昏睡着，没有人知道你从哪里来。现在你醒了，我们可以来弄清楚你是谁。我们必须联络你的家人才行，我们要怎么找到他们呢？"

就在那个时候，我才发现眼前这个女士不是一个人救了我。我转过头，才发现床边站了两个穿着绿色制服的男人。他们的腰部都有配枪，其中一个人拿着一支笔与便条纸，正在写些什么。我不晓得他们是谁，为什么要来这里。我唯一清楚的是，他们脸上没有笑容，跟这位女士不一样。他们看起来心情不太好。我不喜欢他们。

"年轻的小姐，"那位女士又开口说："我们可以联络谁呢？我们应该让谁知道你现在很平安？"

我的脑海里全都是那两个无辜送命的女孩，根本没办法把话听进去。我是唯一活下来的人。我想起了安娜卡曼，她的女孩都死了。她知道这件事了吗？有人跟她说发生了什么事吗？我在想她会怎么对我。我不应该在这里的，这一定会让我惹上什么麻烦，大麻烦。我开始使尽吃奶的力气拼命摇头，"没有，"我用干裂的嘴唇说："没有任何人可以联系。"

其中一个男人开口说话，另外一个则负责做笔记。他看起来很生气。"事情是怎么发生的？"他想知道真相，"其他人又是谁？"

"你住在哪里？"另一个人说："你是本地人吗？"

他们根本不让我有足够的时间思考。我脱口说出"罗马迪波里瓦"之后，马上就后悔了。他们会不会把我带回安娜卡曼的身边呢？

那个善良的女士靠了过来。"别沮丧，"她温柔地说："这两人是来帮助你的。应该再过几天就可以了，一旦你康复了，他们就会带你回家，好吗？"

"罗马迪波里瓦。"其中一个男人一边说，一边记在本子上。

那几天，除了医院的白墙，我几乎记不得任何事。我后来终于知道这个职业叫作护士，那个护士仍然对我很温柔，其他的护士也会过来关心我的情况。慢慢地，我可以进食、饮水，头痛与身体的疼痛也跟着消失了。我不想回到安娜卡曼的家，但又能怎么办呢？我没有别的地方可以去。

有一天，也许就在我清醒后的一两个星期之内，穿着制服的男人来接我，带我坐上了一台吉普车。这家医院应该位于市区，因为我还记得那两个男人说我们现在要开车到乡下。就在他们询问了许多问题之后，我终于说出安娜卡曼的名字，让他们将我送回那个地狱。

再一次看见那栋房子，我的心里感到无尽的绝望。看着破碎的栅栏、摇摇欲坠的房舍，还有从地上每一寸裂缝中冒出的植物。我开始愁眉苦脸，心不甘情不愿地指着那栋房子。

"就是这间吗？"其中一个男人转过半边身，问了这个问题。

"是的。"我小声说："就是这里。"

他们让我走上人行道，山羊的叫声让里面的人得知我回来了。在我们抵达之前，门就已经打开了。

当我们走到那里时，我立刻看到安娜卡曼的脸，她的表情先是非常惊讶，随后变得很愤怒。

"女士，你好。"身材比较高挑与健谈的男人说："我们相信这位小姐是您的家人。"

安娜卡曼似乎一时半刻不知道该怎么回应，她所能勉强说出的话居然是"我以为那条狗已经死了"。

那两个男人吓呆了，但这不是什么难以理解的事，因为安娜卡曼在下一秒马上怒气冲冲地抓住我。"给我进去！"她生气地说，还在我背上重重地打了几下。

"她不是您的女儿吗？"另外一个男人说，"我们以为她是您的女儿。"

"我的女儿？"安娜卡曼有点儿不高兴地说，"这头野生动物怎么会是我的女儿？我永远都不想有这样的女儿。"

安娜卡曼还是把我推进了屋子，这让那两个人更为困惑，只是这种困惑还不足以让他们把我带走。毕竟，在哥伦比亚，这种家庭暴力是很习以为常的。他们两个人交谈了一会儿，但我已经不记得内容是什么了。安娜卡曼看来相当生气，显然她已经知道爱碧斯和罗篦塔的消息了。那两个男人为安娜卡曼失去她们而感到遗憾，我也还记得这两个男人说我仍未完全从伤势中康复，但我很确定安娜卡曼一点儿都不在乎。

门在那两个男人身后关上，一并将阳光隔在外，我把身体缩在阴暗的角落中，准备迎接下一场风暴的来临。"你跟他们说了什么？"安娜卡曼用责备的口吻问："你跟他们说我在做什么生意了吗？"

我摇摇头，向她保证我绝对没有。

"你绝对不可以告诉别人这里的事！"她吼道："你听清楚了吗？这个生意是秘密！"

我继续向她保证，绝对没有跟任何人说什么。我又怎么有办法跟别人说什么呢？因为当时我根本就不知道安娜卡曼到底在做什么生意。现在回想起来，答案当然相当明显。只要他们认真思考，就可以知道那两个死掉的女孩根本就不是安娜卡曼的女儿，我当然也不是。我不知道为什么她这么紧张，担心我是否向那两个男人说了什么，他们又没有要以什么罪名逮捕她，只是把我送回"家"而已。事情就是这样，而且他们早就已经走了。即便如此，事情也没有任何改变，不管怎么样，安娜卡曼都会处罚我。她随手抓住一只炒锅，非常用力地打我的背，只因为我还活着。

我还清楚地记得她是怎么打我的，那是她打得最用力的一次。我也还记得自己的视线慢慢变得模糊，觉得自己生病了。在我内心最深处，我只感到绝望。我到底在想什么，怎么又让自己回这里了？

历经车祸之后，回到这间房子，似乎唤起了我身体里的某种东西。我不知道那是什么，但是我开始用不同的眼光看事情了。渐渐地，我看清人类，他们如何办事、如何行动，以及如何过生活，但那绝对不是一幅漂亮的画。

我也开始了解，当初村子里那名母亲，也就是说我即将变成一块肉的那个女人，究竟想要警告我什么。我看见了所谓"肉"应该要做的事，也知道安娜卡曼经营的生意其实就是妓院。那时的我自然不懂"妓院"这个名词，这不是我当时会学到的字眼。但是，从那天开始，我逐渐明白这间房子里到底在做什么生意。在我住的这个地方，女人的工作就是"娱乐"那些前来拜访的男人，无论年纪或名气，来者不拒。我发现，在那些客户里，甚至有一些是非常著名的足球员，他们替哥伦比亚最好的足球队踢球，至少那些女孩是这么说的。

我也开始了解那些女孩只会在每个月的特定时间工作。在其他时间里，她们必须喝下许多药水，洗净自己的肚子。除此之外，有些女孩会变胖，然后就这么消失了。消失的原因之一是，她们去生小孩了。这些女孩就像丛林里那个印第安女人一样，会跑到别的地方秘密地生下小孩。但是这些女孩不会抚养小孩，而是把他们送走。我已经不止一次在本地的商店注意到"我们贩卖婴儿"的标语。我永远都忘不了这件事，她们会把自己的婴儿卖掉，也真的会有人出钱买下小孩。或许，这就是让我开始觉得人类不是正常物种的原因。

了解这些事情之后，安娜卡曼这个人就变得非常好懂了。在车祸意外之后，她似乎比以前更加讨厌我。我也开始担心，她人生唯一目的就是要想办法除掉我。我原本以为这个人无法对我更差了，但马上就打消了这个念头。她几乎完全无视我的存在，不过这样对我们彼此都好。但是，只要我做错事，她就会勃然大怒。她原本就充满恶意，喜欢滥用各种处罚，现在只要我惹她生气，安娜卡曼就会完全失控，我必须担心自己的生命安全。

那一天，她真的差点儿让我失去宝贵的生命，我却浑然未觉，也许这就是为什么我至今仍对这件事记忆犹新的原因。

那是我回到妓院几个星期之后的事情，由于失去了两个女孩和一个大客户，那里的气氛非常沉重。我还记得自己正在打扫，想要清除露台上的某些污垢。那也许只是一些树汁、啤酒洒落的痕迹，总之就是留下一些黏黏的污渍。当时，我还因为全身的瘀青伤口而觉得行动不便，想要快点儿摆脱疼痛。

曾经有一段时间，我跟安娜卡曼两个人独自待在房子里，我感觉到她正在看我。这很不平常，因为她很少注意我的存在。当她叫我名字时，我抬起头来看她，似乎可以从她脸上看见笑容。她的一只手放在背后，好像藏着什么东西，我好奇地思考着这件事。我早就习惯她的残忍，但仍像个小孩般充满希望。也许她想要送我什么礼物？

她勾勾手指头叫我过去，示意要我坐在地板上。就在我来得及意会究竟发生什么事之前，她突然从背后拿出一条绳子，迅速绑住我的脚踝。

她是一个体型庞大、非常强壮的女人，又处于突如其来的暴怒情绪中，无论我怎么挣扎，都无法逃脱。很快地，她就十分灵巧地把我的手腕也绑起来，强行拖了几英尺，来到屋外的排水管附近，把我拴在那里。她从口袋里拿出一块老旧的皮革，塞到我的嘴巴里，想要让我反胃呕吐。原来安娜卡曼不是要给我礼物，而是要杀了我，我非常确定。

安娜卡曼转过身，打开厨房的某个抽屉，从里面拿出一个看来像是长型棉袋的东西。那个东西用绳子绑着，当她解开后，我才看清楚里面装着什么。原来，那是用来包裹刀子和其他武器的袋子。我觉得自己快要窒息了，顿时无法呼吸，我想我马上就要死去。很快地，我知道自己必须死去的原因。

安娜卡曼选了一把刀，但不是最大的，反而是最小的一把。然后她转过身，在我面前挥舞那把刀，开始一一细数着我的罪状。

"没有人想要你在这里！"她开始对我大吼："没有任何客人想要找你！你对我来说一点儿用都没有！因为你，我手下最好的两个女孩都死了！你给这个家带来麻烦，给这个村子带来麻烦，只有麻烦！每个人都想要摆脱你！你懂了吗？所以你现在可以上路了！"

我看着眼前的刀子反射着阳光，我好害怕。安娜卡曼一如往常地想要攻击我，但她这次似乎已经丧失了理智。

"我会离开这里！"我想要求她，但嘴巴里那块皮革让我无法说话。

她看着我的时候，眼神涣散，好像也没有在认真看，似乎完全精神错乱了。"好啊，"她不像是在对我说话，而是说给自己听一般，"你没有父母，也没有任何亲人。没有人会知道你去了哪里，也没有人会问，要杀你实在太简单了！"

我的身体因为恐惧而开始倾斜。当我坐在那里的时候，感觉身边突然出现一股热流，才知道自己已经吓得尿在地板上了。安娜卡曼没有注意到这件事，她的眼神仍然没有焦距，看起来很奇怪，似乎充满了贪婪。在那个时候，她就像是封闭了自己的心灵，丧失了所有的理智与控制力，只顾着手上那把刀，想着怎么攻击才可以把我杀了。

我撑起自己的身体，准备应对即将到来的攻击，并且疯狂地摇晃着自己的头，试图说服她不要杀我。但是我的嘴里有一块布，我说的话全都变成了奇怪的哼哼声。她仍然对着我咆哮，不断挥舞着那把刀，我完全听不懂她在说什么。我到底做了什么？为什么要沦落到这种下场？我不知道。但是，我只能够继续说对不起，试着在咬着布的情况下好好把这些句子说出口，同时，我的脚踝仍然浸泡在地板上那摊尿液中。

安娜卡曼似乎完全丧失理智。我可以预见她就要拿起刀子捅我。她抬高手臂，将注意力集中在我的脸上。突然间，房子那头传来一阵嘎吱声，有人开门，随后传来一阵男性的吼叫声。那是鲁费诺，安娜卡曼的男人。我曾经用冰块对他恶作剧，这让他跟安娜卡曼一样恨我。但现在看来，他似乎成了我的救星。他再次对着安娜卡曼大吼，安娜卡曼则因为受到打扰而十分愤怒，随手把刀子丢在地板上。

看来今天还不是我的死期。很快地，这两个人就陷入了可怕的争吵中。鲁费诺蹲下身体替我松绑，要我自己处理脚上的绳索。我不需要他的指示，也会马上完成这个动作。我爬起来，在尿液中行走，并且跑向花园，跟山羊躲在一起。

但鲁费诺还没放过我。"你给我回来！"他命令我，"回来这里，把这些肮脏的东西处理干净！"

我全身都在发抖，害怕他会改变心意，让安娜卡曼杀了我。尽管如此，我还是回到了屋里，拿起拖把准备清洁。但我实在太害怕了，根本无法控制自己的手，拖把就这么应声倒地。

"你连这个都做不好吗？"他大吼时，声音震动了我全身的骨头。"你这白痴！快点儿把拖把拿起来，然后把尿渍都清理干净。"

接着，鲁费诺就把安娜卡曼拉到了门外，我则留在屋子里继续擦地板。我的喉咙很干，不停地啜泣着。过了好几个小时之后，我才不再因为害怕而全身发抖。

　　我还是不知道当天究竟发生了什么事。我猜想，安娜卡曼可能有精神问题，恰好在那天发作了。但是，我确信她想要杀我的念头不只是一时的情绪激动。我或许太过天真了，说不定她一直都想杀我，只不过苦无机会而已。也许鲁费诺根本就不想救我，但又不希望他们的罪行轻易被发现，毕竟他们还得想办法处理我的尸体。

　　这就是我当时的想法，虽然我根本不可能仔细分析这件事。但是那天晚上，我开始质疑自己为什么不逃跑？不管外面有什么，为什么我不逃走呢？但我就是没有离开，当时，我已经被吓到心智无法正常运作了。我知道自己身处险境，大难不死的我只是将一切交给命运，我也不知道为什么我要这么做。

　　那天之后，安娜卡曼就试着跟我保持距离。除此之外，我注意到鲁费诺更常到这里来，确认安娜卡曼不会像那天一样丧心病狂。看到鲁费诺在这里令人安心不少，但我仍然活在极大的恐惧中，我尽可能远离安娜卡曼。恐惧稍微缓解后，我就开始想着下一步该怎么做。我很想逃走，却又十分害怕。尽管我已经体验过丛林生活，但我对于外界的恐惧，仍大过安娜卡曼想要杀我的事实。担心自己该去哪里，又要怎样才能生存下去。

　　后来的发现似乎都指向立刻逃走的这个选项。在某个大热天的傍晚，尽管太阳已经快要下山了，气候还是非常湿黏，我听到外面传来一阵敲门声。

　　我听到安娜卡曼的声音。"进来吧，瑟吉欧。"她欢迎他进门。"欢迎，欢迎。"

"谢谢你，安娜卡曼。"他非常有礼貌地说：："你好吗？"

当时我正在厨房擦门，就从那里看着他们两个人。我可以看见那个男人，他穿着西装，也打了领带，在他身后，我也看得见停在外面的计程车。

我一边整理，一边安静地听他们说话。

"所以，这是这里最年轻的？"我听到瑟吉欧问安娜卡曼："今天有年轻的吗？"

我再次往那边瞄过去，看见他先拿出一把折叠刀，然后换到另一只手上，随后又拿出一个相当厚的皮包。现在，我终于懂什么叫作"最年轻的"。安娜卡曼家中最年轻的女孩大约14岁。这个事情让我稍松了一口气，我才只有11岁左右，对她的客人来说，我太小也太年轻，根本不是合适的肉。而且，她已经跟我说过，没有客人要我，不是吗？不管怎么样，都不会有人要找我的。

他们两人突然陷入短暂的静默，然后安娜卡曼喃喃说了一些我听不懂的话，接着举起一只手，朝我的方向指来。我看着那个男人朝我走过来，整个人吓坏了。我慢慢退到门后，但已经来不及了，他早就看到我了，脸上甚至露出一股笑容。

我再度听见安娜卡曼的声音。"别担心，"她对瑟吉欧说了一些话，但我听不太清楚。"如果你给她吃很多薯条的话，她就会跟你上车了。"

我手上还握着应该要好好擦拭的门把，却呆愣在那里。轮到我了，我终于要变成那块肉了。我花了这么长的一段时间，才把那种恐惧排出自己的心中，我简直不敢相信当时听到的那些对话。

但是，那个男人的微笑已经透露了一切，我即将变成那块肉，被他做成香肠了。

我打开门，穿过大厅，冲进其中一个房间——那里有 3 张床。我在恐惧中奔跑，穿过前两张床，躲到了第三张床旁边，那是一个非常好的躲藏地点，因为旁边放着很多箱子。我仍然可以听见安娜卡曼对瑟吉欧说我有多么爱吃薯条，我在猜，她是不是跑进厨房替瑟吉欧炸薯条了？她会给那个男人非常多的薯条，瑟吉欧则会把薯条拿给我，在安娜卡曼的计划中，我会因此乖乖地上车。

我看着那两条腿消失在厨房中，心里对当时在村子里警告我的那个女人满是感激。"快跑，葛麓雅。"她曾经这么说："用尽全力逃走。"

我知道现在是唯一逃跑的机会了，但我完全不知道要去哪里。不过这些事情都不重要了，当时，我一心只想着要跑得远远的。

我缓缓地扭动身体，从床底下钻出来，然后趁他们不注意，就这么光着脚，冲出了那栋房子。

21

恐惧紧咬着我光溜溜的后脚跟不放，我就像是从没跑过步一般地奔逃着。他们跟上来了吗？我不知道，也不敢回头看。我害怕万一自己不小心跌倒，就会被他们抓到，于是脑海一片空白地持续用力向前跑。

我跑了好几个小时，天色逐渐转黑，疲惫不堪的双腿开始发抖。我跑了很远，根本不知道自己跑到了什么地方。我穿过了罗马迪波里瓦那些宁静的房子，居民们都待在屋里睡午觉，也越过了无数的商店、正在玩耍的孩童和动物们。我愈跑，路上的交通就愈加喧闹，车辆也愈密集，街上的行人变得愈来愈多，灯火通明的商店更是照亮了整个夜空。虽然我从来没有到过这里，但我知道自己一定跑到了库库塔市中心。

最后，我放慢了脚步，并且大胆地回头看了一眼。如果当时我看到安娜卡曼疯狂地追在后面，可能真的会吓到四肢无法动弹。但是，没有人跟着我。我环顾四周，发现一片长满了林木和树丛的土地，后来我才知道那里就是圣安东尼奥公园，也是库库塔市的核心地带。但那时的我只注意到这里是一片有着喷泉的大型空地，我冲向了喷泉，满怀感激地喝着水，并且让水流过我的头，让自己冲个凉。

这片热情迎接我的绿色土地让我觉得轻松不少。我在那些环绕着公园的树丛中小跑了一阵，并没有在低矮的树冠层中发现可以躲起来小憩一番的地方，所以我只好暂时蜷在一棵老芒果树下休息。

有好几分钟的时间，缩在那里的我就只专注在自己的身上，没有注意到外界的任何动静。我双腿的肌肉疲惫得像是有火在烧，让我完全无法分心思考其他的事情。没过多久，城市的喧嚣就打断了我的思绪，接着，我注意到有一阵不一样的声音愈靠愈近。我抬头环视周遭的环境，眼睛也逐渐适应这片几乎无光的黑幕，没想到竟看到了差点儿让自己没办法呼吸的东西。我不是这里唯一的人，根本不是！我被包围了！几乎在每一棵树下或树丛边都躺着跟我一样蜷曲着身体的小孩。

我不禁感到疑惑，他们是谁？又是怎么来到这里的？他们似乎一样无家可归。我好奇他们是否也经历过像我在安娜卡曼家所遭受的待遇，我不知道，但我直觉认定他们都是我的同伴。我眼神对上了他们的大眼睛，那里头似乎有着说不完的悲伤故事。我们都没有开口，却好像能够马上理解对方，像是欢迎同病相怜的我加入他们的世界。

逃出来的我原本对未来感到迷茫又恐惧，不过遇上这群孩子，让我觉得好多了。在安娜卡曼家的我总是感到孤单，逃离那里之后，我仍旧是孤单一人。现在，我不再那么孤单了，这是一段崭新的生命起点。尽管未来如何无从得知，但是我即将成为哥伦比亚的街童，就跟围绕着我的这群孩子一样。我很快就睡着了，而且睡得非常好。

隔天太阳升起后，我看着眼前的"新家"，发现自己又再度回到了丛林，虽然这是一座截然不同的丛林，或许比之前那个还要险恶致命。我很快就会知道，城市里的街道上充斥着残暴的犯罪帮派，以及在我学会逃离掠夺者之前，要怎么取得食物，又该怎么做才能让自己过得好一点。现在，我必须学会新的求生技能，才能避免被帮派分子强暴或殴打，并且躲避警察的追捕和枪击。

库库塔是一座典型的哥伦比亚城市，所有的房子都铺着砖瓦屋顶，通常是一层楼的建筑。在一个地震频繁的地区，你不会想把房子盖得太高。当地的巴士都是黄色的，看起来非常老旧，其他的交通工具也都像是从废弃场买回来的老古董一样。在这个城市里，你几乎看不到任何富有的迹象。

库库塔的市场贩卖各式各样的水果、蔬菜、肉品，以及活的牲畜。我还记得看到成排被绑住双脚的鸡倒挂在摊位上，此外，还有山羊、猪以及其他动物，全都被拴在地上的木桩旁。顾客们会把这些动物买回家，杀掉它们以喂饱自己的家人。那里也有免费的食物，像是公园的树上就可以摘到芒果。在这个居住着许多贫民的城市里，这无疑是一件好事。

最穷苦的居民不住在城市里面，因为他们付不起房租，也没有钱买食物，只能够住在附近的山上，在那里，他们至少可以用当地的蔬菜维系生活，或者饲养动物，并且想办法搭建自己的栖身之处。我最鲜明的回忆之一，就是山上的居民会长途跋涉好几英里的路来到库库塔，只为了到河边装水。一开始，我觉得这还真奇怪，难道山上没有任何水可以用吗？显然没有，因为他们还绑上沉重的金属水桶，将水桶挂在肩膀上，再次艰辛地走回山上。

库库塔是典型的热带气候城市，这里没有四季之别，永远都是高温闷热。在这样温暖又潮湿的环境下，疾病的传染与扩散相当迅速。那里几乎没有任何卫生干净的饮水，疾病播散猖獗，婴儿死亡率也非常高。

对于那些能够存活下来的人来说，生活也相当吃力。这里的成年人必须花很多时间工作，几乎没有办法照顾小孩。才刚生下小孩的妈妈必须立刻回到工作岗位，天还没亮就得出门工作的她们只能选择把小孩丢在家里，或者把小孩带去工作。她们会把小孩背在背上，或者放在身边的小纸箱里。这里当然没有任何育婴辅助或国家的照顾机构，只有在受洗礼时——哥伦比亚是个虔诚的天主教国家——小孩才有办法跟父母好好相处。

年纪大一点的小孩可以去上学，但由于当地根本没有任何教育政策，所以当父母去工作时，小孩就会逃课出去玩，并且在街上学习各种事情，包括认识字母与数字。这些小孩所受到的教育——包括如何偷食物、衣服与行人的手提包——可能都不是他们的父母希望他们学会的事情。当他们偷窃别人的东西时，自己的未来也就这么被偷走了。

库库塔市有非常多无家可归的小孩。这个天主教国家根本就没有任何避孕的概念，家庭的人口只不断地增加，开销便会跟着提高，再加上日常生活用品与食物的短缺，许多年纪较大的小孩就会被赶出家门。在这种情况下，尤其是女孩子，特别容易受到伤害。很多女孩子都会被性侵，或是为了赚钱而沦为性交易工作者。最终，库库塔市的街头充斥着一出生就陷入可怕贫穷的婴儿，许多人甚至一直活在自己出生的那条街道上。

这些婴儿的处境让我感到极度愤怒，当时我还很年轻，对于那些母亲的处境所知甚少，但我为她们的孩子所遭受的待遇感到愤愤不平。我沉痛斥责这个支离破碎的世界，还有那些生下小孩却不负责任的母亲，她们的自私心态让我激愤不已。

当然，我也许是错的，我有什么立场来批评这些年轻妈妈呢？我又怎么知道她们是在什么情况下怀上了自己的孩子？但是，当时年轻稚嫩的我也只有黑白分明的价值观，而也许这样的价值观曾经帮了我自己一个大忙。在安娜卡曼家的经验让我学习到非常宝贵的一课，那就是：性与爱是不同的事情，至少对许多男人来说都是如此。在妓院的世界中，妓女们就跟能够用金钱买卖的商品无异，而这些交易的后果已经明确地摊在阳光底下了。男人承诺一切，女孩也都相信了，9个月后，街上又会多出另一个不知道生父在哪里的新生儿。

我不想要变成那样。我想要有一个家，我想要有一个丈夫，还有自己的小孩。因此，每当有男孩向我示爱，或者任何人计划以毒品、酒精或是犯罪诱惑我时，我都会告诉自己："停下来！有一天，你将会是自己想要成为的那个人。"

即使到现在，我也不禁要对当时那个年轻的自己感到肃然起敬，居然能够如此沉稳冷静。尽管可能会有自夸之嫌，但当时的我真的很有远见。我根本不晓得那些想法是从哪里冒出来的，不过它们十分具体地存在我的心中：我对于未来保持希望，包含日后我可能会拥有的子孙。为了他们，也为了我自己，我想要成为"某个人"，因为我不希望他们承受跟我一样的痛苦。我想，我已经体会到"选择"是怎么一回事，以及它是如何剧烈地影响着我们的人生。

丛林的生活教会我许多事情，比如如何保护自己、如何寻找食物、如何避免危险，以及如何在各种致命的威胁中存活下来。在安娜卡曼的房子里，我学会了更多事情。现在，我了解到什么叫作性，还有男人的真面目，以及女人甚至会卖掉自己的婴儿。

我很清楚，性会毁掉一个女孩的未来。

在库库塔的第一天早上，我满脑子都是寻找食物的念头。我站直了身体，开始注意周遭的环境。我发现了一棵芒果树，代表这里会有足够的食物可以吃。空气里都是芒果的味道，满地也尽是掉落下来的芒果。这种感觉很好，至少我知道可以喂饱自己，也不用被人吼骂。我可以控制自己的生活，这种感觉真是太好了。

吃着早餐的同时，这个城市也提供了感官上的丰富餐宴：首先是许多不同的气味，像是汽车的废气、烹煮食物的气味和热沥青的味道；还有我周遭那些动作粗鲁、衣衫褴褛的小孩们的喧闹声、汽车疾驶而过的引擎声和刺耳的喇叭声、瓶子破掉的声音，以及音乐的演奏声。各种视觉的、嗅觉的和听觉上的刺激，让我觉得世界仿佛又回到了多彩缤纷的模样。

但是我也不能永远坐在这棵树下吃芒果，我需要到外头去，好好探索这个新环境。这似乎是一个充满活力又瞬息万变的新世界，虽然每个人对我而言都很陌生，我却感到自己与他们是一体的。罗马迪波里瓦的小孩都只想要躲开我，但这里的小孩并没有回避或厌恶我，尽管我们仍然堤防着彼此，却也都知道我们有一个更为强大的共同敌人：像安娜卡曼那样的大人。虽然这只是一种直觉而已，但我感觉像是加入了一个新的族群，成为其中的一分子。

很快，我就成了一个知名人物。跟着猴子一起生活让我学到了一身来无影去无踪的好身手。我的体型非常小，而且身材瘦弱，但我拥有过人的天赋，能够鬼祟地行动而不被察觉。虽然我也跟其他人一样，花大把时间在垃圾桶里翻找食物，却同时练就了相当高明的偷窃技巧。最初，我是为了生存而偷取食物，后来却逐渐上瘾，纯粹为了乐趣而偷。我对自己的技巧感到非常自豪，当其他小孩还得在垃圾桶里找东西吃时，我已经知道怎么从高级餐厅里面偷食物了。

我的矮小身材又再度派上用场。我会把自己藏在餐厅户外的椅子下，并且小心翼翼地留意厨师的动向。当他把食物放在通道上时，我就会立刻冲过去偷走那盘东西。有时候他们会认真地追着我跑一阵子，有时候则干脆不理我，运气好的时候，他们甚至不会发现。

如果下手的地点是商店的话，我就会紧紧贴着其他顾客走进去，这样店员就不会发现我。我会借机偷取香肠、面包或者水果。我不是从来没被抓住过，其实我经常被抓个正着，但我却能够很快逃脱。让愤怒的店员追着你跑，这就是相当重要的优势。除此之外，我的身手也相当灵活，能够立刻翻过篱笆或树干逃走。

我学得很快，也很扎实。最重要的课程之一，就是知道在自己睡觉的时候，其实就跟其他街童没两样，非常容易受到攻击。来到库库塔不久之后的某一天，我从傍晚时分的瞌睡中醒来，当时我正躺在公园的椅子上，因为一整天都忙着找东西吃而感到筋疲力尽。眼前一道突如其来的刺眼光芒彻底惊醒了我，还有一只手紧紧抓住了我的肩膀。我张开眼睛，发现眼前站着两个警察。

我立刻陷入恐慌，担心这是安娜卡曼派来抓我的人。"让我走！"我哭喊着，"放开我！让我走！"

　　我挣扎着要逃脱，就像只具有攻击性的猴子。"安静！别动，'嘉美娜'！"其中一个警察说。嘉美娜是当地用来称呼街童的通用语。"别挣扎了！你逃不掉的。"

　　我仍然很想睡觉，那种感觉就像是被强压到水面下，而我持续地挣扎着，我不想被他们抓走。我知道最好的防守就是攻击对手的弱点，因此我试图用手指头戳那个警察的眼睛。

　　但是他的动作实在太快了。"哈哈，你这个嘉美娜。"他语带讽刺地说："放弃吧，你要跟我们走。"

　　我被带到一辆车顶闪着灯光的车子旁，其中一名警察粗暴地把我丢到后座。他们把我载到了警察局，那里挤满了穿着制服的人，在一张高耸的桌子后坐着一个表情严肃的肥胖男人，他用手上的笔指着我说："孩子，你叫什么名字？"我不知道怎么回答他，我不想说自己叫葛麓雅，因为那是安娜卡曼给我的名字，而我再也不想和以前那些事情有所关联。除此之外，我也不希望安娜卡曼发现我在库库塔。

　　"呃……"我用非常破烂的西班牙语说："我没有名字。"

　　"你当然有名字！"那个男人开始吼叫："每个人都有名字，就像他叫理嘉图，另一个叫曼纽。街上那些小孩都叫你什么？"

　　我停顿了一下。街童们确实替我取了一个名字，但我不想告诉警察。

　　"你知道我在说什么吗？"那个警察说："街上其他的嘉美娜想要吸引你注意的时候，都叫你什么？"

　　我想了一下，认为这应该不会带来太大的伤害，毕竟安娜卡曼没办法通过这个名字找到我。

"小马玛塔。"我说。

"什么？你想要喝饮料，是这样吗？"

我摇了摇自己的头，说："不，这就是他们替我取的名字。我叫小马玛塔。真的。"

"什么？跟那个饮料同一个名字吗？"那个人转动着自己的眼珠，然后在纸上写了一些东西。"好吧，"他说："我得在这上面写一些东西。"

小马汽水是一种甜甜的麦芽饮料，装在深色的瘦长形小罐子里。街上的小孩认为我看起来就跟这种饮料罐没两样，干瘦、矮小，而且很黑，所以他们就这样叫我了。又是一个不是由我自己选的名字，但是至少我有答案可以告诉那个坐在桌子后面的胖警察。

他们记下了我的名字，然后把我带到一个房间里。那是个方形的房间，没有任何窗户，只在中间摆了一张桌子。其中一名警察坐在桌子前，并且招手要我坐在他对面的椅子上，另一名警察则站在房间的角落。

"你的父母亲是谁？"坐在我对面的警察想知道这件事情。

我在猜，他们是否知道我才刚到这个城市不久，而我再次想起了安娜卡曼，感到害怕的我只好继续保持沉默。

"听好，我们要知道你的名字还有姓氏。"他坚持问下去，"快点儿告诉我们。"

我保持沉默。他瞥了另一个警察一眼，转了转自己的眼珠，说：

"理嘉图，我们没有太多进展。"接着他们把头转过来对我说："你从哪里来的？在哪里出生？"

我仍然没有答案，不过这次是真的不知道。

"你不能说话吗？小妹妹？"警察对着我大吼，看来他真的生气了。"你有什么问题！连这么简单的问题都不能回答吗？你是不是藏着什么秘密，不想让我们知道？如果你不合作的话，我保证你会惹上大麻烦！"

我要怎么说这些事情？我只能够勉强使用人类的语言，但我现在非常害怕，必须想办法跟他们说点什么才行。

"最后一次机会！"他说，脸色开始涨红，还流了满头大汗。这个房间很热，而且我似乎激怒了他们。我在安娜卡曼家也见过类似的情况，我知道自己要说些什么才行，却仍然非常迟疑。

"你的父母亲是谁？"他大吼着，显然已经失去了耐性。

"猴……"我张口说话，声音颤抖着。

"猴……子是我的母亲，我在这里没有家，是从猴子那边来的。"我试着解释，"我的家在树上。"

"你在讲什么！"那个警察惊呼了一声后，整个房间陷入了一片沉静。随后，他才长长地吐了一口气。出乎意料的是，那名警察突然开始大笑，站在角落的警察也跟着笑了起来。他们怎么会突然觉得我很好笑？这让我不再感到害怕，只觉得自己成了笑话，而且饱受羞辱。我从来没有跟别人说过丛林家庭的事，这是我第一次告诉别人，但我真希望自己没有说出口。

对面那位警察终于停止大笑。"你这笨孩子，"他说，语气也转为和缓平静，"你以为自己是从猴子家庭出生的吗？你有点儿疯疯癫癫的，对吧？"他看了另一个男人一眼之后，说："我们居然抓到一个傻子。"

就是在那个时候，我发誓自己再也不会跟任何人说猴子的事情。事实上，我什么都没说，也因此才有了这本书的出现。他们的态度改变了，两个警察似乎想要向我解释一些事情，所以在纸上画了一个家，还有一些人。另一个警察也走了过来，试着向我解释他们想要知道什么讯息。但是我仍然保持沉默，因为我已经告诉他们真相了。从他们的纸上我看不见自己的家，最后，他们终于放弃了。"把她关起来。"其中一个警察说："她只是个有点儿疯癫又讨人厌的嘉美娜，就是这样。今天晚上先关起来吧。"

所以他们就把我关在那里了。

我被关在一个非常小的房间里，这不仅让我感觉自己的渺小，也感到自己被人嘲弄。不过我却睡得很好，甚至比在公园的第一个晚上还要好。隔天太阳出来之后，我开始好奇，不知道接下来会有怎样的一天。如果他们继续把我关在这里，似乎也不是那么糟糕。我听过一些传闻，有一些小孩被关进哥伦比亚监狱之后，发生了不好的事情，但这里看起来没那么糟糕，我很安全，也没有挨饿，头上还有层屋顶。

但是他们似乎不想把我留在这里。不久之后，另外两名不同的警察把我带到警察局外面，转过了街角，他们什么也没说，所以我根本猜不到会发生什么事情。

不过，我很快就弄清楚了。我们进到一家小餐厅里，他们点了一些东西给我吃。我当时不知道自己看起来就是一副营养不良的样子，反而还觉得自己很强壮，但是对那些警察来说，我看起来应该是一副饿坏了的样子，因为女服务生端来的盘子上装满了食物，足以让安娜卡曼用来招待她那些有钱的客户。那是用牛奶和洋葱做成的浓汤，加上一颗荷包蛋，还有好几块烤面包。

服务生对着我微笑，要我吃吃看。我二话不说便马上用手抓起食物狼吞虎咽，我根本不知道自己有这么饿。眼前这幅景象也让那两个警察觉得很逗趣。

"天啊，卡拉乔，"其中一个警察对另一个人说："这个小女孩儿一定有一半是野生动物！"

他们让餐厅送来了更多的食物。这次我吃到了炒蛋和哥伦比亚炸玉米饼，那真是相当美味的食物。这简直就是一顿大餐，我一辈子都忘不了的一餐。我一直吃到自己吃不下为止，甚至还吃掉了他们点给自己的东西。饱餐一顿之后，我满脸疑惑地看着他们。好奇接下来会发生什么事。他们要把我带回警察局吗？显然不是。他们两个人都对我微笑。

"你可以走了，小嘉美娜。"其中一个人慈祥地对我说："但要记得远离麻烦哦。"

我跑着离开，肚子里满满的食物也跟着轻轻摇晃。走了一小段路之后——餐厅距离公园并不远——我发现他们跟在我后面。我想他们也许只是想看看我要去哪里，甚至希望我能回自己的家，这样就可以知道我是从哪里来的。又或者他们只是好奇，或者希望看见我平安。

我回头看着他们，心中仍充满疑惑。我希望自己可以表达出感谢之情，因为这里的人总是把街上的小孩当成罪犯与害虫（现在仍然如此）。我知道，大多数的警察都视街童如粪土，逮捕他们之后，就把他们丢回原本的地方，并不会请他们吃东西。我不知道为什么这两个警察会这么做，为什么要对我这么好，但我很高兴他们这么做了，因为他们让我知道，不是所有人类都这么残酷。

更重要的是，我开始相信这个世界上也许真的有天使。

22

那两位警察先生还帮了我另一个大忙：他们让我知道了那间餐厅，还有那个笑起来非常甜美的女服务生。在那之后，我几乎每天都会回到那间餐厅，绕到后面的垃圾桶附近等着，希望可以再看到她。我很喜欢她，想要和她成为朋友。

我知道那是一间高级餐厅。他们供应一种叫作龙虾的食物，非常好吃。我从来没有见过那样的东西，也没有尝过类似的美味，在里面工作的一位男孩告诉我那叫龙虾，还要我吃吃看。我永远都忘不了那个瞬间——鲜甜的龙虾肉、美好的粉红色酱汁，以及站在一旁咧嘴笑着看我的男孩。

每当我到那家餐厅，我总是很有耐心地等着。我其实可以轻易地溜进厨房偷取食物，但我希望是由他们拿给我，就像当初警察带我到这边的时候一样，因为我还很小，也总是很有礼貌地向他们乞求食物，所以他们总是很大方地把剩菜给我吃。那个时候我才明白，他人给予的食物永远比偷来的还要好吃。

第一天重回餐厅时，女服务生立刻就认出我了。"嗨！"她说："你今天好吗？"同时给了我一个友善的微笑。那时我打着赤脚，身上的衣服破烂又肮脏，见到这样的我，不知道她会有什么感想。但是她对我很好，还给了我一些准备要丢掉的食物。

她也问了我的名字，我告诉她我叫小马玛塔。她笑了，就像那些警察一样，不过一点儿恶意都没有。她说这个名字很适合我，还说她叫瑞雅。

现在我不需要偷窃就能有东西吃，生活因此变得比较好过。当然，我并没有停止偷窃，毕竟总不能什么都仰赖瑞雅，但是每天都有个地方可去，而且那里的人们也欢迎你去，这种感觉在我心里所占的比重，几乎就跟每天至少能够饱餐一顿一样。

不过，这种情况并没有持续太久。

"哈啰，小马玛塔。"有一天瑞雅对我说："你知道吗？我不能每天都给你东西吃，这样会让我惹上麻烦。你不能一直到这里来，真的很对不起。"

这真是个突如其来的打击，但我灵机一动，向瑞雅提出一项提议："拜托你，"我说："请让我在这里工作，我会替你打扫、清理剩菜，不管什么事情我都愿意做。"

瑞雅摇摇头，看了我一眼之后，就转身走回餐厅里了。"你看起来这么脏，"她说："我怎么能让你在餐厅里工作呢？况且你没有鞋子，又太脏，不能进到厨房里，这样会让人觉得恶心，然后害餐厅倒闭关门的。"

我的确没有想过这些问题。"但是，瑞雅，求求你帮助我好吗？你可以让我变得干净。我不知道该怎么做，街上没有可以洗澡的地方。"

瑞雅满脸疑惑，但同时，我也能看出她正在思考该怎么帮助我。有人用那种表情看我，让我觉得非常高兴，我已经很久没有这样的感觉了，至少在离开丛林之后。

"好吧，让我想想。"她说："我会问问经理。现在先回去吧，明天再过来，好吗？"

"好的，谢谢，谢谢你！"我说。

我离开了餐厅。不过才走到转角，瑞雅突然开口叫住我："嘿！小马玛塔！"她说："不要抱太多希望，好吗？"

我很努力地让自己不要满怀希望，从安娜卡曼那里，我学到了希望是一种无意义的情绪。但是，当我隔日回到餐厅时，我发现或许还是不应该轻易放弃希望，因为瑞雅带了一位女士过来。我认得她，她是餐厅的经理，而且她也记得我。

"你就是那两个好心的警察带来的小女孩，对吗？"

"是的，女士。"我礼貌地回答，"我希望可以在您的餐厅帮忙，我不要钱，只要有东西吃就可以了。"

经理仔细地打量着我，瑞雅之前也这么做过，仿佛要把我里里外外都给看透了。"好吧，"经理终于开口，"虽然我不知道你做了什么才跟那些警察扯在一起，但他们说你是一个很乖的小女孩，这样看来……"她停顿了一会儿，用手磨蹭自己的下巴，似乎在思考着什么。"嗯，"终于，她再度开口，笑着说："你看起来就跟我女儿碧兰达一样大，又矮又瘦，一点儿都不像她妈。"

她的笑声非常好听，好像就觉得这件事情真的很有趣一样。在安娜卡曼家并不常听到笑声，如果有的话，也只是那些醉汉的笑闹而已。"我有一些旧衣服可以借给你穿，"她说："但你只能够在餐厅里穿那些衣服，不要穿到街上去，好吗？"

我用力地点点头，简直不敢相信。她真的要聘用我了！那个没用、从来没把一件事做对的葛麓雅，终于找到一份工作了。不过我再也不是葛麓雅了，现在的我叫小马玛塔，而且非常聪明。"谢谢你，女士。"我说："我会成为一个认真又优秀的好员工。"

"好了，"经理愉快地说："瑞雅，现在带她去看看水管在哪里，顺便帮她清理干净，然后去找碧兰达，叫她拿一些旧衣服出来。"

经理一摇一摆走回餐厅时，瑞雅对着我眨眼睛。"嘿，小马。"她咧嘴笑着，"你可以来工作了。"

我不知道当时的自己到底几岁，不过我的头发愈来愈长，这一点我倒是很清楚。我喜欢这样，但是我好像一直都没长高，直到今天，我的身体还是很矮小，大概没有超过 4 尺 9 寸。所以当时的我一定是个非常瘦小又羸弱的 12 岁女孩。虽然如此，我还是慢慢地迈向了青少年时期。

我真的再幸运也不过了！有好几个人一下子就喜欢上我，也对我非常好。自从我离开我珍贵的猴子家人之后，就再也没有受过这么好的对待。他们相信我，温柔待我，并且给了我机会。当时，我只不过是一个肮脏的街童，而街上有好几千个这样的孩子，瑞雅却一直对我很好，这真是个奇迹。只不过，没多久之后，我就对这样规矩的生活感到厌倦了。

一开始，我非常兴奋。我还记得瑞雅带我去洗澡，帮我把身体弄干净。我还是很怕水，不过想办法克服了这个恐惧，我站在水龙头底下，直到水流把身上的污垢都冲洗干净。我穿上了碧兰达给的那些柔软、干净的衣服，不过它们并不是很合身，鞋子也太大，所以瑞雅给了我橡胶圈把它们给套紧。尽管如此，这些衣服比我身上的所有东西都要好，我心存感激。

我开始在餐厅的厨房洗碗。规则很简单，我不能让餐厅的老板或是那些有钱的客人看到我。此外，我也必须帮忙刷洗餐厅地板，或是完成其他人交代给我的工作。作为回报，他们每天都会给我东西吃，每个星期也会请我吃一次大餐——我可以从餐厅的菜单中，选一样自己想吃的食物。

几乎是在一瞬间，我感到自己长大了，也过着更好的生活。我全身充满精力，每一天都竭尽所能的工作，一天工作6到7个小时，并且在傍晚时分带着满满的肚子回到圣安东尼公园。当然，这种甜美的疲倦感也让我每天晚上睡得更好，起床之后又会立刻想要去工作。

但是随着时间过去，工作的新鲜感慢慢消失。虽然这不像在安娜卡曼家那么可怕，在那里我只是一个奴隶与囚犯，不过我开始希望可以不用每天都去工作。狡猾的那个我在脑海里持续告诉自己，我很擅长偷东西，我是一个偷窃专家，而猴子们就是我的导师。如果我可以免费得到想要的，又为什么要去工作呢？我在安娜卡曼家时，也经常纳闷自己为什么要这么辛苦？

这种无法像其他街童一样生活的愤怒感，一天一天地在我心中逐渐涌现。每天下班离开餐厅之后，发现公园里最好的睡觉位置都已经被别人抢走时，这种愤怒感就愈来愈强。此外，我也对那些街童有了不同的感觉，一种格格不入的孤立感油然而生。我曾经是他们的一分子，现在却不再是了。一切好像都错了。

我或许得到了一个改变未来的机会，但是不出几个星期，我就放弃了。那天，我完成了自己的工作，准备离开餐厅。虽然我很感激他们给我机会，同时也非常信任我，但我就是不想继续在那里工作了。我把制服与碧兰达的鞋子放在餐厅的入口，就这么离开了。我想要再一次成为货真价实的街童。

23

我的一天很早就开始了。面包店的香气会唤醒每一个沉睡的嘉美娜，而城市里来自机械与工地永不停歇的噪音也总是迫使人马上变得清醒。

每天早上我醒来之后，第一件事情就是仔细检查自己的鞋子，因为蝎子跟蛇都很喜欢躲在里面。如果你打扰了这些住在大城市里的爬虫类，它们可是不会跟你客气的，这一点跟它们在丛林里的同类完全不同，它们一点儿都不害羞，也不怕生。

　　安然地把鞋子穿上后，我就会出发去找早餐吃。每天早上都会有许多的街边摊贩，他们什么都卖，从玩具、家庭用品到冷热食品，而我的早餐通常就是从这些摊贩偷来的，有时候我会偷到面包，或者是一整串美味的烤香肠。只是每次偷香肠都会烫伤我的手指头，所以，在我一边忙着逃跑的同时，一边还得让香肠反复地在我的左右手之间跳来弹去，才能够让它冷却下来。

　　身为一个街童，你必须照料自己所有的事情，这包含想办法弄到生活的费用。最常见的方法就是卖毒品，但我从不那么做，因为这件事情一点儿好处都没有。那些卖毒品的小孩通常自己也会上瘾。为什么我要做一件会让自己处境更糟糕的事情呢？光是要喂饱自己、好好生存下去就已经非常吃力了，更何况还染上毒瘾？

　　不管去到何处，我都可以看到毒品带来的可怕效应，那些街头孤儿就在我眼前慢慢凋零，从一个可爱的小孩变成丑陋的人，可悲的追求着下一次嗑药的机会。

　　放弃餐厅的工作之后，现在的我有很多的时间。我会花上大把的时间，什么都不做，就只是看着这个世界运转。我喜欢坐在长椅上或是路边，观察人们如何过自己的生活，我也慢慢认识了一些人，例如在公园对面经营脚踏车店的古拉曼，他大约40岁，脸上总是带着微笑，也会对我挥挥手。而在临近裁缝店工作的康稣耶拉则是古拉曼的女朋友，她的年纪明显比古拉曼小很多。康稣耶拉那聪明的样子非常吸引我，她总是有办法自己一个人坐在长椅上，把一块像是破布的东西变成有用的物品，比如一件漂亮的衬衫。对我而言，她所做的事情就像是一场魔术，这样的手艺是我一辈子都无法企及的。

康稣耶拉一直都很友善，她是少数几个会对我好的人。有时候，她会拍拍长椅，叫我过去坐下，跟她说说话。我喜欢跟她聊天，跟她在一起的时候，会让我忘了自己是一个街童。

然而，我并没有长期忘记自己的身份。后来我才发现在公园里也可以找到不错的目标，那些午餐时间坐在长椅上休息的生意人常常会把外套放在一旁，受到强烈诱惑的我便会从闲静的白日梦中醒来，或是趁着和康稣耶拉聊天的空当，随手偷走那些疏于看管的皮包。

我是一个不择手段的人。我喜欢甜的东西，一定要吃到才甘心，因此，孩子们吃的食物特别吸引我。对我来说，偷走在公园里玩耍的小孩手上的冰淇淋只是一种游戏，就跟爬到树上摘水果一样的简单。跟那些街童伙伴相比，我实在是太有自信了，因为猴子的养育让我变得非常厉害。

当其他小孩必须靠着乞讨或是在垃圾桶翻找食物时，我连想都不用想，就可以让某个在户外餐桌用餐的人分心，然后立刻从碟子里面偷走他们的食物。无论这个城市有多么暴力，街童人数有多么庞大，人们从来没有预料会发生这样的事情。我的非传统养育背景发展出非常独特的想象力，这种狂野的生活方式让我的生活有了根基。

有时候，我会在圣安东尼奥公园附近闲晃，跳上公车的车尾兜风。偶尔我也会攀在卡车的车尾。我们嘉美娜经常这么做，这几乎是街童的象征。四处闲晃也是一种常见的行为，毕竟，这可以减少我们被别人逮到的几率。

一间忙碌的商店则是良好的收入来源。

当我愈来愈有自信之后，就愈来愈能够完美地呈现自己的艺术——根据街童的标准，这就是成功执行一件事情的定义。你绝对不能操之过急，不可以恐慌，一定要先洗脸、整理头发、清理牙齿、让自己看起来非常聪明。讲话的速度放慢，措辞要得体，并且确定自己身上已经穿着不错的衣服——当然是偷来的。

等到这些前期作业都完成之后，后续偷东西的过程就非常简单了。我会慢慢走近商店，非常有礼貌地跟老板说："请给我一些面包、一罐果酱还有一支牙刷。"

于是他就会去拿这些东西，并且把它们放在收银台上。就在这个时候，我会请他再去拿别的东西。"啊，"我一边说，一边让他看着自己这双又大又无辜的眼睛，"还有一罐可乐。"

等他转身拿东西时，我就会一把捞起所有的东西，在他阻止我之前，马上冲出门外，并且融入人群之中。

如果说偷窃可以带给我刺激，那么加入青少年小帮派则令我更兴奋。在几个月之内，我认识了许多街童，当他们邀请我加入那个小帮派时，我觉得自己好像通过了某种测试。包括我在内，这个小帮派有 6 个成员，3 个男孩与 3 个女孩，我们就是一支杂牌军，连名字都非常复杂。

黑人小男孩叫辛卡包，另外一个男生则叫达哥。达哥也许是最老的成员，因为他的行为看起来比较成熟，但他也最容易生气。他的爸爸每天都会痛殴他和他的兄弟姐妹，他的妈妈则在旁边看着，什么都不做。另外一个男孩叫作雨果，他想要当银行抢匪。女孩成员则包括我小马玛塔、米米（可能是最年轻的成员，而且比我还瘦小），还有贝叶娜（这个名字的意思是鲸鱼）。可怜的贝叶娜，街上的小孩因为她肚子很大，所以才这样叫她。

贝叶娜很弱，而且不喜欢偷东西。她在不久之前才被自己的家人给赶了出来，因为家里有太多小孩要养了，她完全不知道该怎么生存。我现在非常强壮，有时候甚至会因为贝叶娜很软弱、啰嗦而感到生气。尽管如此，我们6个人还是非常好的团队。

我们这个团队最好的地方，就在于彼此可以发挥各种不同的长处，而且全都擅长偷窃。由于我精通偷窃的方法，所以可以教导他们相关的重点。我知道所有偷东西的方法，比如说，我很清楚谁才是街上最适合下手的目标，我最喜欢锁定那些穿着裙子、提着纸袋的女人。

穿着迷你裙的女人最容易下手，只要她们的手上也拿着一堆纸袋的话，这就代表相当容易成功。我会尾随她们一阵子，确保行动之后可以安全脱身，并且慢慢靠近，进入行动范围。我会把身体姿态放低，这对我来说一点儿都不难，然后保持安静，一瞬间冲上去，把她们的内裤扯下来，享受这些女人惊慌的尖叫，并且拿走她们掉落的袋子，再好好看着她们急急忙忙拉起内裤的模样。

看着她们提起内裤而惊慌失措的模样，总是让我非常愉快。同时，我也学到了另外一课：丢脸会让你手足无措。这招每次都奏效。每次这么做，我都会有非常充裕的时间，可以捡起地上的战利品。我最美好的街童回忆之一，就是第一个圣诞节。那些穿着裙子的女人，手上总是提着装满圣诞节的礼物，对我来说，那就像是美好的节日。

我持续替这个团队增加各种不同的偷窃行动。在足球球季时，我做得特别好。我可以偷走那些正在排队的人身上的票，然后跑到门口，用两倍价钱卖出；也会拿走路上设置的圆锥警示物，设置自己的临时收费停车场——当然，我都是随意"借用"别人的土地。有时候，我甚至会强行占领免费停车位，要求停车的人付钱给我。只要球迷来晚了，球赛又即将开始，他们就会马上付钱，连抱怨都没有。在那个时候，我必须收集许多圆锥警示物，藏在某个地方，才能够让自己赚到更多的钱。

有时候，我也会靠着替别人擦鞋子赚钱，不过没有维持多久的时间就是了。我从别人那里偷来一组擦鞋工具箱，做了几个月的擦鞋工作，然后这组工具箱又被别人偷走了。那个小偷真是恶劣！

尽管一路上跌跌撞撞，我还是慢慢长大了，并且成为库库塔街上最棒的小偷之一，也赚了非常多的钱。我的成功与勇气让我受到许多人的尊重，其他人要求我领导这个帮派。即使是现在，我还记得自己因为受到尊重而自豪的那种感觉。

我也还记得跟那群人一起度过了非常快乐的时光。我们都还是小孩，所以，不需要翻找垃圾、偷东西的时候，就会一起玩捉迷藏，你追我躲，或者玩球（如果找得到球的话），还有全世界的小孩都知道的"谁是胆小鬼"。我们会比赛谁敢跑到街上的汽车面前，我从来没有看过有人被撞，真是一件神奇的事情。

我大概在库库塔的街上生活了两到三年。我一直没办法很清楚地计算时间，首先是因为我不知道自己几岁；其次，就我的生活方式而言，工作日、休息日、期限或是假日这种时间的概念其实毫无意义，因为丛林里根本没有"星期"或是"月"这种东西。

直到现在，看着我的女儿们长大，并历经不同的成长阶段，我才意识到自己的生命也在这些年岁里逐渐老去。回想起来，我相信让我人生产生重大转折的那个关键应该就发生在我12岁或13岁那一年。

回首过去那段日子，真是悲苦又凄凉。几乎每天晚上都会有人打断我们的睡眠，有些人会在我们身上尿尿，或是用石头丢我们，甚至没来由地踢我们一脚；醉汉们则会偷摸女孩子的腿，并且露出邪恶的笑容。唯一安全睡觉的地点当然就是那些最脏的地方，那里的空气弥漫着一股下水道的气味。口渴时，不会有人给我们水喝，因为所有人都鄙视我们。不过这也难怪，毕竟我们为了生存，每天都会想办法从他们身上偷取财物。路过的人们也会假借施舍食物来嘲弄我们，他们会在手里拿着汉堡之类的东西，递到我们面前，一旦我们伸手去抓取，他们便会立刻把手缩回去，然后大笑不已。人们总是以嫌恶的眼光看着我们，因为对他们来说，我们很恶心。

虽然生活里也不乏高潮，例如从高级餐厅得到好吃的东西，在街头讨生活——撇开那些奇特的刺激体验与成就感不谈——仍然是一件吃力的事情，不但终日不安惶恐，还一点儿也不舒适。我们从来不知道下一餐在哪里，或者今天会不会被逮到、绳之以法。帮派的成员有时会增加，有时则会减少，被抓走的孩子通常就再也回不来了。这之中就属达哥最特别，我还记得他消失的那天。他习惯攻击醉汉，并且窃取他们的钱包，这是他的专长。他虽然是我的好朋友，但他的内心也有着黑暗又暴力的一面。我很想知道他现在在哪里，是否还活着，当初的那些朋友，现在究竟变得怎么样了。

我们总是小心翼翼，时时刻刻保持警觉，以避免遭到袭击、强暴或是逮捕。虽然我们都在同一条船上，彼此之间也有着深切、忠实的友谊，但没有人会像真正的父母那样关心你。在我内心深处仍然渴望能够得到父母亲的爱，每晚当我准备入睡之际，心里总是想着这件事情。

要找到一个安全又舒适的地方过夜是一件不容易的事情。随着年纪增长，我也变得更加聪明，再也不曾冒着危险睡在公园的树下了。最棒的藏身之处是一个只有孩子们知道的神秘地点。如果你曾经造访库库塔，或是其他类似的城市，就会看到桥底下那些能够让孩子们钻进去的隐秘角落。我不知道该怎么称呼那些东西，它们就附挂在桥梁主结构的下方，也许是桥梁的一部分，用来支撑那些金属结构和桥上的路面。要爬上那里并不容易，也因此那里成了安全的地方，街童们都喜欢在那里过夜。那里之所以安全无虞，是因为警察都不晓得有这样的地方；就算知道，那些夹缝也小得只有孩子才钻得进去，因此警察们也只有望洞兴叹——我相信这个优势无论在世界上哪个角落都是一样的。不过那里面可是臭气熏天。孩子们会在这个狭小又不通风的空间里尿尿、喝酒、吃东西或施打毒品，加上没有洗澡的身体——包括我自己也一样——所散发出来的恶臭，刺鼻的程度简直可以烧掉你的鼻孔，那种恶臭是你永远都没有办法适应的。

相较之下，要适应污秽的排水沟就简单得多。有时候，我实在太累而无法爬上桥下的秘密藏身处，就会随意躲在附近的排水沟里。我向来过着卫生条件很差的生活：从垃圾桶里面找食物、从排水管里找水喝，也不再在乎自己是否能洗澡了。我只会为了要偷东西而整理自己的仪容，但随着日子一天天过去，我再也不在乎这些事情了。

街头的流浪生活同时也会残害你的心智。这里尽是遭到遗弃、身心受创的孩子，他们不但痛苦，而且有满腔的愤怒。当人们不尊重你的时候，你就会想要反击，慢慢地，你也会变得不再尊重自己，最后甚至会怀疑自己为什么会出生在这个世界。渐渐地，我也变成了另一种人，成天只关心各种罪犯的阴谋与诡计。我跟所有人一样，也有邪恶的一面，而到了这个时候，我邪恶的那一面已经取代了善良的那一面了。

这样的转变很有可能是愤怒造成的。在街头生活的那段岁月中，愤怒可以说是我所有情绪中最强烈的一种。但我不是唯一一个案例，每个生活在这种环境的小孩都是如此。当然如此！有太多事情可以激怒我们了。没有小孩希望生来就必须面对如此困苦的生活，也没有小孩应该被路上的陌生人当成垃圾看待，尤其是那些陌生人还可能是在充满爱与关怀的奢侈环境下成长的。相较之下，我们没有任何人可以依靠，这当然令人生气。

有天，我在街上遇到一个以前认识的街童，然而她已经不再是街童了。她穿着非常漂亮的衣服，看起来非常干净整洁，再也不是以前那种神经兮兮、忙着找食物的模样了。她的改变实在是太大，以至于我根本无法认出她，这天，是她先认出我来的。

"小马玛塔！"她突然开口喊出我的名字。那时正接近中午，日正当中，大汗淋漓的我正打算到餐厅去偷点东西吃，而她则是受命出门买东西。她提了一个袋子，但不是纸袋。她应该有14岁了，不比我大多少，但不管从哪个角度看起来都比我还要年轻。

"米利亚？"我惊讶地说："好久没有看到你了，你去哪里了？"

"我有一份工作了。"她微笑着说，"还有一个家，有东西可以吃。"她说自己有一天决定挨家挨户去敲门，向那些人请求一份工作，以及一个遮风避雨的住所。

"然后他们就同意了吗？"我惊讶地问。人们真的接受她了吗？之前也有个亲切的女服务生提供给我类似的待遇，不过那已经是好久以前的事了，再听到这样的事情，我觉得真是不可思议。

米利亚开心地点点头。"对啊！小马玛塔，你应该到那里看看。他们家好漂亮，我还有一张非常舒服的床。不只是我而已哦，有好几个小孩都得到这种照顾了。"

对我来说，这还真是个大新闻，不过也许是我自己太过盲目，所以没有发现而已。一直以来，我都只跟自己的帮派混在一起，完全没有注意过其他事情。真的会有人愿意给街童提供工作吗？

"不过，这并不是永久的。"米利亚说："你只是替他们工作，之后你还是得离开。在进入这个家庭之前，我则是以工作换取食物，有时他们或许会让你待上一两个晚上。但是你得做好万全的准备，把他们的要求的事情都做好。不管怎么说，这都比在街上打混要好得多了，你应该试试看。"

我开始动摇了。我可以得到她现在的这种生活吗？有一张舒服的床和稳定的食物来源？但是现在的我已经跟以前不一样了，我是一个罪犯，谁愿意相信我呢？"他们不会在我面前关上大门吗？"我问米利亚。

"有些人会，"她说："但如果你运气好的话，就会碰上愿意给你机会的人。不过，小马玛塔，你必须一个人去，如果你带着那群帮派伙伴敲门的话，没有人会跟你讲话的。你只能自己去，否则他们会以为你们要抢劫。"

我思考着米利亚的建议，心里隐隐有种背叛伙伴的感觉，特别是想到瘦小的米米和软弱的贝叶娜。但这些因素阻挡不了我想要放手一试的企图，反正我也没有什么好失去的。

24

我花了好一段时间才把这个可行的想法化作真正具体的行动。身为一名小偷儿，在街头行窃的我从来都是勇往直前、无所畏惧，不过登门向人请求一份工作却让我紧张个半死。也许我本该感到紧张，毕竟偷窃是一种完全自我的行为，你单独行动，而且只为自己而偷，不需要经过任何人的同意。而向陌生人索求一份正常的工作，等于是请他们来评析你，或许我还没有准备好让自己低头示弱。

只不过，我心中那股渴望得到更好生活的心最终还是战胜了恐惧。我把自己打理得干净整齐之后，就出发进行我的任务了。

我选择艾尔卡列这个区域作为目标。根据米利亚所说，这里是最有可能成功的地点，因为这一区的居民大多都是有钱人。我建议其他帮派成员一起去试试。一开始，我们采取集体行动，寻找看起来最有可能成功的房子，但是就像米利亚说的，作为一群帮派，我们看起来很吓人。人们当然不会信任一群骨瘦如柴的街童，所以我们决定分开进行会比较好。我们简单在街上说了再见以后就分开了。这没什么大不了，因为那时我还不知道我再也见不到他们了。

这是一次摧毁灵魂、悲惨且孤独的任务。我走过一条又一条的街道，在太阳底下长途跋涉的结果就是把脚给弄伤，搞得自己口干舌燥。毫不意外，每个人都叫我走开。灰心丧气之际，我决定就此放弃，因为这整件事看来毫无意义可言。就在这个时候，我的脑海里突然浮现一阵回忆，我想起在丛林里第一次跟踪那只想要吃坚果的猴子：它努力了非常久才成功。我还记得它花了多久的时间、怎么找到那块正确的石头，以及一个适合塞进坚果的凹洞。之后，它又辛苦地找到了第二块石头，反复敲打坚果，最后才看见坚果壳上那道令人兴奋的细微裂缝。而它还得付出更多的力气和时间，直到真正打开坚果壳。好吃的坚果得来不易，你必须自己去争取，就像我现在必须努力争取机会一样。

所以，我继续进行我的计划，一天又一天，坚持不懈。那个区域有很多条街道、很多栋房子，不过绝大多数的时间都没有人在家。然而，还是有许多的可能出现在我眼前，这些可能要完全消耗殆尽，恐怕需要很长一段时间，我发誓我绝对不会放弃。

猴子在努力之后的回报，就是能够享受一顿美味的坚果大餐；看来，我的坚持也终于得到了回应。我其实已经在街尾这一带试过好几次，先前也已经敲过这户人家的大门。这一次，门开了，前来应门的是一张和善的脸孔。

康稣耶拉就站在我面前。她就是我在圣安东尼公园经常看到的女孩子，也是少数会对我微笑、跟我打招呼的人。

她向我打了声招呼："噢！真是意想不到，小马玛塔。"

我在心中暗自感谢上天，庆幸着每当康稣耶拉坐在长椅上缝衣服时，我从没有动过偷她东西的坏念头。

我露出自己最可爱的笑容，这并不困难，因为我真的很高兴开门的人是她。"哈啰，康稣耶拉！"我说。

"你在这附近做什么呢？"康稣耶拉问："你想要做什么呢？"

"我在想你或许可以帮助我。"

下一秒，她的表情看起来似乎不是很开心。"好吧，"她有点儿迟疑，"只要你不是跟我要钱就可以。"

"噢！不，康稣耶拉，不是这样的。我来这里是希望自己可以帮你工作，我可以当仆人或是女佣，而且不收钱。"

她看起来非常惊讶，"为什么你想要这么做呢？你一定想得到一些东西吧？"

"我要的就是不再当街童了，我再也不想住在街上了。我只想替你工作，并且住在这里。"

我不知道还能说什么，但是她似乎看得出我很诚恳。"我保证自己绝对不会碍事，"我赶紧补充说道："而且会努力工作。"

康稣耶拉笑了，"我确定你会努力工作的。"她说："不过这是我爸妈的房子，小马，我必须问问他们。"她犹豫了一阵子，仿佛在思考自己是否应该这么做。那个时候，我以为她会叫我离开，或许明天再过来。然后，她好像突然下定决心。"在这边等一下。"她坚定地说着，随手关上了门。

我站在门口等了几分钟。这是一间很大的房子，还有一扇沉重老派的大门。整栋建筑看起来不但雄伟，而且坚固，一点儿都不像安娜卡曼那个破烂的妓院，住在这里的人想必相当可敬。

那扇门再度打开，一对中年男女走了出来，站在入口处。就像他的房子一样，那位先生看起来高大优雅，外表也打理得相当体面，一头灰黑的头发梳得平整光滑，脸上还留着一撮小胡子。我想，他以前一定很帅。至于那位女士的气势就弱了些，她的身材矮小，并且稍显丰满，此外，她还有着一张长得跟仓鼠没两样的脸，身上则穿着一件紫红色的洋装以及数不清的珠宝。

"他们就是我的父母亲。"康稣耶拉说。

"哎呀！她好脏哦！"那位上了年纪的女士说。他们两个上下打量着我，仿佛我是一颗水果或一辆车。

"我可以替她做一套衣服。"康稣耶拉提议，"我认识她很久了，她叫小马玛塔，人很聪明，而且我知道她会努力工作。她其实不是这么脏，你们要体谅她住在那种环境里面。"

我那天应该紧紧地抱住康稣耶拉，她是这么竭尽所能地帮助我，甚至替我回答了她父母亲所有的疑虑和意见，让他们相信我绝对是他们家最好的清洁工人选，而且完全免费。

"好吧，"最后，那位男士终于开口，"但只是试用。"他那双深色的眼睛定在我身上，眉头皱在一起。"记住，不可以偷东西，你做得到吗？"

"我可以！"我开朗地回答："我保证绝对不会偷任何东西！谢谢你们！谢谢！"

康稣耶拉带我进门的那一刻，我心里想着，这个城市还是有好人的。我现在有一份工作跟一个家了，比起这些，再也没有什么能够让我觉得更快乐。

"再说一次，你叫什么名字？"那位女士说。

"小马玛塔。"我答道。

"我告诉过你了，"康稣耶拉说："因为她很矮小。"为了证明我有多矮，康稣耶拉骄傲地把手放在我的头上，就像我是她的新宠物一样。

"那不是一个名字。"那位男士说。他又看了我一眼："嗯，我想我们就叫你罗莎芭吧。康稣耶拉，带罗莎芭去浴室把身体洗干净。"他皱了皱自己的鼻子，"我连在隔壁房间都可以闻到她的臭味！"

又一个新的名字，再一次地改变了我的生活。那一天结束之后，我带着干净又清新的身体踏进了一种我认为更好的生活方式，至少我拥有干净的衣服和床铺，也不再需要为了填饱肚子而偷窃。我现在是山托斯一家的清洁工，他们让我在这个偌大的房子里拥有一席之地。

这是一间很大的房子，里面住着一大家子。除了山托斯夫妇，还有他们5个孩子：大儿子胡安年约45岁，样子看起来很吓人；二儿子叫阿方索，30岁左右；佩卓是第三个男孩，也是家里的老小，他上面还有两个姐姐；艾丝提拉则比康稣耶拉还要大一点；至于我的救星康稣耶拉差不多介于30岁到32岁之间。我马上就被指派了工作，第一份差事就是打扫，他们要我刷洗楼梯和房子后面砖造的方形大露台。那是个摆满盆栽的漂亮露台，山托斯家驯养的鸟儿也以此为家。由于露台毫无遮蔽，所以灰尘非常多。库库塔是一个落灰量很高的城市，对居民来说，这是一个恼人的困扰。但是康稣耶拉教给我一个小技巧，她要我在擦地板之前，先在地面上洒泼一点儿水，这样就可以避免尘埃扬起，飘散在空气之中。这个方法非常有用，直至今日，我在整理自己的房子时，也都还会这么做。此外，康稣耶拉也教我把报纸的边缘沾湿，如此就能轻易清除地板上的细小颗粒。

剩下的工作内容就是你想得的一般家务，我负责打扫、煮饭和倒垃圾，就跟当初约定的一样。作为回报，我拥有一张床——好吧，其实他们在后门的一张大桌子底下摆了一张垫子，让我跟狗睡在一起。我没有枕头，所以只好收集一大叠报纸来垫着。不过有狗跟我一起作伴，这样很好，而我也吃得跟他们一样好。

然而，不到几个星期，我再度感到悲伤。尽管我拥有了许多好处，却失去了非常重要的东西：其他街童的陪伴与友谊。我再一次成了幽灵，没有人跟我讲话，也没有人认同我，没有人想要跟我有任何交集。他们让我吃饭、让我住在这里，可是我却像个隐形人，就跟当初住在安娜卡曼家的时候一样。

除此之外，我也再度成为了囚犯。面向街道的那扇大门永远都上着锁，还有一根架在两个钩子上的木条，水平地拴在门上。我的个子这么小，花100万年也没办法移动那根木条，也就完全没有逃出去的可能。唯一的方法就是爬过一小段阶梯之后，能够登上一扇没有玻璃的小窗。如果你跟我一样矮小又身手灵活，就可以从这个窗户跳到外面的蜜果树上。

蜜果树结出外观形似柠檬，果肉与荔枝相像的果实，它的结构结实，满布着富有光泽的针状叶。山托斯家庭院的蜜果树非常高大，很快就成为我最喜欢的避难处。只要逮到机会，我就会爬到那里，把自己藏在枝叶里，享受与无数鸟儿以及虫子为伍的时光。跟大自然相处仍然是我唯一能够得到归属感的方法，总是会让我想起我挚爱的猴子家庭，想起它们坐在我身边替我梳理，或是戏弄我的情景，有时候它们实在太烦了，我还会生气地把它们赶走。我非常想念它们。如今，我的生活是如此的不同，我跟一群人类住在一起，但是他们根本不在乎我。

尽管如此，我的决心仍然非常坚定。我很感谢他们给我机会重新开始，或许有天他们会看见我成为一个好仆人的决心，然后事情会慢慢地有所改变。有一天，他们会叫我一起吃饭，或者在早上跟我打招呼。

不过，或许这天永远不会来。也许我应该要后悔那天为什么要跑来敲门，这样就不用跟山托斯一家人有任何瓜葛了。哥伦比亚有很多好人，偏偏我不幸地选到这户人家，山托斯可是这个城市最恶名昭著的犯罪家族之一。

也正因为如此，他们不但低调，而且神秘。在不少偶然的机会中，我慢慢观察出一些事情：经常会有穿着昂贵衣服的商人进出，只是我从来不知道他们在谈什么生意。他们手上提的公事包看来也很昂贵，进出办公室时，他们嘴上总是叼着一根大雪茄，而那间办公室则是一个我不得涉足的地方。

无论山托斯家族靠什么赚钱，显然都非常成功，随处可见他们富裕的证据，这栋偌大的房子就是一例。有时候，我静静地打扫门廊时，就会断断续续地听到他们的对话。山托斯家族以为我听不太懂人话，因为我几乎不太开口；而当我试着说些什么时，听起来还是有点儿奇怪，因为我太晚才开始学习人类的语言。但是他们低估我了，我可以理解的程度比他们想象得还要多。通常我偷听到的对话内容都是跟钱有关，而且是为数相当可观的金额，听起来全是处心积虑从别人身上骗取来的，包括陷害无辜的人，我甚至听到了"杀"这个字眼。

我当然不会因此而感到害怕。我当了很长一段时间的街童，知道有不少哥伦比亚的商人都是通过不法的勾当来赚取钱财。在当时的哥伦比亚，这是很寻常的现象。但是，当我得知他们的大儿子胡安跟哥伦比亚某个非常有权势的黑帮有所往来之后，就变得非常怕他。胡安似乎是这个家里最有权利的成员，由于他与黑帮的往来相当危险，连山托斯夫妇也会帮着他一起从事犯罪行为——他们也别无选择。

换句话说，这整个家庭的生活与犯罪息息相关：阿方索是一个职业小偷，佩卓总是带着许多珠宝回家，甚至连女孩们也被牵连了进来，必须帮忙掩护或消灭相关的犯罪证据。山托斯家族的男人经常会在凌晨 3 点回家，然后开始处理各种偷来的东西，比如宝石、来福枪、子弹和手表，而我的工作就是在他们回家之后，迅速地把枪藏到露台的铁桶底下。

跟街头的生活相比，这些事情更为可怕。我知道的内幕愈多，就愈是替自己的安危感到担忧。他们会烧了对手的房子，毫不犹豫地杀掉他们，而动手之前，他们总是会做好完全的准备，以确保到时候能够顺利脱身——这些人全都是制造"意外事件"的大师。

我不会笨到不去思考这些坏人到底干了多少坏事。不过，就跟住在安娜卡曼家的时候没两样，我依旧是个无家可归、没有家人的小女孩，如果这些人会注意到我，那一定是因为一些很可怕的理由。

25

很快，我就认识到，活在山托斯家跟住在安娜卡曼家没有什么不同。我当初到底在干什么？我在山托斯家就像一条狗，每一天都要被绑在树上或者晒衣架上面，从来不知道自己在做什么。我的食物就是他们一家人的剩菜、咬碎的骨头、面包屑还有蔬菜皮。我还必须跟狗抢食物，但是它们太强壮了，我根本不是对手。

但是在某个层面上，我跟宠物是不一样的。来到那个家庭的几个星期之后，我从山托斯先生眼中发现了一股令人不寒而栗的神色，他几乎时时刻刻都在盯着我，仿佛在上下打量我，让我感到非常不自在，同时也提高了防御心。我已经看过那种眼神太多次了。

山托斯先生都在晚上工作，白天时则在睡觉。所以，当山托斯太太跟他们的小孩出门工作或者是处理其他事情时，整个屋子里除了我跟山托斯先生就没有别人了。那一天的傍晚时分，我正在厨房准备晚餐，而山托斯先生竟然跑进来了。

那时我站在炉子旁，正准备做玉米饼，炉架后如镜面般的黑色瓷砖墙上映出了他的身影：他站在门口，只穿着一条内裤。一阵寒意袭上我的脊椎，但我假装自己没有看到他。他悄悄地靠近我，并在我后面蹲了下来，这让我吓得全身僵硬、一动也不能动。接着，我马上就感觉到他粗糙又湿黏的手贴上了我光溜溜的大腿，不停地上下来回抚摸。一切都发生得太快了，他换了一个动作，我甚至可以听到他急促的呼吸声。他的手竟然往我的屁股伸去。难道我现在还需要做这种事情吗？我必须满足这个家庭的所有要求，包括山托斯先生摸我，甚至做更糟糕的事情吗？我体内那股尚未被完全掩埋的街童怨愤此刻又再度窜出头来，脑海里也开始不停地盘算着，该怎样才能逃离这里，以及该逃往哪里去。山托斯先生是一个非常高大健壮的男人，不过我可以出其不意。他无法看穿我的心思，而且一定觉得我会默许这种行为。但是，没有人可以强暴我，即使面对的是像山托斯先生这样孔武有力的人，我也不会屈服，只要我还活着一天，就不会容许这种事情发生。

我低头看着那个放置玉米饼的金属架子，尝试着不让自己因为他的触摸而退缩。如果我这么做，他就会知道我打算逃跑。我要让他以为我会让他得逞。

我缓缓地收缩手指，握住黑色的金属钢架。那不是最好的武器，但是它很沉重，如果我用足够的力道打下去的话……

我转身把钢架猛地往他身上一敲。那时他正跪在我的身后，这一击正好打中他的头和肩膀，而温热的玉米饼则四处飞散，在石头地板上滚动翻腾。受到惊吓的他大吼了一声后，因为身体失去平衡而跌坐到墙角边。我又使劲儿往他身上打了第二下，再附赠第三下作为补充。那确实不是最沉重的武器，但我以愤怒弥补了不足的部分。之后，我拔腿逃离了那里。

我其实无处可逃，门都紧紧锁着，窗户也都封死了，高墙上还有铁丝和碎玻璃，于是我只能逃向楼上那扇没有玻璃的小窗，然后爬到窗外的蜜果树上，把自己深藏在它的枝叶里。蜷着身体躲在树上的我，仍能清楚听见他咆哮的声音从身后传来："你这个王八蛋，我要把你杀了！"

我知道他现在正挥舞着那条厚重的皮带追了上来。下一步该怎么做？我气喘吁吁地坐在芬芳满溢的绿荫里，随着心跳逐渐缓和，一阵憎恶的涟漪也在我体内晕开。我该怎么做？要怎么处理眼前这个棘手的问题？我该试着逃跑吗？试着搬动大门上那根木条？不可能的。我根本连边都够不着，除非踩在别的东西上面。只是，在那之前，恐怕山托斯先生会先抓到我。

我愈想愈沮丧，不禁哭了起来。然而，我又仔细想了想，回到外头又如何呢？我也不过就是再次成为街童而已。那种生活会比现在更好吗？虽然我现在拥有的少得可怜，但总比流浪街头好。我怎么能够回去过那种生活呢？那是没有未来的人生，而我现在最起码还有希望。只要工作，未来就有一线希望。想到可能会一无所有，我又再度怒火中烧。那个可恶的家伙怎么可以因为自己卑鄙的欲望就夺走我的一切！如果我试着逃跑的话，又会有什么下场呢？山托斯家族会追杀我吗？他们会担心我知道得太多而杀我灭口吗？光是想到答案就让我觉得恐怖——他们当然会这么做。

最终，我想出了一个可行的办法：山托斯太太。我只要在这棵树上待着，然后把事情的来龙去脉全都说给她听。山托斯先生必然会说谎，我知道他一定会这么做，但是我的直觉告诉我，山托斯太太会相信我说的话。我有预感，她很清楚自己的丈夫会做出什么事情，也许她会出手制止这一切，然后我就有机会可以回去了。

山托斯太太回到家之后，山托斯先生立刻抢在我前头跑去跟她告状。从她脸上的表情我就能知道，他已经写好一套剧本了。我听不见他们的对话内容，不过我也不需要知道。山托斯太太脸上酸溜溜的表情说明了一切，仰赖山托斯太太的希望也就此幻灭了。"你去哪里了？"她走进厨房对我大喊："山托斯先生说你躲了起来，而且没有完成自己该做的工作！"

接着，她抓起一只拖鞋朝我扔来，而我没有试图躲开。"山托斯太太。"我说："求求你，有些事我一定要告诉你。"

"那就说啊！罗莎芭！说！"她两手撑在屁股后头，站在那里用犀利的眼光直直地瞪着我。

"山托斯先生，"我怯弱地用微弱的声音说："他想要侵犯我，他把手放在我的腿上……"我停了下来，尝试用肢体说明当时的情形。"就像这样，但是我用钢架打了他，然后逃跑了。"

山托斯太太脸上露出了轻蔑的表情。"你说什么？"她说："你以为他会想碰像你这种肮脏的老鼠吗？我可不这么认为。不要再试图引起我的注意，把你的工作做好！"她用手指头戳了戳我。"你最好注意一点儿，罗芭莎。不要捣乱，不要让山托斯先生生气，否则你就得付出代价，知道了吗？"

她转身准备离去。然而，就在她气冲冲地离开之后，又转过头来对我说："不要告诉任何人这件事情，否则我会淹死你。"

我呆愣了几秒钟，试图弄清楚她说了什么。我误判情势了。她知道这件事情，我非常确定她知道，但显然她不想知道真相。我想之前有人跟我说过的话，以及那个让我逃离安娜卡曼家的原因——到了最后，我还是得成为别人的肉。

从那天之后，山托斯太太就对我愈来愈残暴；山托斯先生则因为再也不用担心太太会生气，就更加明目张胆了。他从来没有强暴我，但我能感觉得到他想侵犯我的欲望。每当山托斯太太出门工作，甚至只是去商店买东西时，跟山托斯先生两个人单独相处的我总会感到受伤。他甚至还要拿钱给我，我拒绝之后，他还是试着要把身体强压在我身上。不过自从有一次我用凶猛的眼神看着他的眼睛之后，他就再也不敢用手碰我了。有时候，我想这就是优势，人类还是会把我当成野生动物。

这对夫妻从来不曾因为动手打我而感到愧疚。我认为山托斯先生就像一头野兽，也是一个性虐待狂；山托斯太太则知道自己的先生一直在觊觎我，因此相当憎恶我，几乎是彻底地鄙视我。无论原因是什么，总之，我经常性地遭到他们的凌虐鞭打。

回想起来，当时的他们或许正处在婚姻崩溃的边缘；又或者我会经历这一切，只因为我是个可怜又没用的奴隶。我还是笨手笨脚的，没有一件事物做得好，连衣服都洗不好，总是会有没冲洗干净的肥皂留在上面，碗盘也洗得一塌糊涂，至于衬衫的折线则是从来没有烫对过。此外，我会把垃圾扫到橱壁底下，而不是捡起来丢掉。我真是一个很糟糕的奴隶，我自己也知道。

相较于安娜卡曼，山托斯夫妇更精明。他们是犯罪家族，自然更熟悉如何使用暴力。他们知道电线打人很痛，也知道换成带着插头的电线会带来更大的痛苦，而这就是他们经常用来打我的工具。这种痛苦有时候会让我完全失去知觉，醒来时就躺在一摊血水跟尿液之间。他们也会像安娜卡曼一样，为了这些脏东西再度打我。我唯一安全的场所就是蜜果树的树顶。只要完成工作，我就会想办法躲在那里，直到第二天需要做事情为止。

我经常会坐在那里想着康稣耶拉。她一直对我很好，把我当成朋友，但是她现在在哪里呢？我很少看到她，就算她出现了，也不会直接看着我的眼睛。有时候，她会放更多注意力在我身上的伤痕，仿佛她再也不想跟我做朋友了。她真的知道山托斯先生和她的太太做的事情吗？也许不知道。我相信山托斯太太一定在她面前编造了许多不实谎言来中伤抹黑我，但是，现在正是我最需要朋友的时候啊？

我经常会想起猴子，像是猴爷爷、大胆的鲁迪，还有小米亚，以及我那群街道上的帮派朋友。不知道贝叶娜现在好吗？是安全的吗？我对他们的思念就像是一种身体上的痛楚。现在的我，正感受到一股前所未有的强烈孤独。

所幸，蜜果树不只提供给我闪着绿色光泽的累累果实，它还为我带来了一个朋友。

山托斯家的房子位于非常广阔的街道上，围墙非常高，但是我可以从蜜果树上看见隔壁家的花园。女邻居年约中年左右，比山托斯太太年轻一点儿，她的脸庞与举手投足间散发出一种让我喜欢的气质。就像当初我在丛林看着那个印第安女人找地方生孩子一样，她就是有种令我着迷的魅力。我慢慢学习相信这种直觉。然而，我从来没有暴露自己的位置，在库库塔的生活把我给吓坏了，所以我只会经常从树上的小缝看着她。

她也有好几个小孩，年纪比较大的那几个会帮忙洗碗，至于年纪看起来可能比我还小一点儿的，则会用一种让我想起丛林猴子的方式游戏嬉闹。他们也是一个家庭，有着我想要的那种感觉。我一直看着她，注意到她是多么爱自己的小孩。她经常对着他们微笑，即使那些小孩根本没有望向她。当那些小孩在嬉闹间经过她的身边时，她会反射性地拨弄他们的头发。那群孩子看起来是这么开心、这么满足。我不禁纳闷，这个城市里的小孩都过着这样的生活吗？不但快乐，而且免于恐惧？难道我是特例吗？

终于，我再也无法抗拒希望她能接纳我的念头，所以有天我稍微改变了自己在树上的位置，往下移了一点儿，更靠近她的花园，树叶摩擦的声音让她注意到我。我们四目相交，我能够从她眼睛里看见同情与怜悯。我觉得很安全，所以决定多露出一点儿身体，让她可以看得更清楚。

她对着我微笑，那是一种带有温暖与理解的笑容。我想她一定非常了解山托斯家族，也知道那是一群什么样的人，因为她一直保持沉默。除此之外，她也紧张地环顾四周，这说明她知道我身在险境。她举起一根手指，指着山托斯的家，然后摇摇头，表示她知道我的处境。

接着，她指着我，然后用另一只手遮住耳朵。我不可以说话，不能让山托斯家族听到我的声音，否则我们两个人都会有危险。这让我确定一件事：这个女人一定听到了我的哭声，听到山托斯夫妻凌虐鞭打我，听到了我内心的悲伤。

她把手放在自己的胸口，小声地说出自己的名字："玛鲁嘉。"我也跟着这么做了，至少我知道我找到了一个朋友。

"罗莎芭。"我非常兴奋，但仍记得用耳语般的音量说话。

认识玛鲁嘉后我开始拥有了希望与勇气。为了避免我泄露有关于他们家族生意的消息，山托斯一家将我开始囚禁在这间房子里,完全孤立我,我唯一的朋友就是动物,但事情不就该是这样吗?因为对他们来说,我就是一只动物,一只严重受虐的动物,只是这可能会惹来人们非议。

但是,现在每一天我都可以在那棵属于我的树上得到慰藉,我的新朋友玛鲁嘉也会平抚我的伤痛。我们经常见面,如果爬到树上找不到她,我就会稍微摇动树枝,引起她的注意,她一定会走出来,然后我们会聊天,她站在地面,我坐在树上,以一种我们自己发明出来,完全不用开口说话的方式跟对方沟通。

这是一种新的语言,混杂着肢体动作与各种手势,而且只专属于我们两个人。后来,这种语言更是成为我的救星。自从遇见玛鲁嘉那一天起,我就爱上她了,直至今日,我对她的爱从不曾稍减。对我而言,发现玛鲁嘉,就像找到一份珍贵的宝藏一样,仿佛地球上出现了一位天使,而我则是那个发现她的幸运儿。我希望能够从屋顶对她大叫,不过我当然不能这么做。我知道如果山托斯家族发现玛鲁嘉成为我的朋友,他们一家人便会陷入危险之中。

没多久,我又再度陷入了险境。我在山托斯家待了一年左右,有一天,有两个男人来家里跟胡安开会。我一点儿都不想听他们讨论家族生意,但是那天我在楼下的房间打扫时,却传来一阵吵闹的声音。

不知道为什么,那些男人并没有待在办公室,而是在客厅,还大声地对着彼此吼叫。尽管我不想涉入其中,因为充耳不闻才是明哲保身的最佳方式,然而,我还是在不经意间听到了让人不寒而栗的片段。由于实在是抗击不了，我停下了手边的清洁工作，缓缓靠近客厅。客厅的门是两扇对开型的，通过两扇门间的缝隙，我能够看到一丝亮光和他们的一举一动。

胡安的声音最大。他们正在讨论某个计划，似乎与杀掉一对富有的夫妻有关。从他们的对话中，我知道目标非常有钱，因为他们说："偷走他们的财产，让公司变得更有钱。"

"瑞可！这太危险了！"我听见胡安的声音说："我不想跟这件事情扯上关系。我们根本无法确定，也许这是要诱拐我们杀人的陷阱，他们可能是警察，这样的话，我们就永远得不到那笔钱了！"

我试着弄清楚事情的来龙去脉，所以，是有人要付钱给这群人，叫他们去杀人吗？我一边偷听，一边把我的抹布和一瓶清洁剂抓在胸前。

"也许你是对的，胡安。"另一个男人说，我想他应该就是瑞可。"但是你想想看，这可是一大笔钱啊！"

"我知道，"胡安说："我非常非常的心动，只是，就是有些不对劲。我总是相信我的直觉，此外，我们应该先将注意力放在另一件事情上面，不是吗？"

突然间，他们陷入了一阵沉默，然后有一个声音说："法比欧吗？是的，他确实是一个问题。"

第三个男人继续说："他已经成了一个大麻烦，完全不照规定行动，还背叛了自己的家族。"对此，有人发出了嫌恶的声音。"他会对我们造成危险。"随后，又是一阵静默。"我们不能让这种情况变得更糟。"

"而且他拒绝做上次那一票。"胡安再次叹息："好吧，我想是时候了。"

我屏住呼吸，心想：是时候做什么？他们也要杀掉这个人吗？

所以，我听到第一个男子说："要怎么除掉他？"

"我的母亲玛麓亚，"胡安对其他人说："她是最好的诱饵。"

山托斯太太？她也是个谋杀者吗？我吓了一大跳，清洁剂就这么从我流满冷汗的手中滑落。糟糕！那瓶罐子喀拉喀拉地在地上滚动了起来。谢天谢地，瓶子没有破掉。我用发抖的手指把它捡起来，然后溜回了厨房。

胡安一定听到了这个声音，他马上跟着我跑进厨房。见到我，他的脸上立刻露出放松的表情。"刚刚是你吗？"胡安问："发出那个声音？"

我急急忙忙地点头。

"笨动物！"他吼着，"小心一点儿。"然后他转身走回朋友那里。离开前，他又回过头来说了些话。"你，"他连身体都没有转过来对着我，"你这个小孤儿，我一定会想办法把你处理掉。"

26

那时正值夏日，也许是库库塔市的某个法定假日，我的印象很模糊，可能是某个圣人的纪念日吧，我只确定那是家族团聚的日子。街上的人比平常还要多，显然这一天不用工作。我想那也是个跟小孩有关的节日，家庭成员们会登门拜访。我记得那时应该是午餐时间，因为天气很热，加上满屋子的人，所以有人就让前门开着。他们或许只是想让外面的凉风吹进屋子里，却给了我一个前所未有的大好机会。

一个逃离这里的机会。

山托斯家族把我当成囚犯，谨慎地看守，然而这实在没必要，因为连我自己都再清楚不过，逃跑不会结束我的悲惨生活。我想我已经开始习惯被人殴打、被人看轻、视作毫无价值的东西，甚至视而不见。一部分的我甚至打从心里觉得自己就应该承受这些事情。这么久以来，有这么多人都这么恶劣地对我，我又为什么不该相信这就是我应得的呢？就算我真的选择逃跑，我想他们也会找到我；即便他们找不到我，我也只会回到街上过着更惨的生活。

而现在，我还多了另一个留下来的理由：玛鲁嘉。在我记忆深处，那是我人生中第一次感受到爱与关怀，我们之间才刚建立的这段关系对我而言是弥足珍贵的，玛鲁嘉就像是一颗钻石，是一片漆黑的世界里唯一闪耀的光芒，这让我无法弃她而去。

不只是因为我不想失去她的陪伴，我更发自内心的期盼着有一天她会接受我。我不知道要等到什么时候，但我相信这是有可能成真的。因此，无论要等多久，我都会一直等下去。

然而，乘机溜到外面待一会儿是非常诱人的念头。我就像是一只囚鸟，只希望能够自由地飞行片刻，不用太远，也不用太久，只要一下就好。我希望看看其他的小孩，也许可以跟他们一起玩耍。我没有特定的想法，但是如果在外面有机会翻垃圾桶的食物吃，也许我就会这么做。在这里，我只剩下几乎不存在的自我，但是外面的世界还有好多我想去的地方，好多我可以替自己争取的东西，也许是一把梳子、一支牙刷，甚至是一块肥皂。所以，当这个家庭的成员全都忙着用餐和聊天时，我悄悄从前门溜了出去，立刻消融在室外的高温里。

从山托斯家族住的那条街上往下走可以看到一条河流，在距离房子 25 英尺的地方则有一座桥。在附近孩童嬉闹声的引导下，我很快就到了那里，他们正围绕着好几个大型的垃圾桶追逐打闹。我喜欢垃圾桶，也还清楚地记得可以从垃圾桶里找到的宝藏。因此，看到那群小孩正从垃圾桶里翻出各种东西时，我立刻决定加入他们。

库库塔的垃圾桶看起来就像生锈的废料桶，对我总是有着不可抗拒的吸引力。你可以在里面找到各式各样的东西，比如来福枪的零件、老旧的工具、各种衣服、坏掉的玩具、茶壶与锅子、被丢弃的礼物，当然，还会有食物。不过今天我想要找到一些以前从来没看过的东西，或者是希望再次找到的东西。

我的身材太矮小了，连垃圾桶的边都够不着，于是我迅速地爬上了其中一个垃圾桶，钻进里头翻找。我知道自己不能在外头太久，否则就会有人注意到我不在家，所以我火速地翻了翻第一个垃圾桶，发现里面没有可以立即派得上用场的东西之后，我就敏捷地爬了出来，继续往第二个垃圾桶前进。

就在这里，我发现了更有趣的东西。那是一个长方形的金属盒子，看起来像是用来装钱的。这让我想起山托斯先生办公室里面用来放钞票的盒子，只不过这个盒子比较长，也更深了一点儿。兴奋之余，我把它放在耳朵旁摇了摇，就像里面可能藏着大笔财富。只要有钱，就能改变一切，甚至可能为我带来自由。钱可以让我拥有梦寐以求的东西，更重要的是，能够让我逃离眼前悲惨的境况。虽然不太清楚我应该怎么做，我只是发自本能地觉得可以这么做而已。

盒子里的东西在摇晃下发出尖锐的金属声。我兴奋地猜想，里面至少也有一些硬币，于是更加仔细地把整个盒子检查了一番。我现在只需要找到方法打开它就行了。我又回头翻找那堆垃圾，希望能找到有用的东西。这个盒子拿起来有点儿沉，应该是用厚重的金属做成的，看起来也非常坚固，正如我所预料的一样，换句话说，单靠我的手指，是没办法拿到里面的东西的。

我把盒子夹在手臂底下，爬出了垃圾桶，希望能找到一块石头或是被人丢弃的榔头，好把盖子给敲开。一回到地面上，我立刻注意到两个年纪跟我差不多大的男孩子，从他们的样貌看来，我就能确定他们是年轻的毒贩，而且正觊觎我手上的新宝藏。

在他们的注视之下，我变得有些紧张。除了自己所属的帮派之外，街童之间是不讲究荣誉心的，直接从另一个小孩手上抢走他在垃圾桶里翻出来的东西，绝对比自己埋头苦挖轻松许多。我之所以知道这件事，是因为懒惰的时候，我就会这么做。

　　我离开了垃圾桶所在的区域回到桥上，无论是河流还是城市都散发着慵懒夏日的午后气息。一般来说，从摊贩飘来的柠檬水与馅饼[1]香气总会让我的肚子咕噜咕噜叫个不停，并且完全吸引我的注意力。不过现在我被其他东西占据了心思，满脑子都在想着该怎样打开这个盒子，却一直找不到任何可用的工具。

　　"喂！嘉美娜！"我听见了一个声音，转头就看见两个邋遢的小孩。他们一路从桥那边跟到我这里，现在则站在我的眼前。近距离看着他们，我发现他们其实比我还要小一点儿。其中一个人推了我一把，"喂，嘉美娜。"他又再叫了一次。

　　"干什么？"我回答道，同时抬头挺胸、狠狠地瞪着他们。我的体型不大，但还是可以让自己看起来像是一位街头帮派的老大，就算现在身上穿着女佣的衣服也不例外。我思考着是不是应该替自己省去一些麻烦，让他们把铁盒拿走，让他们想办法打开之后，再把里面的东西偷回来就好？只是，我根本还来不及做决定，比较高大的那个男孩猛地一拉，就把东西从我手上夺走了。他们两个一溜烟跑掉的时候，还大笑不止。

　　"跟这个盒子说再见吧，嘉美娜！"他们大喊着。

　　我立刻追了上去，为自己这么容易被抢走了宝藏而生气。我压根忘了自己还必须回到那栋房子里，现在的我，一心一意只想追上他们，并且看看那个盒子里到底装了什么。如果那些东西不值钱，我可以送给他们；万一是很有价值的东西，那么我就要自

---

[1] 馅饼：Empananda，相传源自波斯，在西班牙殖民时期由摩尔人传入拉丁美洲，目前为拉丁美洲各国随处可见的地道街头美食。外形大多呈半圆形，最常见的做法是用类似千层酥的外皮包着炒过的洋葱与牛肉。

己留下来。我绝对不会放弃，绝对不会。我是个专家，尤其是要拿回属于自己的东西，也许我得趁他们喜不自胜之际，立刻冲上前把东西抢回来。

我跟着他们两个来到河的下游，打算在他们停下来打开盒子之前都紧紧地盯着，却眼睁睁看着他们翻过了河岸边的高墙，消失在干涸的河床。这实在是令人感到沮丧。他们两个人都比我高，还可以互相帮忙爬上去，而我单靠一个人的力量是不可能追得上的。我知道他们要去哪里——拱桥的下方。那是一个适合打开那个盒子的好地方，因为不容易被人发现。其中一个男孩似乎拿了工具，不过他们距离我太远了，根本没办法看清楚，那东西看起来像是一根长铁钉。从我所在的位置看过去，他们似乎快成功了。就在这个时候，整个世界都爆炸了。

那个盒子里装的是一颗炸弹，整座桥就在我的眼前炸开。在那些碎片当中，我还可以看见那两个男孩的尸体。他们被炸到半空中，然后支离破碎地掉回了地面。我看见他们的四肢在空中飞舞，胃也被完全炸开了，里面的东西则在落地时喷了满地。我简直不敢相信自己看见了什么，也说不出任何话，听不到任何声音，我的脑海里全都是没有喊出口的尖叫声。他们不应该死的，我不断告诉自己，他们不应该死的。我才是那个应该被炸死的人。

我终于慢慢听见声音了。"你还好吗？"某个人正在问我："你有没有受伤？你还好吗？"

"发生什么事了？"另外一个人说："你看到发生什么事情

了吗？"

被吓得说不出话来的我没有办法回答，我所能做的事情只有哭而已。

看来整条街、整个区域、整座城市都看到了这一幕。在这一片烟雾与孩子们吓坏的尖叫声中，我认出了艾斯提拉，她正对我挥手："快回到屋子里，"她大喊："快点儿啊！你不应该待在外面的！"显然她以为我跟她一样，是在听到爆炸声之后才跑到这座桥上的。

她发现我毫无反应，便把康稣耶拉也唤了过来，并且向我走来。"康稣耶拉，"艾斯提拉疑惑的问："罗莎芭怎么了？"

"她看起来好像很想睡觉，"康稣耶拉猜道，"也许只是刚睡醒而已。"

艾斯提拉用手拍打我的脸，希望引起我的注意力。"哎！"她突然发出一声尖叫，"看，她尿裤子了。"

我觉得自己被半抬半拉着，她们两个人合力把我弄回了屋子里。

回到房子里之后，她们帮我弄了一碗汤，希望可以让我清醒，但是我根本喝不下去。汤碗里飘着肉，骨头上也有一些肉附着，这让我想起了刚刚目睹的景象，光是看到那些东西就让我反胃。我并没有因此而得到任何一丝同情，相反地，山托斯家族的男人全都非常确信，我一定知道发生了什么事，于是花了一整天的时间拷问我。

"住手！"当胡安为了得到一点儿资讯而不停恐吓我时，康稣耶拉哭喊道："你难道看不出她已经受伤了吗？"

　　胡安充耳不闻。"你到底知道什么？"他继续对着我吼着，"发生什么事情？那是不是一颗炸弹？你看到任何人了吗？"他持续拷问着我，直到天色渐暗，我才清醒过来：这颗炸弹离我们住的地方这么近，山托斯家族的人一定觉得炸弹是冲着他们来的。

　　我昏迷了好几天，只能够勉强记得事发之后的事情。我非常确定警察已经来这里进行了相关的调查，这件事情也登上了当地的报纸。但是，由于那两个男孩只是流浪的街童，没有任何家庭因此感到难过，想必人们对这件事情的关注很快就会消退。

　　然而，他们的死不分昼夜地萦绕在我心头，我无法将那两个男孩的身影从脑海中驱除。除此之外，我也一直想着，当初死的应该是我，而不是他们。为什么命运要让他们两个人偷走那个盒子呢？为什么我爬不过那道高墙呢？为什么我得以活下来，而他们两个却被如此残暴地夺走了生命呢？我不知道，但是我还活着。显然我逃过了命运原本的安排，而我认为这背后一定有什么理由。这样的想法让我下定决心，一定要让自己活得更好。

　　我唯一的朋友玛鲁嘉似乎也有同样的感受。她住得那么近，一定常常听到我被电线打时的哭喊声，或是我试着入睡时偷偷啜泣的声音。有时候，我会很想在早上见到她，于是便会爬到那棵专属于我的树上，不过光是想到她听见了那些哭声，就让我感到痛心。奇怪的是，只要我看见她眼里的愤怒与沮丧，马上就会觉得比较好过，因为那代表她在乎我。从来没有人对我施予同情，然而，那是多么美好的一种感受，那是无与伦比的。

同时，我也感受到玛鲁嘉身上日益明显的另一种情绪——恐惧。我们两人之间的秘密语言变得更加复杂了，尽管没有发出任何声音，我们还是能够轻易地交换想法。玛鲁嘉愈来愈担心我的安危。自从桥上发生的爆炸案之后，这个地区的紧张情势有了新的局面。几个星期后的某一天，玛鲁嘉告诉我，她觉得山托斯家族已经开始怀疑我了，他们担心我知道得太多会对他们的事业造成威胁，所以势必会尽快想办法解决我。

我自己也有这样的感觉，特别是在胡安发现我偷听他们打算除掉帮派里的某个成员之后。我的确察觉到异样，山托斯家的儿子开始对我做出奇怪的举动。我很确定，他们正在等待最好的时机把我除掉，这让我很害怕，同时，我也清楚，逃跑只是无谓的挣扎，因为他们在库库塔拥有雄厚的犯罪背景和人脉，很快就能把我找出来。孤单奋战又身无分文的我，究竟能去哪里呢？

我似乎就要得到答案了。尽管我可以不顾一切代价跑向玛鲁嘉，但这并不是她能承受得起的。我希望得到她的照顾，就像她照顾自己的小孩一样，其他的我都可以不要。可是，我也清楚这是自己永远不能要求她做的事情，因为这样只会让她陷入危险的处境而已。

直到有一天，我正在诉说自己的绝望时，她说或许可以帮上一点儿忙，她一直都在想办法替我找一个安全的地方，让山托斯家族没办法找到我。她告诉我，我只需要找一个方法离开那里，并且在隔天中午跟她在圣安东尼公园碰面。

"你觉得自己有办法逃走吗？"她小心谨慎地问我。

我点头。虽然要逃出这栋房子非常困难，甚至是不可能的事情，但是我再也不想去担心这件事了。我一定要找到一个方法，我宁愿死，也要逃出这里。

那天晚上，我躺在后阳台的垫子上，花了好几个小时想要找出一个缜密的好办法，而最好的机会就是等他们全家人都出门以后。不过这是不可能的，因此我得另外想出一个万无一失的计划，即便他们全都在家，我还是能安全脱身。

到了隔天早上 11 点，情况仍旧不如我所愿。山托斯先生跟胡安用完早餐之后就一直待在办公室里，没有任何打算外出的迹象。随着时间过去，我开始想象玛鲁嘉在公园等着我的景象，但是逃走的机会愈来愈渺茫。玛鲁嘉正在帮助我，这让每一件事都突然变得很急迫。她非常担心我的安危，而我还有多少时间呢？我可能会在第二天就被杀掉了。

突然间，电话铃声打断了我的思绪。我可以听到山托斯先生对着话筒吼叫，随后传来了椅子翻倒与拿起钥匙的声音。太好了！我心想。办公室的门被打开，山托斯先生跟胡安都走了出来。在那一瞬间，我心中的大石终于得以放下。

当时，康稣耶拉正坐在缝纫机前，还一边听着广播。他们两个经过时，她连头也没有抬起来。

"康稣耶拉，"山托斯先生说："我跟胡安出去办点儿事情，跟你妈妈说，我们也不知道自己几点回来。"

康稣耶拉对他们的时程安排一点儿都不感兴趣，只随口说了：

"好啦。"我站在厨房门口，他们完全没有注意到我，这是一件好事，否则他们可能就会看到我脸上如释重负而无法克制的咧嘴笑容。最后，我的机会终于来了，我可以逃走了。

我小心翼翼地在康稣耶拉身后关上了厨房的门，而她又一次沉浸在裁缝的世界里。我现在可以将计划付诸行动了。第一步，就是把清洁剂洒在厨房地板上，才能掩盖等一下散出的味道。

不过我还需要去商店买煤油。康稣耶拉是唯一在家的人，我觉得自己有更多机会获得外出的允许。在这之前，我必须先制造需要灯油的假象，但是家里还有足足半瓶，这显然行不通。

我已经没有太多时间了，于是立刻将正在烹煮午餐的炉子扯开。燃料是来自后方与大油罐连接的管线装置，而大油罐里头还倒挂着一瓶小油罐，煤油就经由烛芯释出。只要让外部油罐的存量减少，空气就会进入到内部较小的罐子里，如此一来，就会消耗掉更多的燃油。穿过管线的燃油会直达炉口，提供烹煮东西时所需的火。

所以，我只需要把供应燃料的罐子拆开，然后小心地把里面的煤油倒在洗手台就可以了。我已经有好几次成功拆开油罐，再重新填满燃料的经验，熟能生巧的程度几乎可以闭着眼睛完成整个过程，只是那时我的手指没有抖得像现在这么厉害。我两三下就搞定了这件事，然后又把空瓶装了回去。现在只需要重新点火，就可以让炉火逐渐熄灭了。

"康稣耶拉！"我一边看着即将熄灭的火，一面呼唤着她，"炉子没有火了，我可能得去买煤油！"

我把厨房的门稍微拉开了一点儿，怨声载道地哀叹时间已经快来不及，我却还是得替每个人准备午餐。但是康稣耶拉比我想象中还要沉浸于正在收听的电台音乐，所以根本没有注意到我。

我走到客厅。"康稣耶拉，"我再度抱怨道："没有煤油了，家里没有煤油了！我得去商店买，才能够煮午餐。"

康稣耶拉终于做出了回应，而且比我所期待的还要好。她不耐烦地叹了一声气之后，打开了放在腿上的包包，开始翻找自己的钥匙。

"好吧，"她说，起身的时候顺手塞了一张纸钞给我。"快点儿去吧，我会把门开着等你回来。"

但我再也不需要她开门了。时间紧迫，也许已经快要来不及了。康稣耶拉终于拉开了门，沉重的门栓暂时被移到了一旁，而我提着能够装好几加仑煤油的桶子，一溜烟地离开了山托斯家。

我仿佛长出了翅膀。丢下了油桶，我赤脚全速跑向公园。我的脚可能被地上的碎片给刺伤了，但我一点儿都不在乎。我正跑向生命中最重要的机会，我害怕自己会跟玛鲁嘉擦身而过。任何事情都无法阻止那天的我。

几分钟之后，我就到了公园，我的肺差点儿因为狂喜地奔跑而炸开。我做到了！我逃出了山托斯家。我自由了！现在只剩下一个问题：我找不到玛鲁嘉。

我开始左顾右盼，焦虑地看着周遭所有的人。玛鲁嘉在哪里呢？为什么我看不到她呢？她向我承诺，而我也相信她。我全心全意地相信她。这个时候，我的脑海浮现了一种非常糟糕的想法。难道山托斯家人去找她了吗？这就是山托斯先生跟胡安之所以出门的原因吗？我心情沮丧地坐在路边，开始感到害怕。最终，我还是错过了吗？

过了一段时间，一台计程车在我身旁停了下来。车门打开时，我以为会是更糟的结果。结果那不是山托斯先生，也不是胡安，而是玛鲁嘉！她正对我挥手，要我赶快上车。

她不需要再多说什么，我马上跑过去，打开车门，坐到她身边。这还是我第一次跟她这么近距离接触。

"做得好！"她小声地说，并且要我把头压低，这样才不会有任何人看见我。"你能逃出来，真是太好了！"

"哈啰。"我向她打了声招呼，一边把头低下来。我的内心充满了喜悦。就是这样，我心想，我终于要迎向更好的人生了。事实上，那就是我生命中最美好的日子。

玛鲁嘉笑着回应："哈啰，罗莎芭。"接着，她用更正式的语气，带着微笑低头对我说："我是玛鲁嘉，你现在已经安全了。"

27

虽然那天我的祈祷真的获得了回应，但我并不因此而转向上帝。是的，我跟其他孩子一样有着同样的困惑。我跟任何人一样，会质疑自己从何而来？是谁创造了我？自然世界里美好的一切又是如何发生的？不过，倘若这么一位全能的造物主真的存在的话，我会对他感到非常愤怒，是一位什么样的天神会让像我这么小的小孩过着这样的生活？

哥伦比亚是一个天主教国家，几乎每个人都是教徒，像我一样背离宗教的人非常少。信仰就是这里的传统，但是我绝对想不到，玛鲁嘉会带我到那样一个地方。我当然无法预料人生的下一阶段竟会被送到一个完全不被接纳的地方，对那里的人来说，像我这样的孩子远远超乎他们想象中的理想模样。我马上就知道了玛鲁嘉为我所做的安排——她决定把我带到修道院。

我们坐了大约 20 分钟的计程车，来到这个城市里一个陌生的区域：巴里奥布兰科区。这个地方完全不同于我所熟悉的其他区域，不但比较干净，也整齐许多，看来就像是上流阶级居住的地区。最后，我们终于停在一栋又大又干净的白色建筑前，似乎暗示着里面住着许多美丽的灵魂。

那栋建筑物的金属大门同样干净得一尘不染，也刷上了白色的油漆，而通往大门的路上则铺着破裂的紫红色瓷砖。玛鲁嘉似乎看出我对这个地方的不信任，在我们走过橡木门的时候，突然握住了我的手。

她紧握着门板上一个看起来非常沉重的铁环，敲了两次，还替我读了上面的标语："巴里奥布兰科。"她读着："拉卡斯塔，就是西班牙文'白色区域'，小屋的意思。"玛鲁嘉试着对我解释："你懂吗？罗莎芭。没有什么事情会伤害你，你很安全。"

我害羞地表达了感谢之意，同时也感到难过，我不希望她丢下我离去，不过她似乎就要这么做了。那扇门打开时，我的眼眶涌出了泪水，一位头发渐灰的女士从里面走出来。她穿着宽松的黑色衣服，头上包着头巾，说自己是爱维斯修女。

玛鲁嘉向爱维斯修女解释我是谁，以及她为什么要把我带来这里。"她的生活环境很危险，"说完山托斯家族的事情，她又突然补充："所以请你们收留她，并且保障她的安全，好吗？"

爱维斯修女向玛鲁嘉保证自己会竭尽所能。"没有人会来这里伤害她。"爱维斯修女再三保证，"也没有人能够从这里逃走。"爱维斯修女一边看着我，一边开口补充道："请你放心，我们会教育她，并且照顾她。"

爱维斯修女说话的时候，我忍不住对她做了一个鬼脸。这些话让修道院听起来就像监狱一样，一座友善的监狱，终究还是监狱。

"孩子，来吧，"当玛鲁嘉焦虑的离开这里后，修女突然开口："让我带你去看自己睡觉的地方。"

爱维斯修女挥手叫我走近院内。就这样，一切都到此为止了。我遇见了玛鲁嘉，但她终究还是离开了我。她曾经是我的救赎，不过我付出的代价就是分离。我不知道自己还会不会再见到她，眼泪滑过了我的脸颊。

"罗莎芭，不要担心。"我们在修道院门口分开时，玛鲁嘉小声对着我说："每个星期六我都会来这里看你过得好不好。"她停顿了一下才又开口说："你要乖乖的，一定要守规矩。这是你的机会，要好好把握，好吗？我知道你不习惯这样，但是试试看，至少为了我这么做，好吗？"

我向她保证自己会努力尝试。我希望做到这份承诺，也会为了玛鲁嘉这么做。

在这之前，我从来没有待过修道院，这里跟以前我去过的所有地方都不同。我对修道院、教堂或者修女一无所知。我曾经在街上看过修女，但是我根本不知道她们是谁，只知道她们的白色袍子与胸前的金属是某种制服而已。刚到修道院时，我感到困惑又害怕，心中唯一能够联想到的，就是安娜卡曼当初请来驱鬼的那些神父而已。我突然觉得这些修女也许就是女巫吧。

修道院的空间又大又开阔，是一个会产生回音的地方，地面上铺满了花样复杂的瓷砖，而我们头上的拱门写着大大的"小屋"二字，不过当时的我并不识字，所以那对我也没有什么特别的意义。墙边有一道攀升而上的石阶，循着阶梯而上便是一道宽敞的廊道，爱维斯修女跟我说，宿舍就在楼上。从那里我可以听见孩童嬉闹的声音，感觉因此好多了。

对许多孤儿、街童和弃儿来说，修道院显然就是他们的家，修女说，她们收留所有需要家的人，我们走上了楼梯，沿着阳台走道，来到了女孩子的宿舍。

"午安，"我们进到那个偌大的房间之后，修女开口说："请注意这边。"

"她是罗芭莎，"修女继续说："今天才刚加入这个家庭的一分子，并且尽你们所能的帮助她。"语毕，她便举起自己消瘦的双手鼓起掌来，"让我们一起欢迎她吧。"

就这样，房间里的每一个女孩都跟着鼓掌，这让我有种奇怪的感觉，而且每个人都盯着我，也让我感到有些焦虑。无论我去到哪里，从来都没有人欢迎我，更不用说是在众人的注视下，接受他们的掌声。等到掌声好不容易止歇，我才稍微松了一口气。

"好了，"爱维斯修女笑容满面地把一只手放在我的肩膀上，"欢迎你，现在让我们帮你找一些衣服穿吧。"

从此之后，每到晚上9点我们就会被送上床睡觉。"上床睡觉"对我而言还真是一种奇特的感觉。之前，我从来没有过一张像样的床。然而，就床来说，这或许是一张不及格的床铺：满是污垢斑点的床垫套上两层薄薄的灰色床单，这颜色跟灰白的墙壁倒是相当合衬。尽管如此，那始终是一张床，比我以前所睡过的破烂垫子都还要好，更不用说还远远胜过露宿在街头。

第一天晚上并没有人跟我说话，这反而让我觉得庆幸。从我的床边可以看到宿舍尽头有扇小小的方形窗户。对大多数的人来说，那扇窗户或许太小。不过身材矮小的我应该可以钻得过去，只是窗户上还加装了铁条。我想起山托斯家族，今天晚上再也没有人会打我了，同时，我也好奇他们现在是不是正在外面找我。我替玛鲁嘉感到担心，如果山托斯家族发现她协助我逃跑，会做出伤害她的事情吗？我也担心她的家人。然而，现在距离星期六还很早。

我过了好一阵子才睡着，因为我害怕会做噩梦。可是，我却意外地睡得很好。我睡得很熟，以至于放哨子的声音在黑暗中响起时，我还花了一些时间才想起自己身在何处。当时不过是早上

4 点而已，却已经是小屋开始一天作息的时间。

　　"祈祷的时间到了，"修女们用哨子指挥着大家，"你有半个小时的时间，"修女对我这个新来的女孩说："把自己打理好，梳洗干净，并换好衣服，然后前往教堂。"

　　虽然睡眼惺忪的我还是迷迷糊糊的，但我还是按照她们的吩咐做了那些事情，并且跟着其他女孩穿过两扇木制的大门，来到位于二楼的教堂。教堂里全是圣经、念珠、巨型雕像以及美丽的十字架，对于像我这样的人来说，这简直就是感官上的强烈冲击。我们坐在成排的高背木制长椅上，面向前方的讲坛；有时候，我们也必须跪下来祈祷。这一切全都让我感到困惑不解，甚至有点儿吓人。

　　跟宿舍不一样的是，教堂里的窗户又高又大，镶着各种不同颜色的玻璃，在阳光的照射下，石头地板上会映出漂亮的图案花样。此外，教堂里还放置了一台会发出音乐声的大型机械。根据一名女孩的说法，那个东西叫作管风琴。我很快就能听见管风琴的音乐，并且为之惊叹不已，因为那些音乐的力量甚至强大到能够撼动空气中的气流和我们脚下的地板。但是，现在的教堂是一片沉静、阴暗，我只看见在高处闪烁的成列烛火，以及正中央一盏巨大的水晶灯。

　　我不知道该怎么祈祷，该说些什么或是做些什么，所以那天早上，我只能看着其他的孩子们，试着尽可能模仿他们。完成祈祷之后，一名穿着长袍的神父走来跟我们讲话，我无法理解他到底说了什么，他的语调听来也很枯燥乏味，但反正我也不怎么在乎就是了。

整个仪式似乎进行了好几个小时之久，然而事实上大概只花了一个半小时左右。过程中有许多的祈祷、讲道、奇特的吟唱，还有种叫作圣餐礼的活动。

"你只要说你接受就可以了。"开始进行"圣餐礼"时，周遭的女孩急切地对我说："当他们问你，你就说'会接受'，他们就会拿东西给你吃。"我不知道到底是要接受什么东西，不过修女和神父要求我们排队站好之后，我才慢慢理解这是怎么一回事。神父会弯下身体，给每个小孩一些吃喝的东西，我当然也想拿到一些。终于轮到我了。"你是否已经穿上白袍，准备接受第一次的圣餐？"神父开口问。

我眼角瞄到他和修女手上拿着的面包、鱼和葡萄酒，"是的，"我说："是的，我已经准备好了。"

很快，我就发现，在教堂里，你只需要跟着团体一起行动就可以了，在修道院生活的原则也是如此。几天之后，我就知道自己虽然不会被打，但生活其实跟以前差不了多少。教堂和活动结束之后，我们就可以吃早餐了，内容通常是一条干面包和一杯水。早餐之后，则是免不了的劳动。一开始，他们要求我去清理厕所，感觉不像是一个太好的开始。我必须待在厕所负责清洁，直到中餐为止。当哨子的声音响起，就代表可以吃当天的第二餐了——非常稀疏的汤，里面飘着绿色的东西。

我看见那些修女正在吃着烤肉，立刻确定自己的第一印象非常精准——这里又是另外一座监狱。我们全都遭到了处罚，这就是我的感觉：只能吃到贫乏的食物，还要做卑贱的工作，最重要的是，没人有办法逃走。但是我们还是可以偷东西，我相信，只要是饥饿的孩子都会这么做，加上这里许多孩子以前曾是街童，偷窃已经成了他们的天性。没过多久，只要我饿了，我也会偷东西来吃。

这件事很简单。我只需要溜到厨房，潜到桌子底下，以桌巾作为掩护，然后趁着那里的工作人员不注意，从窗户附近拿走几条面包，把它们塞进我的口袋里，再全速冲向厨房门口。

只有一次我多拿了更珍贵的东西：一根香蕉。它被放在盛水果的玻璃碗中，看起来就像一个装饰品，却不断呼唤着我，令我完全无法抗拒。

在修道院所有的孩子里，我无疑是那群中较年长的一个。大多数的小孩最后都会被人找回去，或是有人收养，就此告别被铁条禁锢的生活。但我还不是年纪最大的人。事实上，有个名叫法兰西丝卡的女士，她已经 60 岁左右了，总是坐在修道院的角落和走过她眼前的人聊天。她跟我说她已经在这里待了 50 年，从来没有人来这里找她，或者决定认养她。如果不是玛鲁嘉，我可能也会变得跟她一样，因为根本没有人知道我的存在。我在工作时经常会想起玛鲁嘉，作为激励自己努力工作的动力，我期许自己成为乖巧的女孩，有一天可以离开修道院，

第一个星期，我每天都在倒数，等着再次见到玛鲁嘉的那一天，我希望她看见我变成一个乖巧的女孩，但是这很困难。比起在山托斯家那种饱受殴打的卑贱生活，修道院的日子其实也没有

好到哪里去。我梦寐以求的生活不会在早上 4 点起床，不会为了向一个我觉得已经彻底抛弃我的天主祈祷。

那个人人崇拜又宽大又慷慨的天主究竟在哪里？离开丛林之后的我对这个世界的认知，就是每个我遇到的人都崇拜天主，而这些人也都希望我能这么做。在我还是街童时，城里的教会有时候会用起司和柠檬水作为诱饵，希望我们能参与短暂的礼拜。我非常喜欢起司，却非常讨厌沉闷的祷告，所以，当起司愈变愈小，而柠檬水变成水之后，我就再也不去教会了，反正我可以在街上偷到更好的东西。

我一点儿都不喜欢天主。我看着街上那些没有尽头的天主教队伍，无法将眼前的景象跟我所理解的天主结合在一起。对我来说，它就是一个只会惩罚人的神，甚至让自己的儿子被钉死在十字架上。如果他真的是善的，为什么不让我找到自己的妈妈，或者让我过更好的生活呢？他替我安排的命运是那么的不公平，我几乎无时无刻不在挨饿，永远有做不完的工作，被人颐指气使地叫来唤去，命令我做这做那，而且规定在什么时候做，甚至要求该怎么做，更重要的是，我还得展现我的"服从"。

我应该要心存感激，因为我已经安全脱离险境，也得到照顾，还有其他的小孩和我待在一起。但是我对那段时间最主要的回忆就是单调又无趣，同时伴随着一种疑似典型的青少年叛逆心理：我几乎是本能地对每件事情唱反调。

可以说玛鲁嘉是照耀我生命的一道光芒，想到这件事情，就让我意识到自己跟许多修道院的小孩不一样，至少我还有一个关心自己的人，而且她每个星期都会来看我。我有一个归属的对象，我并不孤单。玛鲁嘉在第一个星期六探访我时，我开心到忘我。我努力把每一件事做好，这样才能让她知道我不但真的完成了她要我做的事情，而且也尽了我的全力，试着成为她心目中的乖女孩。

对我来说，能够看到她就心满意足了。知道她还平安，而山托斯家族没有跟踪她或杀害她，就让我感到安心。无论这种"更好"的生活又多么无聊，我知道并且相信自己有一天一定会长大，然后就可以离开修道院。真是这股信念让我得以继续向前进。

但是，下一个星期六，玛鲁嘉却没有出现。

28

就像去任何地方的孩子一样，我试着调试。星期六过去了，到了星期天玛鲁嘉还是没有出现。我试着猜想究竟发生了什么事。一开始，我真的吓坏了，难道山托斯家族发现她做的事情了？如果是这样的话，他们又会怎么报复玛鲁嘉呢？或者，玛鲁嘉只是暂时躲起来，又或是举家搬离了库库塔？我的思绪不停地旋转着。她为什么要抛弃我呢？我尝试说服自己，玛鲁嘉仍然很安全，而且过得很好，她之所以没有出现，一定有她自己的理由。尽管我无法确定，但我不认为山托斯家族会伤害她。她是好几个小孩的妈妈，也一定认识很多人，可能没有人会在乎他们杀了我，但是他们不能这样随意处置玛鲁嘉。

这么想其实更糟，因为这代表玛鲁嘉放弃我了。也许是我惹恼了修女，然后她们就告知玛鲁嘉我的行径，所以她决定不来看我，作为一种惩罚。想到这一点，就让我感到更加苦涩。玛鲁嘉对我实在太好了，好到不可能是真的。我太清楚人类的本性了，不是吗？他们总是只想到自己，而从来不会善待彼此。在遭受这么多年的残酷对待与各种凌辱之后，我理应要学到不少教训。

我仍然盼望着玛鲁嘉的到来，并且拒绝放弃希望。我仍然相信，有一天我会找到一个梦幻般的人物，他会爱我、照顾我并且养育我。而现在，我只需要持续怀抱希望。

我终究适应了修道院的生活。我发现只要专注在生活上，时间就会过得比较快。如果你从来就没有当过囚犯，将很难想象被关在某个地方一整天的生活，是多么压抑、多么无聊。是的，我确实得到了食物与他人的照料，也没有人会打我。对此我心存感激，但我仍然是一个没有自由的人。我每天看着一样的风景，吃一样的食物，看着同样的那些人。眼前的生活是如此一成不变、墨守成规，怎么也看不见尽头，我开始觉得难以忍受了。

头几个星期，我仍然试着怀抱希望，因为玛鲁嘉曾经要我这么做。但随着时间过去，我感觉自己的内在意志正在消退。如果我只是无数个（再也无法具体细数的庞大数量）无人闻问的隐形小孩之一，那么活下去还有什么意义呢？没有人想要我，没有人爱我，我还被关在这么遥远的地方。

　　我想起在街头的生活，那时我每天可以看到各种真实的人生。我吃过龙虾、牛排，看过更多的风景，闻到更多的气味，也体验更多不同的感受。我在丛林里长大，每一天都活在因为未知而带来的兴奋感中，在那里亲眼见到了后来再也没有目睹过的动物与植物，并且存活了下来。然而在这里，我觉得自己就要死了。

　　我开始借由调皮捣蛋的行为来获得慰藉，这也许是可以预料的反应。一开始，我只是做一些鲁莽又放肆的行为，让人发笑的感觉很好，因为他们终于注意到我了，不过失序的行为却愈演愈烈。我的成长背景让我变成一个无法容忍规则与管束的人，更无法了解为什么这些限制是必要的。然而，破坏规则是要付出代价的，尽管我是为了自己的心智健康才这么做的。我不在乎被修女们抓到，或者被责备。对我来说，这就代表注视，代表我真的存在；从一个违背常理的角度来说，这也代表我很重要。很快地，我就成为修道院里的谐星，也习惯被视为女孩们的头目或是班上的小丑，而这也让我变得声名狼藉。我总是能想出源源不绝的恶作剧点子。我们这些女孩总是躺在床上窃窃私语，直到很晚才愿意睡去。对于那些跟不上流行的老修女，我们感到非常好奇，经常讨论她们在制服底下都穿着什么东西。有天晚上，我们终于决定去一探究竟。

　　只有那些最勇敢的女孩才敢参与这次的"内衣行动"，我们最主要的目的，就是去看看那些紧闭的门后有些什么不为人知的秘密，并且找出修女们洗澡和洗衣服的地方。这是小屋修道院目前亟须解开的伟大谜团之一，而我们下定决心成为揭露真相的那群人。

我们制定了一套行动计划。首先，我们把枕头藏在被窝里，用以蒙蔽那些负责夜晚巡逻的女孩，并且在一阵忍不住想笑的慌乱中动身出发。之所以会这样，有大半原因是因为我在队伍离开宿舍之际脱口而出："拉梦娜修女的内裤一定是最大又最丑的，还有，绝对不要去看多洛雷斯修女的内裤，哈哈！"

我们彻底搜寻了这栋修道院的每一个楼层，一个多小时的时间里，除了爬上窗户探查之外，我们也蹲在地上从门缝中偷窥。那真的很好玩，不过其实没有什么收获。但是我恰好瞥见一扇位于高处的窗户，那似乎不是容易到达的地方，它镶嵌在一片高大的木门上。窗户之所以要设置在那么高的地方，一定有它的道理——这里就是修女们生活的地方，一定就是这里没错！而这个时间点，修女们通常都还忙着祈祷。

这种时候，我的猴子技能就派上用场了，没有其他女孩可以像我一样爬上去，而这项优势也引起底下女孩们的一阵惊呼。我往里面观察了一下，发现那确实就是修女们的起居室。在起居室的中间有一排非常相似（更不用提非常大件）的米黄色内裤，全都挂在晾衣架上。其实那些内裤并不完全一模一样，有些是运动风格，几乎不像是修女会穿的东西。

"哇！"我说："哇！你们应该看看这些东西的。"我不断惊呼着。

"罗芭莎！"珍妮生气地说："我们又爬不上去！"

于是我只好帮助那些女孩一个一个地爬上来，一起偷窥那个房间，满足了我们的好奇心。

由于许多女孩都不能亲眼目睹那些修女的大内裤，我们只好重新规划另一次更为大胆的突袭。在每天的作息时间之间，总会有一些时段是那些修女绝对抓不到我们的时候，更重要的是，在那些时段，门都不会上锁。得到这个资讯之后，我跟珍妮决定在几天之后再度前往那个房间，并且偷走几条修女挂着的大内裤。

或许这件事正是最好的证据，能让人们知道我们在那里的生活有多么无趣。将拉梦娜修女的内裤拿在手上摇晃，这居然成为我在那段岁月中最快乐的事情；事实上，对我们全部的人来说都是如此。我们一直笑着，直到上气不接下气为止，甚至笑到身体的侧边发痛。

不过，跟我后来所接受的惩罚相比，这种因为笑个不停所引发的疼痛根本算不了什么。拉梦娜修女立刻跟爱维斯修女报告自己的内裤遭窃。爱维斯修女相当清楚谁才是这次恶作剧的老大，立刻说犯人就是我。当时正值青少年时期的我只想着要让她难堪，而她没有任何证据可以证明是我做的，她只是自己假设如此，并且据此指控我而已。

"罗莎芭！"她对着我吼叫，眼神中透露出一股隐隐压抑的愤怒，"我知道，只有你才可能做出这么不神圣的事情，居然偷走了一条属于修女的贴身衣物！"

她说的的确没错，但我不打算就这么认错，特别是我还听见别的女孩正在压抑她们的窃笑声。

"你又不能证明是我，"我争论说："而且我一直都在这里！"

我的反抗让爱维斯修女失控爆发了。她喘着气说："在天主面前，你居然敢说谎。"她用一种戏剧性的口吻哭喊着，"孩子，等一下有你好受的！"她怒目望着我，"你什么时候才肯学乖？现在转过去，面对墙壁站好，停止你脸上那个愚蠢的微笑！"

她立刻离开了宿舍，并在几分钟之后带着两块砖头回来，一只手拿一个。就在她充满怒气地讲完处罚之后，就将那两块砖头放在我的手上。我现在必须站在那里，双手高举过头，不可以弯曲自己的手臂，然后持续这个姿势 30 分钟，以作为惩罚。"如果砖头掉下了，就会打到你的头。"她生气地说着，"罗芭莎，这一定会让你学到教训的！"

一开始，我还颇不以为然，认为这种事情很简单，自己绝对办得到，但事实并非如此。5 分钟之后，手臂上所有的血液都已经倒流了下来，10 分钟之后则开始颤抖。但我还是做到了，我没有让砖头掉下来，这是我的一场胜利。当然，真相并非如此。这件事情只不过代表我变成了自己绝对不想当的那种人——一个真正的坏女孩、粗鲁的女孩、什么事情都不在乎的女孩。我的心智已经变成愤世嫉俗的街童，唯一的办法就是快点儿逃离这里。

转眼之间，我已经在修道院待了好几个月了。作为一个囚犯，每一天的生活都像是度日如年，甚至我有可能会变成可怜的法兰西丝卡。我非常希望能够见到玛鲁嘉，弄清楚究竟发生了什么事。我无时无刻不在想她，无法相信她居然把我抛弃在这里，她大可不必这么做的。

我必须仔细地思考逃亡计划。修道院的原则非常简单：随时上锁（确保修女们能专注于自己所选的使命，并且与世隔绝）。从这个角度来说，我们这些孤儿就是修女最重要的责任：她们必须负责照顾我们，这就是她们使命的一部分，不可以让我们四处乱跑，否则这份事业就会完全失去意义。

我必须仔细地观察这个地方，才能够知道修道院的铜墙铁壁是否有裂缝，或是让我可以好好利用一番的安全疏忽。就在我从餐厅内墙的小隙走过去，想要四处看看时，却遇到了洗碗工人爱美达。她是一个肥胖的老女人，也住在修道院里面，但她不是修女，只是将这里当成避难所的普通人而已。她的行动有些不便，必须带着两根拐杖走路，还得经常坐下来休息。

"你想要逃跑，对不对？"她看着我说。

我惊讶地看着她："你怎么知道？"

"圣安东尼奥告诉我的，"她解释，仿佛那些圣人经常会参与她的自言自语一样，"当然，还有圣母玛利亚。如果我请求他们帮忙，你就可以重获自由。"这个时候，爱美达稍微转动了眼睛，想要避开耀眼的太阳，"但是，作为交换条件，你必须把一整个星期的早餐都送给我吃。"

我开始有点儿担心了，爱美达也许会让修女知道我的计划，这样一来，那群人就会更加紧密地看守我，我可不想发生这样的事情。因此，我稍微把自己的眼睛往上抬一点儿。由于她坐着，我站着，所以我想要营造出一种非常吓人的气势。

"我不需要你。"我对她说："我自己就能够完成这件事情。还有，如果你把这件事告诉别人，我就把你的舌头割下来。"我把手上的面包塞给她。"把这个东西拿去，"我说："收下来，并且替我祈祷。但如果我失败的话，就会在一大早把你给杀了。"

我当然不会伤害爱美达，但至少这是阻止那个胖女人四处宣传的好方法。

回到餐厅时，爱维斯修女立刻叫住我。"罗芭莎！"她怒不可抑地说："你去哪里了？为什么没有来吃早餐？"

"爱维斯修女，拜托一下，"我说："我做了这么多坏事，对自己感到羞耻，所以决定不要来吃早餐，而是去向圣母玛利亚祈祷，祈求天主的原谅。"

爱维斯修女满脸愤怒地看着我，完全不相信我编的故事。"张开嘴巴。"她命令我这么做，然后仔细地检查里面是否有任何面包屑。

"嗯，"她终于开口，"很好，我想你做了非常好的决定。我会让你继续祈祷的，孩子。"

"谢谢你，修女。"我非常礼貌地说完这句话之后，就静静地走了，一路上在内心感谢圣母玛利亚让我逃过这一劫。

也许爱美达的祈祷真的发挥什么作用了，因为我在隔天马上发现自己需要的东西——用来翻过高墙的工具。

这又是另外一棵拯救我生命的树木。回想起来，树木在我的人生中扮演着非常重要的角色，例如丛林里那些特别的树木、安娜卡曼花园里的那棵树、圣安东尼公园里的树、山托斯家的蜜果树。在这里，则是由另一棵重要的芒果树接手拯救了我。那棵高大的树木就长在修道院洗衣台的正上方，枝干蔓延到高墙外。用水泥制作的洗衣台跟墙壁靠在一起，在这里洗衣服，可以享受到芒果树的枝干与树叶所提供的一点儿阴凉。

我也因此得到了好处。如果我爬得够高，攀到树枝上面，就可以慢慢爬下来，沿着墙壁爬到另一边去，逃离这座修道院。在那个时候，我觉得自己非常兴奋，因为自己即将自由了。

我格外谨慎小心地沿着洗衣台附近仔细观察，几乎无时无刻都有人使用洗衣台，今天早上也不例外。

但我马上就发现可以让自己手脚攀爬的地方。在几个洗衣台上面，设置了几个金属的突出物，当初的目的，可能就是为了要让这里的人在洗衣服时有地方可以悬挂东西。这就是我的目标了，我愉悦地选定了逃亡路线。现在，我则要想办法清空这个地方，才能够从这里逃走。

我再一次搜肠刮肚，盘算各种计划，过了一段时间之后，终于有初步的想法了。我原本想要在修道院的某处引燃一场小火灾，可能就是在教堂，因为我太讨厌那里了。但是，我很快就否定了这个想法。如果这场火灾失控，我又匆匆忙忙地逃走，进而伤害了自己的朋友，甚至造成死亡，那该怎么办？不，我只好再想想更为安全的计划。不久之后，我的注意力又马上回到火灾计划上头。为什么不干脆在教堂制造一场假火灾就好了呢？如果我能够制造足够的骚动，那么每个人都会跑来这里看看到底发生了什么事情。只要大喊发生火灾，就可以制造足够的恐慌了，不是吗？我的身手非常矫健，一定可以在几秒钟之内就爬上那棵大树，落实这项逃亡计划。

我决定再过几天之后的早上这么做。当时每个人都还忙着自己的工作，他们永远也没有想到会发生这种事情，一定会放下手边的事情跑去教堂，幸运的话，整个修道院将会充满紧张的无头苍蝇，但我不会那样，我将会立刻奔向自由。

"失火啦！"连我都觉得自己的声音听起来非常陌生而绝望。"失火了！"我大喊："快来帮忙！这里失火了！"

大约在早上是 11 点半左右，我确定一切就绪了。我花了不少时间把自己一头狂乱的卷发整理好，露出练习多日的表情——慌张的眼神、无法专注在任何事情上、满脸讶异。我还做了另一项准备工作。修道院里有个女孩，她很喜欢做皮肤彩绘，也很有天分，能在皮肤上画出非常传神的刀疤与瘀青。我请她在我的脖子上与肩膀上画了一些瘀青。当我见到玛鲁嘉的时候，就可以说修女打我。这是一个非常邪恶的谎言，但我害怕她又会把我送回来这里，所以我必须编造出一个非常有说服力的理由，好让她不会这么做。

计划都在掌控中。我沿着教堂的楼梯边跑边喊，并且朝着洗衣台那里挥手。我看见许多张恐慌的脸孔。"失火啦！"我再度尖叫，"教堂着火啦！拜托快来帮忙！"

许多人连忙丢下浸泡中的衣服，急急忙忙地用围裙把手擦干。修女与那些孤儿一起朝着教堂冲过去。我看着她们离开，不忘保持尖叫，就是为了继续营造这种气氛。这件事情居然这么轻易就成功了，连我自己都非常惊讶。

选择教堂作为目标，不只是因为我真的想要破坏它而已。教堂离洗衣台很远，从那里也看不到芒果树的枝干。

我已经没有时间可以浪费了。我用力攀着洗衣台，随即爬上墙壁，竭尽所能地往上爬，立刻就抓住了芒果树的枝干。

我已经抵达这个专属于我的领土了，只要几秒钟的时间，我就可以爬到树上、跳到墙上，然后奔向自由。

我稍微休息了一下。在这里，我仍然可以听见教堂里传来的各种困惑的声音，每个人都在猜哪里失火了。我目前还很安全，浓密的枝叶替我提供了很好的藏身之地，她们看不到我，除此之外，又有谁会猜到树上有人？

我往下看，开始着手寻找最佳的攀爬位置之后，才发现这一切比我想得还要棘手。墙上铺满了许多碎玻璃。天啊，我心想。我把修道院的凉鞋留在宿舍，因为那双鞋子不适合用来爬行，但赤脚的我要怎样才能站上那堵看起来非常可怕的高墙呢？

我无暇思考。也许我太过乐观地估计她们会花很久的时间，才知道那只是我随口乱吼的火灾，并且开始四处找我，打算好好教训我一顿。除此之外，我也太过天真地以为那群修女不会想到我的目的。难道爱美达出卖我了吗？我不知道，但是，我知道那些修女现在正跑向这里来，还不停地抬头搜索我。我必须快点儿跳过这道墙，去到另外一边才行。

我没有时间爬到另一根树枝上观察，更没有时间思考其他可行的计划。好吧，我别无选择，只能从这里往前跳——高度大概是 12 英尺。

我跳了，并且重重地摔在树下的草地上，那种感觉就好像双腿同时遭到灼伤一样，但我没有时间坐在那里慢慢摸自己的脚。如果那些修女还没有发现我要跑的路线，我就必须快点儿移动，因为通往外头街道的大门正在打开，我可以听见修道院那扇巨大的木门正在移动的声音。

我站起来，开始蹒跚地行走着，修道院的大门缓缓地开启。我非常希望能在被修女发现之前就逃走，我猛力一跳，来到外面的马路上，街上的车因为惊讶而四处打转，我听见那些驾驶者骂我"笨嘉美娜""白痴"的声音。最后，我终于抵达马路对面的树下，并且立刻爬上去，待在上面喘着气。

这些树叫作马塔雷东树，意思是"老鼠杀手"，因为它长出的莓子带有毒性。但是对我这头小猴子来说，它们简直就是救星。几秒钟之后，当我往马路的另一边望过去时，马上就看到了几个修女，包括爱维斯修女在内。不过他们并没有看见我爬到树上，也根本猜想不到我会爬到这里。她们一定以为我早就跑了，这就是她们心中的想法。修道院的男警卫仍然四处寻找了一阵子，但也从来没有抬头检查过我是不是躲在树上。几分钟之后，他放弃了，只能咒骂一声，拍拍自己的大腿，就这么走回去了。逃亡计划顺利完成，我又再度重获自由，距离我钟爱的玛鲁嘉又更靠近了一步。

29

我花了好几个小时才找到回去见玛鲁嘉的路。我在马塔雷东树上待了足足半个小时，直到确认没有任何人看见我。我不认为修女们会在修道院门口张贴寻人启事，这样的话就太可笑了，我想她们一定很高兴可以摆脱我吧。但是从爱维斯修女站在人行道上的焦急模样看来，我很确定她们并不是这么想的，毕竟她们受人所托，也答应了要好好照顾我，我的逃离意味着她们失败了。

直到我觉得安全之后，才回到了街上，然后慢慢地穿越这座城市。我不知道该怎么走，因为我并不熟悉库库塔的这个区域，于是我便趁着卡车或公车停下来等红灯的时候，偷偷溜上去搭便车。只是这个方法让我多绕了好几个圈，才终于回到我比较熟悉的地区。

等我回到山托斯家所在的区域时，双腿早就已经因为疲倦而疼痛不堪。此外，我也非常紧张，如果那个家族的其中一个人在外面，刚好看到我在这里，那该怎么办呢？我决定躲在远一点儿的地方，再另外找一个人帮我给玛鲁嘉送讯息，这样会比较安全一点儿。

我很快就找到一个非常合适的人选，那是一个看起来非常天真的小男孩，正在街上玩耍。我站在一座看似空屋的房子门口，用口哨声引起他的注意之后，就挥手叫他过来。

他走过来的时候，看起来有点儿紧张，但似乎也非常懂得街头的生存之道。"哈啰。"他说。他差不多比我矮一英尺，大概 10 岁左右吧，我不太能确定，只觉得他很勇敢。"你叫我过来干吗？"他开口问我，"如果只是耍我的话，我立刻把你打晕。"他还另外补充了这一句。

我挥挥手，否定了他的想法。"我有一份工作要给你，想要吗？"

"什么？"

"我要你去一栋房子那里。"我告诉他那条街道的位置。"第一栋房子，"我也想尽办法让他知道究竟是哪一栋房子。"就在桥的旁边，知道了吗？去找玛鲁嘉，记得起来吗？玛鲁嘉。但是你必须小声说话，这点很重要。跟她说罗莎芭在这里等她，并且把她带过来找我。"

那个男孩摆出了一张脸。"你以为我会免费替你做这件事情吗？"毋庸置疑，他确实是在哥伦比亚街头长大的孩子。

"我口袋里有很多好东西。"我说："等你把那个女士带过来之后，东西就全归你。"我确实是在说谎，不过这可以让那个孩子学到宝贵的一课：永远不要相信哥伦比亚人。

"让我看看那些好东西。"他说。这家伙倒是学得挺快。

"我说过了，只有你把那位女士带来这里的时候，才可以得到那些东西。你刚刚没听清楚吗？跟她说，罗莎芭在这里等她。快点！快点去！不然，在你回来之前，我就会走了，到时候你什么东西都拿不到。"

我看着那个小男孩跑走，感觉自己的心脏正在加速跳动。她会来吗？她还活着吗？我试着不要去猜想，如果那个小男孩没有回来该怎么办。

我才刚开始想着那个小男孩是不是就这么跑走了的时候，玛鲁嘉就从转角出现了。无与伦比的喜悦涌现在我心头。当她走过来时，我也觉得心中如释重负。玛鲁嘉看起来很紧张，我也注意到她衣服穿戴很整齐，还带着钱包。我开始觉得害怕，她是不是又会叫计程车，把我带回修道院？

"罗莎芭！"她一边说，一边用手摇晃我的肩膀。"你在这里做什么？你为什么要来？这里实在太危险了！"

我想要回答，但她太生气了，什么也听不进去，还连珠带炮地说："你为什么要逃跑？你在那里很安全的，天啊，不……"她非常紧张地四处张望。"罗芭莎，你必须知道，山托斯家族的人正在四处找你。他们已经派出帮派成员，要把你找出来，然后杀掉你。你还不知道这件事情吗？"

我悲伤地摇着头，我很讨厌她吼我。"我来这里是为了找你的，"我哭着说："我来这里找你的。"

玛鲁嘉的态度柔软了："罗莎芭……"

"因为你没有来修道院，所以我才来找你。你说你每个星期六都会来，却没有出现，我很担心你。"

"罗莎芭，"她再度开口，"我不能去找你。那样太危险了。山托斯家的人正在找你。你不知道我有多么害怕他们找到你。而且，我非常肯定他们知道我跟这件事有关，他们正在监视我。而这就是我没有去找你的原因。我不敢去，他们可能正在跟踪我。这样的话，我就会让他们找到你，接着他们就会马上想办法把你杀了。"

她突然变得沉默，又一次来回打量这条街道。我看见那个小男孩在数码之外的地方游荡，除此之外，街上空荡荡，至少现在是这样。

"好吧，"玛鲁嘉说："跟我来，我得把你送回修道院。"

"但是我不想回到那里，我想跟着你！"

"罗莎芭，你不能这样，你自己也知道。"

"但是我不能回到那里了，修女们会打我，玛鲁嘉，她们殴打那里所有的孤儿。"我拉开衣服的领口，让她看见脖子上那"精美的瘀青"。

"这真是太糟糕了，我不知道她们会这样。"

我开始哭泣。但不是因为我很会演戏，只是想要表达能够待在玛鲁嘉身边有多么重要，我不想要她离开我。眼泪对她有效，她一把抱住我，"你不能回去修道院了，"她说："我怎么可以把你送回去呢？可怜的孩子。"

"所以我可以跟着你吗？拜托了。"

她还是摇摇头，"我不能让你待在这里，太危险了，对我们两个人来说都是如此，这样也可能会伤害到我的家人。罗莎芭，我的儿子古拉曼正在跟康稣耶拉交往，他们很容易就会察觉到你的存在，我不能让你留在这里。"

我抓着她的衣服，因为自己已经什么都没有了。"那我能去哪里呢？"我开始求她："我能做什么呢？请不要离开我。"

"罗莎芭，你得……"她似乎再也讲不出话了。她在哭吗？"罗莎芭……"她看着天空，仿佛正在寻找答案。"我怎么能够这么做呢？"她说："怎么能呢？"

我屏住呼吸，意识到她打算冒险收留我。终于，她做出决定了。她再度看着我，"今天，"她说："你可以待在这里，只有今天，我会联系我的女儿玛麓雅，她住在波哥大。我会问她是否可以收留你。到那之前，你必须躲起来，而且绝对不可以离开房子。还有，你不可以发出任何声音，竭尽所能地保持安静。否则山托斯家的人会听到，我知道他们一定会听到。这是唯一的方法了，你能做到吗？"

我立刻疯狂地点头同意："是的，我可以。谢谢你，玛鲁嘉。"

"好吧，来吧，我们得快点儿把你藏在房子里头，不要被别人看到。我们必须绕路回去，这样就没有人会看到你了。"

我已经完全忘记刚刚那个小男孩了。他看到我们要走，立刻过来踢我的小腿。

"喂，小美人，"他一边把手伸出来，一边说："我的好处呢？还是你想要吃点儿'苦头'？"

这个家伙根本就不是真正的哥伦比亚街头男孩，我很清楚这一点。我摆出凶狠的表情，"走开，否则我就追着，把你的舌头割下来。"

玛鲁嘉立刻拍打我的手，"罗莎芭！"她责备道，"注意自己的行为！"然后，玛鲁嘉给了那个小男孩一些钱，"不要跟任何人说这件事。"玛鲁嘉吩咐他。"好了，"当那个小男孩跑开之后，玛鲁嘉对我说："罗莎芭，你看你，居然让我陷入这种处境。"

玛鲁嘉的抱怨还没结束。我们平安到她家之后——这个地方，就是我一生中见过最接近天堂的地方了——她立刻开始吩咐我很多事情，"如果你从我这里，或者我的小孩那里，偷走了任何一件东西，我就不会把你送到玛麓雅那边，知道了吗？"

我点头。

"我会把你赶出去，你就得再度靠你自己了，知道吗？"

我还是点头，非常努力地保证，请她务必相信我。但是，为什么她不相信我呢？我一直都是街童，这种身份只比野生动物好一点点，加上我曾经替山托斯家族工作，在那里，除了山托斯女孩，他们全家都是罪犯与杀手，因为这种种原因，玛鲁嘉当然不相信我可以分辨善恶。换了我是她，我也不会相信自己。

但是她还是把我带回家，好好地照顾我。我也竭尽所能让自己成为心里那个最好的人格形象，善良、充满感激之心。除此之外，我也更为熟悉玛鲁嘉的家庭。她是一个寡妇，独立抚养9个小孩儿。她的先生在63岁那年，因为得知自己罹患帕金森氏症而选择自杀。

"这就是我为什么不能把你留在这里的原因，"她说："我要替自己的小孩着想，兼顾自己跟他们的安全。但是，如果你能够证明自己值得信赖，我很确定玛麓雅会愿意收留你。"

"我可以！"我向她保证，"我知道自己可以！"

　　"我相信你。"玛鲁嘉说："但是这样还不够,我必须亲眼看到,所以我想到了一个办法。我会把你带到圣路易斯的朋友家,我相信她的判断力,而且,我想她需要人帮忙做家务,我想她会同意让你在那边住两个星期。"玛鲁嘉笑着说："这样每个人都开心。你可以远离山托斯家族,我的朋友也可以得到一些帮助,玛麓雅也可以知道你是不是跟我说的一样好,如果我的朋友说你很乖,我们就会安排你去波哥大。"

　　圣路易斯是一个位于两座山中间的小农村,有许多穷人都住在那里。村里几乎与繁华沾不上边,也缺乏教育,更没有任何奢侈品,青少年怀孕、无家可归的情况屡见不鲜。玛鲁嘉的朋友叫伊莎贝尔,她和丈夫还有 3 个小孩住在一起。

　　搭了一个小时的计程车之后,我们终于抵达圣路易斯了。我因为即将见到伊莎贝尔与她的家人而感到非常紧张。我确定自己可以守规矩,但是我又再度被带到陌生人的家门,还必须接受一套新的规矩。

　　下了计程车的玛鲁嘉看起来也非常紧张。她反复检查我的外表,甚至一直担心破旧的修道院衣服不太合宜,还试着替我擦掉脸上的脏东西。明明我脸上没有任何东西,但是我还是让她这么做了,这样她会比较安心。这也许是我最后的机会了,如果没有把握住,就再也不可能得到更好的人生;如果我失败了,就只能重回街头。

　　伊莎贝尔家的大门打开时,我可以看出他们两个人确实是非常好的朋友。伊莎贝尔马上露出热情的笑容,但当她注意到玛鲁嘉的紧张情绪后，表情也跟着改变了。

"玛鲁嘉，"她说："这真是一个意外的惊喜，但是你怎么会在这里？还有，你为什么看起来这么担忧？"

玛鲁嘉看了我一眼，接着开始向伊莎贝尔解释整件事的由来。"她叫罗莎芭，"玛鲁嘉说："跟山托斯家族之间有点儿麻烦。"

伊莎贝尔的眼睛眯了起来："噢，跟那个家族发生一点麻烦啊。天啊！我懂了，但我能替你们做什么吗？"

"我必须把她送出库库塔。"玛鲁嘉说："想请问你，罗莎芭是不是可以在这边待几个星期？当然，我会付钱给你。"她马上又补充道："除此之外，我也会负担罗莎芭所有的生活支出。"

伊莎贝尔点点头。"好吧，我确实需要一些钱。"伊莎贝尔承认了自己的需求，并且对着我微笑，"但是，在这之后，你要怎么办呢？玛鲁嘉？"

玛鲁嘉向伊莎贝尔说明即将要把我送到玛麓雅那里的计划。"唯一的条件就是你能够满意她的表现，这就像是试用一样，你可以接受吗？"

伊莎贝尔似乎愿意这么做，我终于跨过了这个关卡。

这两个星期的生活并不是太容易。伊莎贝尔一家就跟附近的人一样的穷，房子都快倒塌了，甚至连个像样的屋顶也没有。由于地震频繁，这里的房子都只有一层楼高，厕所就是在花园里随意挖出来的坑洞。房子里只有两个房间和一个小厨房，那里放置着一只单口炉子。这里没有自来水，所以伊莎贝尔的先生必须去附近的河边装水回来，同时想办法找点食物。这个家庭几乎以燕麦为主食，很少有机会吃到肉类。在那两个星期内，我几乎只能吃到骨头上的一点点肉屑，通常是在一碗非常稀的汤里面吃到的。

但这一家人极富创意，有时候他们会做燕麦粥，其他时候则会用锅子烹煮，加入一点儿芜菁。花园里种了一些包心菜和其他绿色植物，尽管如此，每个人能分到的份量还是很少。可是我在这里非常快乐，餐桌上的食物很美味，用餐期间彼此也会愉快地交谈，因为这就是一个家庭啊！自从我离开丛林的猴子家人后，这还是我第一次有家的感觉。

我没有偷东西，其实这家人也没什么财产。但是，当体内那个街童出现时，任何东西其实都有它的价值。玛鲁嘉的声音阻止了我。我一再在脑海里听见玛鲁嘉的叮咛，我知道自己必须感谢这次机会。因为这一次将会决定我的未来。

我也非常认真地工作，帮忙处理那些我擅长又熟练的事情，比如煮燕麦粥、铺床、整理房子以及洗衣服。随着日子过去，我看得出伊莎贝尔很喜欢我，而这样的反馈更加激励了我，我甚至一度感动到想弄块肉回来给他们。对我这样的街童来说，在这种地方偷点儿食物简直易如反掌。但是，同样也是这份感激之情阻止了我。也许偷食物回来对他们而言是种帮助，却会伤害到另一个家庭。这就是为善与作恶之间的不同，而我清楚地知道这一点。我是这么这么地渴望成为一个善良的人，而不再只是让人看成来自贫民区的孩子。

在这段日子里，我当然不能跟玛鲁嘉联络，但是她一直都在我心中。她说得很清楚，当她回来接我的时候，就会决定我的命运。一切都取决于伊莎贝尔的说法。玛鲁嘉可能会搭计程车带我去机场，让我可以飞向波哥大。但如果伊莎贝尔认为我表现得不好，玛鲁嘉只会给我一些零钱，让我自己回到街上生活。

后来我才发现玛鲁嘉根本不会做出这么残忍的事情，但是我很高兴她说谎骗了我，因为这让我专注于把每件事做好。她预定回来接我的那天，一见到她，我就兴奋地扑上去抱住了她，力气大到差点儿把她给扑倒在地上。不过她一句话都没有说，直到我放开她之后，她才拿出了一张票，那是一张让我飞往波哥大的飞机票。

直到今天，对于玛鲁嘉的慷慨与仁慈，我仍然保持着十二万分的敬意。她不是一个富有的女人，相反地，她的经济状况不是太好，却仍愿意为我付出这么多。我从来不晓得要怎么表达这些事情有多么重要。

那天玛鲁嘉不只是给我一张机票而已。"你已经通过考验了，罗莎芭，"她说："我以你为傲！来吧，为了庆祝，我要送你一份礼物。这是一个很特别的东西，收下吧！"她说话的同时，一面交给我一个细长的纸盒。

惊喜不已的我感动得不知道说什么好，有生之年，我终于收到了一份礼物。我终于完成了一件好事，因为我做得很好，让玛鲁嘉感到很骄傲，所以她送了我一份礼物。这是我为自己赢得的礼物，而不是偷来的东西。我不知道该怎么解释这几句话对我的意义，事实上，光是听到她这么说，就已经是最好的礼物了，但她却还带了另一个绑着黄色丝带的盒子：一份真正的礼物。这是我人生中第一次收到这样的东西，那真是一个美好的瞬间，我多么希望能够将这一刻永远保存下来——我再也不用去任何地方偷窃，就可以得到一份宝藏，我不用再犯罪了，那个东西就是给我的。

伊莎贝尔笑了。"快点儿，"她在旁边聒噪着，"你难道不想打开来看看吗？"

我点头，然后放下了纸盒，我真的想看看里面是什么东西。

如果说，光是得到礼物这件事情，就已经让我感受到无比兴奋，那么包装盒里面那个美丽的东西所带给我的快乐，就真的是言语无法形容的了。那是一件灰蓝色缎子做成的美丽洋装，同样绑着一个黄色丝带的蝴蝶结。我看过很多漂亮的衣服，康稣耶拉与艾斯提拉就有很多件，但是，看到这么美丽的衣服，并且知道那是我的东西，则是我永远不会忘记的感觉。

"好吧！"玛鲁嘉说："让我们看看你穿上之后的模样吧！这里还有给你固定头发的夹子，和一些非常特别的白袜子。我会帮你穿，希望搭配得很好看。"

当然很好看。这些东西搭配得十分完美，因为这是玛鲁嘉特别替我做的。她帮我梳了头发，并且把小小的白色蝴蝶结夹在我的刘海儿上。除此之外，她也带了一双闪亮的白色袜子，而这是我的第一双袜子。看见我穿成这样，她显得非常快乐。"你看起来好漂亮，罗莎芭。"她说。

我真的很漂亮，简直难以置信。我从不曾觉得自己这么漂亮。

我无法停止看着镜中的自己，更无法相信眼前这个秀丽、充满女孩气息的人就是我自己。不只是因为这套洋装，而是因为玛鲁嘉一针一线缝进去的爱，才会让我变得这么美丽。我终于觉得自己是这个家庭的一分子了。我爱玛鲁嘉，比爱我自己还多。

"来吧，"她一边挥舞着机票，一边笑着说："该把你从镜子前拖走了，罗莎芭。我们得加快速度，你还要去别的地方。"

30

"听好了，"坐在计程车里时，玛鲁嘉说："我们必须严肃地看待这件事情，罗莎芭，你仍然有生命危险，山托斯黑帮还是把你列在他们的黑名单上。眼睛看着地上，不要看任何人，不要分心去看周遭的任何东西。机场可能也有他们的人，我们无法确定。所以，你一定要时时提高警觉。"

我试着努力地集中注意力，但那真的太难了。每一件事都很不真实。玛鲁嘉试着跟我解释什么叫作搭飞机，"那不是巴士，也不是计程车，因为飞机会飞在空中，就像鸟一样。"我不断在脑海里想象着那会是什么样的情景，以至于无法思考其他事情。直上云霄，飞得跟鸟一样高。我想起那些在丛林的日子，我会坐在树冠层上俯瞰遥远的地面，但是从飞机上往下看，却是什么都没有。这真叫人恐慌却又兴奋不已。

"罗莎芭！"玛鲁嘉稍微提高了声量，叫着我的名字："你必须记住，你知道关于那个家庭的秘密……"

"可是我什么都不知道，好吧，我只知道……"

"这不重要，重要的是他们怎么想。他们认为你带着许多他们不为人知的秘密逃走了，所以他们不会冒让你活着的风险，他们永远都不会这么做的，一旦他们逮到机会……"玛鲁嘉举起手，作势划过自己的喉咙。"罗莎芭，我确定。"

"我懂的，"我试着让她安心，"我真的懂。"

一直到我们真的抵达机场，我才体会到玛鲁嘉有多么担忧害怕。很多年以后，我才明白山托斯家族是多么轻易就能把我给杀了，只为了以防万一。玛鲁嘉替我调整了发夹，并抚顺我的卷发，而此时，她的恐惧像是带有感染力一般，经由她颤抖的手指传到了我的身上。

就现在的眼光看来，卡米罗达扎机场或许很小，但是对那时的我来说，它实在是偌大无比。每一样东西看起来都好大：成排的座椅、旋转门、超大办公桌以及报到柜台。站在里头的我，觉得自己就像侏儒般矮小，也感到胆怯退缩。此外，整座机场看起来是这么地新颖、雄伟，一点儿都不像我以前待过的地方。

"拿好，这是一张照片。"我们走向标示着"出境"的地方时，玛鲁嘉这么交代我："这是玛麓亚，她会在那里等你。她知道什么时候该去接你，也会留意你的安全。照片是让你用来辨认她的，千万别认错人了。"

又是另一件令人担心的事情，我有好多事情需要担心。也许玛鲁嘉发现自己可能惊吓到我，所以她把身体蹲低，用坚定的语气对我说："你做得到，罗莎芭。你很勇敢，是一个在险境中存活下来的人，你很聪明，我相信你。"

玛鲁嘉的话就像是一剂强心针，听了她的话，我感觉自己长得更高、更壮也更加勇敢了。她是对的，我做得到，我已经准备好了。

在那个年代，搭乘境内航线的班机并不需要特地准备文件，不需要护照、身份证或是出生证明，什么都不需要。这样比较好，因为我没有任何东西可以证明我的存在。

玛鲁嘉把我带到柜台办理报到手续之后，我就进到机场的另一个区域了，一个玛鲁嘉没办法进入的区域。

"小心一点儿，"她持续地轻声对我说："小心一点儿，不要看任何人。"她的紧张已经完全感染了我。如果不是玛鲁嘉叫我这么做的话，我可能会在得知她将留下我独自一人时转身拔腿就跑。我就只有一只她帮我打包的小皮箱、一张机票，还有玛鲁嘉女儿的照片。

我研究了那张黑白照片，照片上那个女人的头发和眼睛看来苍白黯淡，但仍旧很漂亮。我猜她拥有一双蓝色的眼睛，就像我的洋装一样。

我永远无法找到贴切的字眼来描述自己即将离开玛鲁嘉的心情。我可以说谢谢，而我也说了，却远远不足以表达我真实的感受。我想说的事情很多，想让她知道我有多么感谢她给我这次机会，信任我，并相信我可以变成另一个更好的人。但是我却说不出口，只能用眼神与肢体动作传达这样的心情。我会让她以及她的家人感到骄傲，这是我能够表达感激之情的方法。

我努力不让自己回头看她。直到登机前，我的眼睛都还是直直地注视着前方。

就在那个当下，我冒着风险迅速回头瞥了一眼，却看不到玛鲁嘉的身影，人实在是太多了。显然她对分离感到焦虑，也许早就离开了。我现在是安全的吗？希望如此，我不认为黑帮分子会搭上这班飞机，因此心情变得比较轻松，如果他们想要抓我的话，早就来抓我了，不是吗？

尽管如此，飞机上的服务人员引导我到靠窗的位置之后，我还是忍不住多看了机场一眼，希望能够看到玛鲁嘉的脸。但是我依然找不到她，一颗心也跟着沉了下来，现在我真的只能靠自己了。旁边这个仍旧空着的座位也是个问题。谁会坐在这里呢？或许最终某个黑帮分子还是搭上了这班飞机？

机舱慢慢被乘客填满，没多久就充斥着人们喧闹嘈杂的交谈声。不过每个人都只是行经我身旁的空位，没有人真的坐下来。我才心里想着，希望保持这样的状态时，就看到一个相当年轻的男人朝我这边走来。他手上拿着票根，我抬头看他时，他似乎正默默地数着座位，然后把眼神望向我这排。我小心翼翼地看着他，就像当初在丛林里观察其他生物一样。他的个子很高，体格健壮。当他走近时，我也跟着提高了警觉。如果他真的是山托斯家族的手下，我要怎么逃跑？出口在哪里？如果他攻击我，我该怎么保护自己？

现在回想起这件事情，真的觉得自己当时很傻，但是那个时候，我真的紧张得要死。玛鲁嘉的恐惧转移到我的身上，我的手心不停地冒出汗来。最后，当他终于在我身旁坐下来时，我的脸就对着窗外，不敢回头。

起飞的过程彻底吓坏了我。我紧紧地抓着座椅的扶手，就像我在爬树时抓着树干那样。从物理角度来说，像飞机这么重的东西怎么可能有足够的动力航向天际呢？鸟儿就不一样了，因为它们很轻，几乎没有重量可言。但是飞机本身的重量，再加上这些乘客，怎么可能飞得起来？光是想想就非常恐怖。可是我们现在就飞在天上，下方的库库塔也变得愈来愈小。最后，我终于可以松开自己的手，并且冒险地看了一眼那位静静坐在隔壁的乘客。他的大腿上放了一本《圣经》，在哥伦比亚，这不是什么不寻常的事情，即便他一口气在大腿上放了半打《圣经》，也不代表任何特殊意义，因为就连山托斯先生也有《圣经》，每个人都有《圣经》。就算是这样，见到那本《圣经》还是让我感到稍微轻松了一点儿。

他一定发现我正在注视着那本《圣经》，也意识到我偷偷摸摸的行径，所以主动开口对我说："哈啰。"

我嘴里吐出了一些含糊不清的回应。接着，他拿起了那本有着蓝色书皮、写了金色页边的《圣经》，笑着对我说："我是一个神父。"仿佛针对我的疑惑做出了解释。

这是我有史以来听过最棒的话了。

随后两个小时的旅程中，我跟神父再也没有交谈。他读着《圣经》，而我则忙着看窗外的景色，并喝光空姐给我的果汁。直到我终于冷静下来，相信飞机不会从半空中掉下去（除非我们要降落）之后，我才注意到底下那片如地毯般的雨林是如此的令人惊讶。当然，千变万化的云朵也毫不逊色，我简直不敢相信从我们所在的高度观看云朵，是这么截然不同的一种感受。就在我们降落前，我突然想起自己还有未完成的任务，于是鼓起勇气，再度跟那个神父说话。

"我必须跟这个小姐碰面，"我把玛麓亚的照片给他看，并且试着向他解释："但是我不知道要去哪里找她，请问你可以带我去吗？"

"当然。"他向我保证。虽然他似乎忙着要去哪里，不过下了飞机之后，他还是把我带到了一个穿着正式套装的女士那里，并且告诉我，这位女士一定会协助我找到照片中的女人。直到今天，我有时候还是会想起那位神父，好奇他现在人在哪里，又正在做什么呢？还有，如果他知道我曾经一度把他当成黑帮雇佣的职业杀手，会不会觉得很可笑呢？

波哥大的机场非常大，放眼望去尽是一片人海。不但是那位年轻的神父，这里的每个人看来都很匆忙。我从来没有想过自己竟是如此渺小与不起眼，如果没有那位小姐的帮忙（我想她应该是机场的安全人员吧），我可能马上就迷路了，而且不会有人发现，甚至也不会有人在意被人群吞没的我。不过现在不一样了，有人在乎我，玛鲁嘉就会。这是多么美好的一种感觉。

我们没花多长时间就找到了玛麓亚。"是她吗？"机场人员拿着我给她的照片，指着站在远处的一个女人问我。

我回答不出来，因为我也没见过她，但是她看起来跟照片上的玛麓亚很像。接着，她对我挥手，谜底也就揭晓了：我们找到玛麓亚了。

第一次见到玛麓亚那天，她带了三样东西：一套利落的套装，这让她看起来很优雅，跟那位在机场协助我的女士一样；一个让我马上联想到玛鲁嘉的大大微笑；以及一个看起来非常顽皮的金发男孩，正环抱着玛麓亚的腿不放。"这是艾德格。"玛麓亚说："他4岁，对吧，艾德格？不要害羞，跟罗莎芭打个招呼。"

艾德格没有跟我打招呼，因为他很害羞，我当然不怪他，我自己也很害羞，此刻的我穿着这么漂亮的衣服，还走在一位美丽女士的身旁，距离那个我再也不想跟他有瓜葛的街童足足有100万英里这么远。"来吧，"她说："让我们回家去跟你的家人见面，好吗？"

我必须捏捏自己的手，才能够确定这一切是真实的。我敬佩并尊敬玛麓亚，至今仍然如此。她跟丈夫阿玛迪欧愿意接受我这个陌生的年轻女孩，这是多么神奇的事情，我所拥有的背景是如此不堪，他们却无私地把我当成家里的一分子。有多少人愿意这么做？我想他们一定是非常特别的人。

在回家的路上，玛麓亚简单介绍了自己的家庭成员。阿玛迪欧是一间饭店的经理，他们一共有5个小孩，艾德格是老三。虽然他们不穷，但大部分的支出都花在小孩的教育费上，显然这笔费用非常昂贵。

玛麓亚也跟我说了很多关于她自己小孩的事情，像是他们喜欢什么，又讨厌什么。虽然她有钱让我去上学，但会尽量在家里教我认识数字和字母，所以我可以读书跟写字了！我简直等不及要马上开始！她也告诉我，我将会跟南希共用一间房间。南希大概七八岁左右，而玛麓亚觉得她跟我差不多年纪。好吧，我其实也不是非常确定自己到底几岁了，我看起来大约是 9 岁左右，而且身材很矮小。但我知道自己不是 9 岁，根据玛鲁嘉的说法，我当时应该是 13 岁或 14 岁。

我很快就适应了住在佛雷罗家的生活，光是前几天就体验了一连串数不清的新鲜事。尽管我很享受新的生活，过去却一直追着我，不肯放手。

我开始做非常可怕的噩梦，每一次闭上眼睛，都会看见在山托斯家被殴打、鞭打和虐待的自己。情况糟糕到我根本不敢闭上眼睛睡觉，即便睡着了，南希说她也会听到我在哭喊与啜泣。她为我感到担心，于是跟玛麓亚说了这件事情。

"你知道吗？"几天后的晚上，玛麓亚突然开口，"我一直在想，或许有件事情可以帮助你。"

"什么事呢？"我一边问，一边在心里想着，也许她会拿药给我吃。

"你的名字，"她说："谁给你这个名字的？"

"山托斯先生。"我说。

"在罗莎芭之前，我叫作小马玛塔。"

"那不是饮料的名字吗？太妙了。"她笑了，"那更早之前呢？"

"更早之前，我叫作葛麓雅。"

"谁帮你取的这个名字？"她继续追问。

"一位女士，"我皱着眉头说："她对我很不好。"我不想提起安娜卡曼和那间妓院，因为现在我知道那是怎么一回事了，而我因为自己曾经在那里生活感到羞耻。

"可怜的孩子啊，"她说："你到底经历过什么样的生活。在那之前呢？"

我摇着头，没有答案。我耸耸肩说："我没有名字。"

玛麓亚点点头。"嗯嗯，"她说："也许这就是问题所在，你的名字都是作为奴隶时取的。"她又笑了起来，那是一种心中自由盘算的女人才会有的笑容。我认得出那种笑容，我发现自己也常挂着那种笑容。我也喜欢计划，而玛麓亚的计划毫无疑问会是一个非常棒的计划。"亲爱的，"她说："你需要的就是拥有自己的名字，一个你自己挑选的名字。"

就这样，我花了几天时间思考什么样的名字最适合我，并在最后选择感觉最对的那一个。然后玛麓亚帮我找了一个神父，让他替我受洗，成为这个家的一分子。走出教堂的那一天，我大概是 14 岁左右，终于拥有了自己的名字：露兹·玛琳娜——这两个字分别代表着"光"与"海"。

我喜欢"露兹"是因为在这么多年的黑暗之后，我终于找到生命中的光芒；而选择"玛琳娜"的原因就有趣得多了，如果我知道这个名字指的就是"海"，我还会做出同样的选择吗？也许不会。但是我知道自己喜欢这个名字的读音，出于某种原因，我总觉得自己跟这个名字有所连结，或许跟我的过去有一些关系吧，我想。也许这就是我妈妈的名字？或是我原本的名字？

　　我没有答案。我只知道，走出教堂的我感觉自己就像一个真正的人类，一个独立的个体，再也不是一只动物了。这就是我，我的身份与认同，我属于一个家庭。我还记得那时的自己这样想道：我的名字是露兹·玛琳娜，我不是一个孤儿。

　　这样的认知让我成为一个全新的人，更重要的是，一个自由人。我已经等不及要迈向未来的人生了。

后 记

　　第一次见到玛琳娜是在 2011 年的夏天，她带着女儿凡妮莎，一起从布拉德福特到我经纪人位于伦敦的办公室。我们在那里碰面，看看彼此是否契合。身为一个写手，"契合"是我非常看重的事情。我相信自己的直觉，如果不能跟合作对象产生共鸣，那就没有往下谈的意义了。我也认为对方应该保持和我一样的想法，毕竟，这是一种非常紧密的合作关系，密切、坦诚与亲近，如果没有信任感，就没有办法成功。

　　在我眼前是一个难题。我曾经收到许多代笔的邀约，但眼前这个案子是独一无二的：这是关于一名女性在年幼时期曾被猴子抚养的故事，至少他们是这样告诉我的。我相信吗？我其实也不确定。他们提供了大量相当庞杂的资料，我也看了两份先前提案的纲要，两者采取了不同的手法讲述这个庞大又杂乱的故事。

　　然而，面对面的交谈仍然是相当重要的。我和玛琳娜在几秒钟之内就建立了相当好的信任感，我也相信玛琳娜神奇的人生故事，并且感受到我们彼此之间那种充满魔力、不可替换的契合感。

玛琳娜本人就像你在这本书里面读到的小女孩，这位身材娇小的布拉德福特主妇同时也是一个不屈不挠的超级奶奶。在她身上，我仍然可以看到一股喜欢恶作剧的气质，以及充满野性的活力，这两者几近完美地结合在一起。她美丽的女儿凡妮莎（两姐妹中的妹妹）则明显遗传了母亲的活力以及对生命的渴望。当我知道自己将会与凡妮莎一起从事这份工作之后（由于童年遭遇的关系，玛琳娜的英文写作能力非常不稳定），双方一拍即合。

就算如此，在完成签约后，我还是在日益渐增的焦虑中读完了整份手稿，甚至到了最后，不安的感觉强烈到让我几乎无法承受。无论是故事本身，还是素材的资料，都非常庞杂，处理起来也很吃力。虽然这是一个充满戏剧张力与丰富情绪的故事，也因此让我感到好奇，更深深为之着迷、兴奋不已，但它还是一份狂野不羁的手稿，就跟这个故事的核心一样。这是凡妮莎多年来与母亲进行访谈之后，呕心沥血写就的珍贵文稿，更是一份从爱而生的作品，但是里面仍有太多与主要故事轴线无关的细节。这份手稿就像是巨大的雨林，充满了各种光线、生命与色彩。当我决定接下这份工作之后，我的使命就是替它找出一条最好的道路。

因此，我的第一个决定就是将内容减少一半。虽然听起来很残忍，却是唯一的解决方法。我们将会更着重在玛琳娜的童年旅程，从失去自己的家庭与挚爱的家人，以及最重要的，她的身份开始讲起，一直到14岁左右，她再度成为一个"拥有名字的女孩"。

完成减量的工作之后，我将剩余的资料放在"续集"的资料夹中，这份野兽般的手稿就变得更好驾驭了。我开始思考是不是应该保留手稿中许多充满丛林色彩的隐喻，最后，我决定采用一种可以将读者带回"儿童如何看到世界"的角度。回忆是棘手的事情。当你创造出回忆，就会发自本能地想要进行分析，并且下意识套用后来所学的知识。因此，借由"后来"来描述童年时期的事件与意象就变成非常容易的事情。举例来说，成年人可能会将一小块的蓝色比喻为一颗蓝宝石，或者是如同太平洋的湛蓝，但小孩不会有这样的比喻方式（除非这个小孩从小住在矿坑或是加勒比海上的某个岛屿，那就另当别论）。因此，全书的语言必须变得非常单纯，不能为了创造艺术价值而使用更难的辞藻。

除此之外，建立既有的事实，也是非常重要的工作。我当然不是在要求他们说我，但是为了故事的真实性，我必须确保所有的细节都是正确的。不过，当玛琳娜没有任何参考的时间点，又要怎么确定故事的真实性呢？凡妮莎在此贡献卓越，她花了非常多的时间跟玛琳娜交谈，并且持续追踪各种特殊的回忆，从许多意象中找出各种可能性，并且交互查证各种野生物种。通过一切努力，我们才能知道当初的那些猴子是黑带卷尾猴，而玛琳娜在森林里吃的东西就是番石榴、巴西坚果和无花果。这些确切的事实，都是凡妮莎经历了非常痛苦的研究，才能够从玛琳娜的意象中挖掘出来的。

然而，凡妮莎最沉重同时也是最棒的成就，便是将玛琳娜心中那些只是床前故事的回忆片段变成一份引人入胜的手稿——正是这些生命中让她觉得不足为奇的小细节，成就了后来她为自己所建立的家庭。

对我来说，能够将这么神奇的故事变为一本扣人心弦、感人肺腑的书籍，是一种无比的特权。我已经等不及要动手写续集了。

黎恩·芭雷特·李

与本书有关的慈善组织

以下这两个单位分别在保育灵长类动物与协助弃儿的领域中，拥有相当卓越、重要的贡献。如果玛琳娜的故事让你感动，让你因此想更进一步了解这些组织，他们会非常乐意听见你的声音。

弃婴代养家庭（SFAC，Substitute Families for Abandoned Children）

请你想象自己是一个没有人保护与在乎的年轻少女，或是一个刚满18岁已经不能待在孤儿院，只好在街头自生自灭的年轻人。在外面，他们将会遭遇多少危险，深受强暴犯与毒贩等不法之徒的残害。现在你可以提供给他们安全、照顾与爱。也许你无法直接这么做，毕竟这是一份责任重大的使命，但是你可以协助那些有意愿从事这份工作的人。

弃婴代养家庭希望以"家庭式照护"取代"机构式照护"。八成的孤儿或弃儿至少都还有一个家长在世，或者另外组成了新的家庭。为了让这些孩子仍然有"根"，SFAC的首要使命就是让他们重返"最有可能成功"与"最适合"的家庭。如果无法达成这个目标,才会让他们进入当地具有相当程度责任感的"替代家庭"。这些替代家庭则会接受 SFAC 循序渐进的指导语训练。

感谢那位富有同情心的邻居,无家可归的玛琳娜才能够得到新的家庭。这让她的生命产生了变化,并且写出你现在阅读到的故事。如果当时玛琳娜没有找到一个替代家庭,或许她就无法存活至今,并跟你分享这些故事。

如果你也想拯救世界上众多像玛琳娜这样的女孩,请联系——SFAC(http://www.sfac.org.hk)。

新热带灵长类动物保育组织(NPC , Neotropical Primate Conservation)

人猿与猴子是人类在生物学上最亲近的物种,它们的踪迹几乎遍布世界各地。然而,雨林的急速消失和猖獗的野生动物交易,让它们的生存空间与生命延续都受到极大的威胁。

在哥伦比亚和中南美洲各地,NPC 致力于保护猴子与它们生存的家园。保护丛林和森林,受惠的不只是猴子,当地的原著居民也蒙受其利,得以保存固有的传统文化。

NPC 的主要目标之一,就是对抗非法的野生动物交易。长期以来,人类猎杀野生动物以获取它们的肉或皮毛,将它们视为战利品、换取金钱的珍奇异兽,这也是当前许多物种面临的重大威胁。在各大援助中心与警方的协助下,NPC 得以拯救这些野生动物,并重建它们的家园,让这些受伤的动物回到属于自己的森林,也就是玛琳娜曾经非常熟悉的家乡。

你也可以成为这份美好工作的一分子。

详情登陆 http://www.neoprimate.org

谢谢!